國寶

こくほう

上
青春篇

吉田修一

劉姿君——譯

上卷 青春篇

主要登場人物

九州黑幫

愛甲會

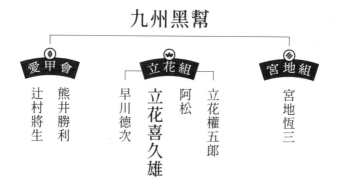

熊井勝利
辻村將生

立花組

立花權五郎
阿松
立花喜久雄
早川德次

宮地組

宮地恆三

歌舞伎界

其他名家

小野川萬菊
姉川鶴若
伊藤京四郎
生田庄左衛門
吾妻千五郎

丹波屋

大垣豐史（第二代 花井半二郎）
幸子
大垣俊介
大垣豐生
大垣一豐
多野源吉
阿勢

其他

三友

梅木
竹野

春江
弁天
市駒
彰子
綾乃

一九六四年一月一日，長崎地方幫派立花組的新年會上，
初雪將被血色染紅……

第一章 料亭花丸

那年正月，長崎難得下起大雪。雪花落在潮濕的石板坡道與盛裝前往神社做元旦參拜的人們肩上，彷彿舞台上飛舞的紙吹雪，但這可是真正的鵝毛大雪。

大雪中，一台台黑頭車陸續抵達長崎丸山町的料亭老店「花丸」。

通往黑瓦白牆的石板道上，立花組的小弟一字排開：

「辛苦了！」齊聲恭迎從車上下來身穿黑紋付[1]的眾位大哥。不僅聲音，就連口中吐出的白色氣息也整齊劃一。

即使是沒有車輛抵達的空檔，小弟們仍在酷寒中肅然挺立，一個個暗自搓揉凍僵的手指或動動失去知覺的腳趾，索求一絲暖意。

這樣的大場面不光是今年，立花組每年在料亭花丸舉辦的新年會都排場盛大。

受邀的有二戰前即是名門的宮地組大老，繼承了戰後以籌辦娛樂活動、從事演藝經紀而成名的熊井勝利的愛甲會，同樣地處佐世保的平尾組，以及島原的曾田組。立花組組長權五郎的拜把

---

1 男性最正式的和服。以平實耐用的黑色布料織成，裝飾五個圓形家徽，出席重要慶典與活動時穿著。女性最正式的和服稱為「黑留袖」。

兄弟也從福岡、佐賀前來，光是頭目少說就有十五、六位，再加上幹部與太太們，就算撤下「鶴廳」與「鷺廳」之間的拉門，將兩間宴會廳合併為一，用餐時仍非常擁擠。

話說這料亭花丸，始於江戶時代寛永十九年，也就是一六四二年，而幕府禁止西葡船隻來航、禁止日本人出國，又將荷蘭人遷居至長崎的出島，正好是前一年一六四一年。因此料亭花丸可說是在日本剛進入鎖國狀態時創業的。話雖如此，別看鎖國這個詞冷冰冰，長崎丸山與江戶吉原、京都島原並稱三大花街，正如井原西鶴所說：「若非長崎有丸山，上方金銀已歸宅。」可見當年必是極盡繁華。

料亭花丸歷經原爆而倖免，昭和三十五年（一九六〇），也就是降下大雪這一年的四年前，被縣政府指定為古蹟，以「古蹟料亭」這全國罕見的形態繼續營業。

當時，管理藝伎的單位「檢番」正好位於料亭花丸所在的坡道中央，被稱為「丸山新五姬」的名伎婀娜多姿的身影吸引眾人目光。順帶一提，以電影《長崎漫步曲》留名後世的藝伎愛八便是第一代丸山五姬之一。

大老們抵達時，鶴廳與鷺廳裡的客人也已到齊，年紀尚幼的孩子在廣大的廳堂裡興奮得滿場跑，大人想攔也攔不住。

平時總穿運動服加肚圍的組員們，只有這天西裝筆挺，年底剛在家附近的理髮廳剃的平頭清清爽爽，身邊化妝如法國女星、高高梳起髮髻的太太們則忙著到處賀年。

不久，立花權五郎一身黑紋付，帶著身穿黑留袖、美如藝伎的老婆阿松現身。此時全廳靜得連一根針掉在地上都聽得見，依照每年的慣例，權五郎燦然一笑：

「元春賀新歲，瑞雪兆豐年。各位，新年恭喜。今天這場初春大雪正是今年的好兆頭。我們不但迎來昭和三十九年，還迎來奧運。在各位的鼎力相助下，新的一年立花組也將邁向無限榮光。」

如此賀歲致辭後，廳裡每個角落響起粗門大嗓的「恭喜恭喜」，新年會揭開序幕。

人們的杯裡很快被斟滿啤酒，在名門宮地組的大頭目帶領下，舉杯開席。

這位宮地組大頭目，雖在戰前即是名門幫派的大老，戰後隨時代變遷也改變行事作風，將女婿等近親送進縣議會、市議會，自己則從事建築業，儼然是個實業家。

他與權五郎在戰後混亂時期曾喝過二分八的兄弟酒[2]。然而，如今無論誰來看，黑勢力的世界裡兩人立場已然反轉：宮地大頭目二分，權五郎立花組八分。

話雖如此，宮地仍是權五郎的大哥，明知在場人人開口閉口「權五郎如何如何」，憑著輩分直呼其名，想藉此表現得體，其實暗中都在嘲笑自己。

大頭目越是虛張聲勢，權五郎越是做出洗耳恭聽的姿態，這反而成為權五郎向在座之人展現威勢的方式。

乾杯之後，女侍忙碌來去，負責伴奏的藝伎「地方[3]」走上舞台，太鼓與三味線鼓樂齊鳴。

2 日本黑道立下兄弟之盟時，雙方要共喝一杯酒，有五分兄弟、四分六、二分八等，一杯酒兩人各喝一半為五分兄弟，或兄喝六分、弟喝四分，以此類推。五分表示雙方平等，其餘則兄多弟少，彼此的上下關係由此而定。二分八近乎父執輩或子侄輩。

3 日本舞踊中，負責伴奏的人稱為「地方」，負責舞蹈的則稱為「立方」。

每年的頭一曲必是喜氣洋洋的〈廓三番叟〉，這首熱鬧的歌曲讓人們漸漸放下輩分與拘謹。

「老公，那邊那個人是誰呀？」

權五郎的老婆阿松忽然開口，她肥腴的手指捂著多肉的臉頰，因為今天一早蛀牙就犯疼。

權五郎隨著阿松的視線看過去，愛甲會的若頭[4]辻村身邊，坐著一個看似六十來歲的男子，風雅出塵，頸項間不見世俗味。

「我好像在哪裡看過他……」

阿松說的沒錯，權五郎也覺得眼熟。

那人是師弟輩愛甲會的辻村帶來的，可能之前介紹過，但權五郎就是想不起來。

正苦思時，阿松「啊」的一聲，將手一拍。

「怎麼？」

「我知道了。」

「他是誰？」

「你可別吃驚。會丟臉的。」

「我？我怎麼會吃驚。」

舞台上負責舞蹈的藝伎「立方」也到齊了，正熱熱鬧鬧地跳著舞。那名男子和著太鼓聲，愉快地做著〈廓三番叟〉的手部動作，姿態十分輕盈。

「啊！」頓時，權五郎失聲驚呼。

「你認出來了？」阿松瞅著他。

「丹波屋？」權五郎驚愕地張嘴道。

「是吧？是他吧？半二郎……第二代花井半二郎？」

「對，不會錯。」

「半二郎先生怎麼會在這裡？」

「我哪兒知道？」

「是辻村先生帶來的嗎？」

在一旁聽著權五郎夫妻對話的平尾組組長老婆瞪大眼睛問：「半二郎先生，是那個大阪的歌舞伎演員嗎？」

或許是演員這兩個字太過響亮，一下子就在廳裡傳開來。

其實不只阿松，人人都注意到了，只是沒說出來。當演員二字傳開，頓時驚訝聲四起：

「果然是他！」

「咦？本人？那可真不得了。」

那位似乎是第二代花井半二郎的人，不知是否注意到這局面，仍愉快地跟著藝伎舞動。

這年頭說到第二代花井半二郎，即使是關西歌舞伎萎靡不振的時代，他仍以電影明星的身分廣為人知。

雖然他在電影裡多半飾演反派，貪財的惡棍、欺騙銀座酒家女的工廠老闆，在時代劇裡也經常飾演壞人；但壞歸壞，畢竟是以《河庄》的治兵衛、《廓文章》的伊左衛門這類弱不禁風的商家少東作為拿手角色的歌舞伎演員，角色再壞，他仍氣質出眾，這似乎正是他走紅的原因。

4　日本黑道頭目的預定接班人。

去年底，《十四郎暗殺劍》這部時代劇系列作的新片上映，權五郎在情婦光子（最近才幫她在思案橋開了一家酒吧）的央求下帶著組裡的年輕人去觀影，半二郎就在這部電影裡飾演曾任長崎奉行的反派。

第二代花井半二郎在場的消息傳遍鶴廳與鷺廳每個角落，甚至有人起身離座，毫不避諱地指指點點。

在此之前一直故作不知的愛甲會若頭辻村，這時才將視線轉向權五郎，彷彿惡作劇被逮到似的笑了。

權五郎喊道：「喂。」向他招手。

辻村忍著笑，強作鎮定般靠過去：「大哥，嚇了一跳吧？本人耶，第二代花井半二郎。」言下頗為得意。

「他下週起要在長崎拍電影。我聽說他提早來了，就拜託他，願不願意出席一下很照顧我的大哥的新年會，他就來了。」

「什麼他就來了，你喔……」

「他是個重情義的人，說不會忘記和我們愛甲會老大的交情，特地過來打招呼。」

這下確定是本人，權五郎卻拿不定主意該怎麼做。

新年會上貴客雲集，不能單單離席招呼這一位客人，話雖如此，又不能裝作不知。

或許是察覺到權五郎這般心思，半二郎不動聲色地離開坐墊，速速靠過來：

「謝謝您今天邀請我來。」

對這番帶著關西腔的寒暄，權五郎報以微笑：

「哪裡哪裡，辻村沒有告訴我……早知道就去飯店迎接您了。」
「不敢不敢。」
「這次是住長崎觀光飯店嗎？」
「對。」
「既然是來拍電影，想必要住上一陣子吧？觀光飯店的總經理我認識，有什麼需要別客氣，儘管吩咐他。」
「真是場熱鬧的新年會啊。」
半二郎注視著舞台，〈廓三番叟〉結束了，丸山新五姬中的立方園吉和小桃已跳起〈長崎漫步曲〉。
「來，我敬您一杯。」
權五郎將酒杯遞給半二郎，倒了一杯。半二郎仰天乾了酒，似乎也知道這首曲子：
「嗯，這是……」說完又朝舞台望。
「這是〈長崎漫步曲〉，長崎的宴會上少不了這首。」

長崎最有名，放風箏與中元祭
秋天就要去，諏訪神社賞演樂
信眾漫步行，漫步漫步漫步行

權五郎又一次注視半二郎的側臉，這個男人就是和一般人不一樣，卻又說不上是哪裡不同。

「啊，對了，聽說您的名字是取自《暫》的鎌倉權五郎？」半二郎忽然問起。
「是啊，確實如此，不過完全是名過其實。」權五郎微笑帶過。
仔細想想，緣分真奇妙。半二郎是辻村帶來的，辻村目前擔任若頭的愛甲會，本是在佐世保從事娛樂經紀事業的熊井勝利所創，而與熊井一同在戰後的長崎獲得最後勝利的，便是權五郎。
熊井在戰後以捧紅與美空雲雀均分天下的流行歌手而名揚全國。
戰後的長崎，在經歷原爆被夷為平地的荒地上先蓋起簡陋的小屋，接著黑市興起。無論哪個地方，只要有了市場，愚連隊[5]便應運而生，與戰前延續下來的黑道摩擦不斷。權五郎正是出身愚連隊。
長崎本有宮地組這塊老招牌，但權五郎戰後隨即與在佐世保成名的熊井聯手，將宮地組逼入絕境。
昭和二十七年（一九五二），宮地組組員在思案橋的酒家被愛甲會組員圍毆，宮地組為此對愛甲會發出決鬥書。愛甲會五名組員前往決鬥地點的途中，被宮地組二十人埋伏突擊，一場大亂鬥後，愛甲會全員身負重傷。然而，事後宮地組卻因卑鄙埋伏成為笑柄，反而抬高了新興幫派愛甲會的名聲，宮地組勢力從此衰退，而愛甲會與權五郎所帶領的立花組便開始在長崎拓展勢力，這正是後人稱為「長崎抗爭」的十五年戰爭之始。
只是，這場大亂鬥四年後的昭和三十一年，熊井以愛甲會創立七周年紀念為名，找來水之江瀧子與森繁久彌的劇團，當天便出事了——到劇場打招呼的熊井被宮地組組員拿日本刀砍傷。熊井負傷逃到電車道，雖然牽連了一些路人，但他徒手力抗日本刀的英姿被後人傳頌。只是他身受十八處重傷，全身是血，二十八歲便英年早逝。後來，為他報仇的慰靈之戰正是由權五郎帶領。

方才說，愛甲會的辻村帶歌舞伎演員來新年會是個奇妙的緣分，因為：

「你的名字聽起來有點軟弱，不如改名吧？」這麼建議權五郎的正是熊井，而當時熊井提議的名字，便是歌舞伎中極具代表性的荒事[6]、勇武豪壯的戲碼《暫》的主角，權五郎。在黑市私釀劣酒的燒酒屋聽到這個名字的那一刻，權五郎便認定這是自己的名字。

懷念著與熊井在黑市的談話的權五郎，在熱鬧的新年會中驀地回過神來。

剛才還在身邊的半二郎已經回到位子上，想要與名人說上幾句話的組員與太太們蜂擁圍住他為他斟酒。

「半二郎先生，請不要勉強。」權五郎對他說。

「多謝，喝酒我來者不拒。」半二郎做出乾杯的樣子露出笑容。

「已經八年了……才八年啊……」權五郎忽然冒出這句話。八年前，他手握被砍得體無完膚的熊井之血所染紅的紗布衝出醫院，那天的事仍歷歷在目。

熊井的遺體還在醫院太平間，權五郎就已在籠町的皇家旅館佈陣，除了立花組和愛甲會的小弟們，也召集了佐世保的平尾組與島原曾田組。

另一方面，害怕權五郎等人報復的宮地組得到消息，知道大阪、神戶的相關派系組員已經搭

5　舊時代用語，指不良少年集團。
6　歌舞伎中的男性角色，通常是勇猛的武士或超凡鬼神，扮相與演技較為誇張。

大型卡車前來支援，便準備全面開戰，想藉此機會一舉剷除愛甲會和立花組。

幾天內，長崎市內的旅館住滿流氓，從小倉和熊本趕來的立場中立的大老們為了調停而奔走，但雙方都不接受。就在即將開打之際，長崎警方終於介入，包圍市內十六家旅館，雙方就此散場。這場蓄勢待發卻中途腰斬的行動進而醞釀成抗爭，持續了十年以上。

至今，立花組的會客廳裡仍掛著當時在皇家旅館所拍的放大黑白照。照片中是手握出鞘的日本刀，只穿一件兜襠褲露出全身刺青的權五郎。

昇天龍刺青從他兩條大腿往上爬，經腹、胸、背、雙臂至手腕，最令人印象深刻的是那彷彿全然無懼於死亡、反而還期待死亡，一副天不怕地不怕的神情。

往後數年，權五郎與宮地組之間對峙依舊，但這段期間，通曉人情的宮地組大頭目借助老交情關西弟兄們的力量，正式進入建築界，陸續讓女婿等近親當上縣議員、市議員，將全縣的建設預算牢牢抓在手中。

權五郎被積極洗白的宮地組所迫，進一步強化與黑社會的聯繫，與台灣黑道結盟，涉入手槍、毒品走私，而第二次風雲變色是在五年前昭和三十四年（一九五九），經過長時間冷戰，血氣方剛的年輕組員們心中積怨爆發。

事情的開端是這樣：

當年，雙方在旅館交鋒被警方包圍之際，一名立花組組員因小衝突被控妨礙公務而入監服刑。出獄那天，他與迎接他的小弟一行人在宮崎監獄返回長崎的途中，遇上宮地組少年團體襲擊停靠長崎線肥前山口站的火車。手槍匕首大亂鬥，許多人當場被逮捕。

所幸無人喪生，但平日幽靜的肥前山口站月台在怒吼聲中化作血海，還發生當時新婚的車掌為阻止亂鬥，側腹被刺深及腎臟，以及主婦不幸被流彈射中而失去右耳等慘事。

當時，據傳想要問鼎政壇的宮地組大頭目經過盤算後，認為繼續抗爭會削弱自己的立場，便提議與權五郎談和。

權五郎以宮地大頭目正式引退為條件，接受了提議。而只想自保的大頭目失去了組員的信賴，使得宮地組元氣大傷。

退出的弟兄以重建宮地組為目標組成小團體，但大頭目本人已興味索然，重建並不順利。

權五郎利用這次機會，不插手大頭目手中的市內建設權，而是拿下長崎所有地下經濟，並邀請輩分算是大哥的大頭目出席立花組新年會，讓他敬陪末座。

前年甚至還出過事——一個看到此情狀的宮地組老組員，因為太難過而在情婦的公寓自盡了。

隨著送酒的女侍們在鶴廳與鷺廳中間的走廊來回一趟又一趟，立花組新年會益發喧鬧。

女侍準備送到後方桌位的酒，總在走廊就被半路攔截。

「小姐，酒！這邊都沒有酒！」

只聽到催酒聲此起彼落。

與其說是人醉了，不如說是送上桌的酒先醉了，醉人喝醉酒，酒醉人更醉。

舞台上則彷彿害怕廳裡還不夠熱鬧似的，藝伎將喝醉的男人拉上台，扭著腰跳起活惚舞[7]。

其中有個已經半裸的年輕組員，露出背上如火般的刺青，跟著歌詞有樣學樣地舞動。

7　一種和著民謠、俗曲一起跳的舞蹈。

優遊地活，優遊地活
喝個甜茶，優遊地活

他蹩腳的舞姿引來陣陣笑聲與催促他下台的噓聲。

孩子們早已坐不住也吃不下，四處跑跳，幹部則圍在窗邊抽菸。

權五郎也不拘謹，心情極佳地與陸續前來賀年的小弟們乾杯，已將黑紋付褪掉一半。

這當中，哄鬧的活惚舞已經結束，舞台上突然拉起不曾拉上的布幕，而且是歌舞伎專用的黑、柿、蔥綠三色條紋的定式幕。

「咦？要表演什麼？」人們期待地問。

幕後傳來搬運大型道具的忙碌聲響，恣意作樂的客人也好奇起來，將視線轉向舞台。

權五郎朝拉上的布幕看去，似乎知道接下來會發生什麼，嘴角揚起無聲的笑。

咚咚咚咚，當太鼓揚起懾人心魄的鼓聲時，客人的眼睛早已緊盯舞台。其中有些識途老馬，想著「今年的演出要開始了」邊拉長身子往前靠。不知是否感應到他們的期待，太鼓的咚咚聲益發響亮。

布幕一口氣拉開，不似那駭人的太鼓聲，舞台上竟是一株在大雪中盛開的櫻花。櫻花巨木矗立於舞台中央，開滿櫻花的大量樹枝自天花板垂下。

客席正讚嘆著富麗豪華的舞台，太鼓聲益發激昂，蓋在巨木樹幹上的黑布咻咻捲起，遊女[8]墨染從中現身。

在強光中現身的是和服上身印著淺灰底枝垂櫻的遊女墨染，潰島田式的髮髻上插了許多女郎簪。

出乎意料的開場，宴會廳裡響起陣陣掌聲。

「哦，是《關扉》嗎？」第二代花井半二郎也不禁出聲。

這正是歌舞伎名作《積戀雪關扉》中著名的一幕，舞台左側負責淨瑠璃[9]的藝伎和伴奏的三味線一字排開，關口守衛的關兵衛靜候在櫻花巨樹旁。

接著太鼓咚隆咚隆進入高潮。

深雪櫻花影如幻
旦為朝雲暮行雨
怎奈何，花開花落薄倖名……
誰憐我，自幼長在煙花巷

在常磐津[10]的旁白中，遊女墨染走出巨樹，跳著又似精靈又似人間遊女的玄幻之舞，誘惑關兵衛。

8 即妓女。「花魁」則為遊女中人氣最高的紅牌。
9 日本傳統說唱藝術，以三味線伴奏。
10 現存的淨琉璃流派之一。

和服衣襬的牽動，憂鬱的眼神，搖晃著碩大髮髻起舞時纖弱的肩頭更是迷人，緊緊吸引了在座所有人的目光，就連倒在榻榻米上的酒瓶也彷彿抬起身子望向舞台。

「好精彩，長崎竟然有如此出色的藝伎。」半二郎情不自禁地低語。

「不，不是藝伎，那是立花老大還在上國中的獨生子。」

愛甲會的辻村這樣告訴他，兩人不約而同地回頭，只見權五郎正愉快地跟著哼起台上展開的對話。

關兵衛：啊，你這來路不明的陌生女子，是何時、又是打哪兒來到我山蔭的關門？

墨染：是，奴家來自撞木町。

關兵衛：何故前來？

墨染：來找人。

關兵衛：來找何人？

墨染：來找官人你。

關兵衛：什麼，找我？找我何事？

墨染：請官人當奴家的有情人。

一問一答，兩人互相呼應，送酒的女侍們都被迷住而停下腳步。

頭一次看歌舞伎的孩子不用說，就連組員與太太們也忘了要放下手中杯筷，癡望著舞台。這之中，對話更加熱切，一個是誘人的遊女，一個是疑惑的守衛。

關兵衛：我說這位太夫[11]，請問芳名？
墨染：奴家小名墨染。
關兵衛：什麼？墨染？那株櫻花本也叫墨染。真是個好名字。我說，這位太夫，我不曾上過青樓，不懂你們那裡的規矩。
墨染：拿出對待熟客的方式，自能讓人迷戀。如此而已。
關兵衛：我不信。
墨染：還要輔以調笑作樂的方法。
關兵衛：且說說如何才能成為入幕之賓。
墨染：既然如此，奴家便在這兒說了。

對話一結束，地方的三味線一齊彈起〈清搔〉[12]。墨染步下舞台，將鶴廳與鷺廳的走廊當作花道[13]，像是要誘惑關兵衛一般把身子一扭，轉身就跑。

觀眾拍手叫好，三味線演奏得更加熱烈，關兵衛撐起傘在花道上追逐墨染。彷彿花魁巡街，兩人再度回到舞台。

11 歌舞伎中對女方的敬稱。
12 表示劇情即將進入妓院的場景。
13 歌舞伎中演員進退場及表演時所使用的通道。

席間掌聲不斷，停下腳步的女侍們索性席地而坐，放下托盤看起戲來。

這墨染與關兵衛，其實都是假身分。墨染是櫻花樹精，關兵衛則是志在天下的大惡人，大伴黑主。

舞台上，關兵衛正要露出真面目。他瞬間變身，從守衛換成一身黑束帶的官服之姿，以更加威猛的扮相揭開高潮。

另一方面，墨染也從遊女扮相瞬間換成鮮明粉膚色染櫻的和服，她將漆黑的鬢髮一拉，一手拿著滿開的櫻花樹枝，擋在大反派黑主面前。

對白吟唱使得兩人的交鋒更添緊張，藝伎們以太鼓伴奏相應，櫻花樹精揮舞樹枝，與黑主的大斧交手。

兩人四目瞪視。舞台上的緊迫氣氛甚至感染了客席，人人屏住呼吸。

此時，兩名黑衣[14]搬著台子上台，終於要迎向最後一幕兩人拉扯的「見得[15]」。

墨染站上台子，黑主舉起大斧。當兩人的和服衣襬被黑衣一拉開，兩人以分秒不差的大見得互瞪。這一幕宛如真人浮世繪，席間響起轟然掌聲。

鼓樂齊鳴，掌聲雷動，定式幕落下，彷彿硬生生將舞台與觀眾分開一般。

落幕後掌聲仍不停歇，用來作為花道的走廊深處，權五郎的老婆阿松正躲在柱子後面偷聽，表情可謂心滿意足。只見她從袖袋中掏出一根菸，以豐潤的嘴唇叼住，如釋重負般地抽起菸來。

其實，每年用心準備這場餘興節目的正是阿松，她本就愛戲成癡，以「老婆一年就玩這麼一次」說動權五郎。昂貴的戲服、假髮、大道具不用說，加上給眾藝伎的謝禮、日本舞踊師傅的學費等，花費遠遠超出一般新年會餘興節目的預算。

阿松叼著菸雙臂環胸，從迴廊繞到舞台後側，打開通往舞台的拉門。

隔著一道薄布幕，席間的掌聲清晰可聞。

飾演墨染的喜久雄與飾演關兵衛的小組員德次，愣愣地張著嘴站在那兒，好似連幕後觀眾熱烈的拍手都看得見。

「大姊，」來到阿松身邊的是彈三味線的藝伎小桃。「小桃太驚訝了。少爺也好，德次也好，正式上場就變了一個人。明明練習時老是抱怨，舞步也記不住。墨染走花道的模樣實在太妖豔，小桃只顧著看，旋律都彈錯了。」

吃驚的顯然不只小桃，連一旁丸山藝姊們都七嘴八舌地說：

「太精彩了。」

「這麼厲害，都能賣票收錢了。」

阿松對他們兩人說：「你們兩個表現得好極了。」

出神的墨染和關兵衛這才回頭。

喜久雄和德次穿著沉重的戲服跳舞，渾身大汗，熱得都要冒煙了，臉上白粉也花了。

總算回過神來的櫻花樹精，也就是阿松的兒子喜久雄說：「幕一拉開，身體就自己動了起來，回過神時已經跳完了。」

喜久雄還在錯愕中，飾演大伴黑主，也就是在組長權五郎家裡打雜的德次也深深點頭道：

---

14 歌舞伎中身穿黑色衣服的工作人員，負責佈置舞台並替演員換裝。

15 歌舞伎的獨特技法。表演到最高潮時，演員以特定的姿勢定住不動，靜止如畫，讓觀眾留下深刻印象。

「夫人，我也一樣。才剛想著開始，就結束了。」

這兩人，喜久雄今年要滿十四，德次十六，相差兩歲但相當合得來，互稱「阿德」、「少爺」，總愛趁家裡那些橫眉豎目的男人不注意時偷作怪。

十來歲的孩子差上兩歲，說得誇張點可當作父與子的差別了，所以絕大部分的壞事都是年紀較長的德次帶頭教的；但受教的喜久雄也不愧是黑道大哥之子，該說是一點就通還是人小鬼大，總之悟性奇佳。

「花丸的老闆娘燒了水，你們一起去把妝卸了吧。」

這次扎實訓練兩人舞蹈的藝伎園吉接應道：「好，快走吧，全身都濕透了。」

兩人結伴而行。

剛才飾演遊女的喜久雄撩起和服衣襬，露出剛長出的淡淡腿毛，外八字地走在走廊上。

「啊，半二郎先生在席間喔。」

忽然聽到阿松這麼說，兩人回頭了：

「半二郎先生，誰啊？」一臉茫然。

「我的天，你們不知道半二郎先生嗎？就是那個歌舞伎演員，也有演電影《十四郎暗殺劍》呀！」

《十四郎暗殺劍》不是十來歲的孩子愛看的電影。聽了阿松的說明，兩人仍歪頭不解，寧可趕快去洗澡卸掉一臉濃妝。

「戲服不可以亂扯亂脫喔！」

阿松大聲提醒他們，但聲音早已趕不上他們的腳步。

兩人衝進作為休息室使用的萩廳。準備幫他們更衣的女侍們已經等在那裡，好幾隻手伸向摘下假髮的兩人，將帶締、帶揚、帶豎締，連長襦袢[16]一一褪下。

最後，脫到只剩一件兜襠布時，兩人不約而同打了噴嚏，惹得女侍們全笑了。

「洗澡的地方在哪裡？」

德次一馬當先跑到走廊上，他背上竹林之虎的刺青才剛刺了輪廓，還沒消腫。

德次是在長崎從事貿易的華僑與藝伎生下的孩子。出生未幾，父親便租下東山手一幢逃過祝融的洋房，讓母子兩人過衣食無虞的生活。但這個華僑父親是個愛冒險的人，當戰後的混亂告一段落，便說想再出去闖蕩，不但丟下正室和正室的孩子，也拋下德次與他的母親，前往故鄉中國福建。

正室的孩子都已長大，能獨立生活；但德次的母親不得不重操舊業回去當藝伎，之後不幸原爆症發病，在德次未滿五歲時便去世了。

後來德次由遠親接手養育，七歲時被抓到在飯店廚房偷麵包吃，可見親戚沒有好好待他。

德次會投靠立花組，要從三年前說起。當時立花組的若頭真田，在自家幫派地盤內一家彈珠台店裡玩的時候：

「叔叔，你要買彈珠的話，要不要用八折跟我買？」

16　「帶締」是固定和服腰帶的綁繩，「帶揚」是和服腰帶與外衣間用以固定的裝飾布料，「帶豎締」是寬度較窄的和服腰帶，「長襦袢」是穿於和服內層與外衣之間的襯衣，通常為白色。

看到德次如此詢問下班後來店的客人。他一臉稚嫩，剃著光頭，卻學大人穿著不知哪裡弄來的西裝，鬆垮垮的，嘴裡還叼著菸。

「那孩子是哪兒來的？」真田感到好奇，問起店主。

「最近常來呢。兩、三天前我趕他出去，昨天竟然黏了假鬍子來。」店主覺得好笑。

店主說，遇到只是想玩玩的未成年客人，他總睜一隻眼閉一隻眼；但這孩子手巧，彈珠打得好，總是小贏一些，他也想像大人一樣拿彈珠換錢，但兌獎人員不理會小孩子。所以，只要看到店裡來了貌似隨和的客人，他就拿彈珠去兜售換現金。

「喂，小弟弟。」真田喊道。

「啊？」只見他要狠瞪回來，但似乎立刻發現對方才是大人物：「大哥，請問有什麼事？」態度轉變之快也很老成。

「你哪兒來的？」真田笑笑問道。

「小的家門不幸，沒有父母兄弟。」還懂得打招呼。

這下越來越有意思，真田一把抓住德次細細的後頸：「你來，我請你吃肉。」就帶他出去。之後，兩人每次在彈珠台店遇到，德次便「大哥、大哥」叫得親熱，不知不覺幫忙跑起腿來，開始在立花組裡出入。

料亭花丸的浴室在日光照不到的北側，一敞開鑲著毛玻璃的格子門，就能將覆雪的日本庭園一覽無遺。

德次喀啦一聲打開門，瀰漫整間浴室的蒸氣與檜木香傾洩而出，冷空氣隨之流入。

「喔——好冷好冷！」兩人邊喊邊跳進小小的檜木澡盆裡，溢出的熱水冒發更多蒸氣，向門外飄散。

「不過，我也覺得我們演得真好。是吧，少爺。」德次嘩啦啦地洗著大伴黑主的妝說。

「是，奴家來自撞木町。」往臉上抹凡士林的喜久雄也鬧起來。

「何故前來？」

「來找官人你。」

兩人你一句我一句地嬉鬧。

離開澡盆就發冷，喜久雄玩鬧著將塗滿凡士林的臉探出盆外，由德次拿水盆往他頭上淋熱水，混了白粉的濁水流經瓷磚被吸進排水口。

「對了，阿德，你幫我跟刺青的辰師傅說好了嗎？」這回換喜久雄幫德次淋水，邊淋邊問。

「哦，那個啊，辰師傅不大願意。」

「不願意？為什麼？」

「為什麼……想也知道啊。要他在立花組老大的兒子身上刺青，而且還是瞞著老大和夫人。要是事後出問題，可不是砍手指就沒事的。」

「辰師傅這麼說嗎？看不出他膽子這麼小。」

「不不不，我能了解辰師傅的心情。少爺的立場比你想像的還要麻煩啊！」

「可是，黑道的兒子對刺青師來說，應該是貴客中的貴客啊！」

「是啦，沒錯。」

德次背上刺了輪廓的老虎泡在熱水裡。當然，這幅竹林與虎也出自辰師傅之手。

「你的背還痛嗎？」喜久雄問。

「不會，洗澡沒問題，只有被女人抱住的時候才會痛。」德次老氣橫秋地說，又笑道：「少爺跟春江親熱的時候，背上被抓也會痛吧？」

喜久雄早已想好要在背上刺什麼圖案。他和約好一起刺青的春江討論後，選了昂然展翅的雕鴞。而喜久雄的雕鴞利爪上還抓著蟒蛇。

之所以從眾多圖案中選擇雕鴞，是因為一提到野生的鳥類，又是猛禽類時，不要說親人了，根本就是凶猛殘暴；但雕鴞這種鳥，一旦受恩於人便終生不忘。

據說，曾經有人救了一隻受傷的雕鴞，把牠帶回家，治好牠的傷。獲救的雕鴞平安飛走的第二天起，天天帶老鼠或蛇給救牠的人作為謝禮。

喜久雄聽春江這麼說，大為感動。說他單純也可以，但他就是想要活得像雕鴞一般，因為他認為世上最值得尊敬的便是知恩圖報。

「少爺，你還讓春江去公園站啊？」

喜久雄將熱燙的身體往窗外探，德次朝他的屁股啪地一拍。

「是啊，但我每晚盯著。如果有不好的客人靠近她，我就去趕人。」

冰雪融在探出窗外的喜久雄背上，熱燙的身子又涼了。

「啊——好冷！」喜久雄邊說邊將身子再次泡進澡盆。

這時，敞開的門突然晃動到發出聲響，澡盆裡的熱水被震得彷彿要起浪，兩人聽到咄咄的腳步聲。那可不是一、兩人的腳步聲，簡直就像來了一群人要把整個料亭都踏平。

「怎、怎麼了？地震？」

一群男人的怒吼傳進急著起身的兩人耳中。

「發生什麼事？怎麼了？」

德次跳出澡盆，打開浴室門。門一開，兩名女侍尖叫著竄進來。

「怎麼了？怎麼了？」

「救命啊！救命！」

女侍手中還端著餐點，急忙往全裸的德次身後躲。

「怎麼了？到底發生什麼事？」

從新年會會場傳來的怒吼聲更加激烈，與德次驚慌的聲音疊在一起，還有惶惶不知該逃往何處的女人尖叫聲。

喜久雄跨出澡盆：

「宮地組！可能是宮地組來鬧場！」大叫著要衝出浴室。

「少爺！」德次正要跟上，卻見髮髻散亂的阿松敞開雙手衝進來。

「不能去！」

阿松以平時絕不會有的神情擋住喜久雄，叫道：「德次！快來按住他！」

聽到這話，德次立刻從後頭架住喜久雄的雙臂。

「放開我！阿德，放開！」

喜久雄掙扎的吶喊聲伴隨著從宴會廳傳來的怒吼和尖叫，還有身負重傷的男人臨死的喘息，聽聲音不只一、兩人。

喜久雄被德次從身後架住雙臂，視線盡頭的迴廊上，從宴會廳逃出來的女侍顧不得衣裳，匆忙衝進庭園，個個臉色蒼白，還有人像孩子般邊哭邊逃，中庭的積雪上滿是慌忙逃逸的女侍凌亂的腳印。

就在這時，面向庭院的雪見紙門被打破，兩個扭打成團的人翻滾跌進院中。被追殺的是剛才還半裸跳著活惚舞的立花組小弟，追殺他的是手持日本刀的宮地組組員。

「給我站住！」

倒地的年輕人側腹受傷，鮮血將腰間纏著的白布和雪染紅。

「站住！」

男子準備撲上去時不慎踩到苔石滑倒，為了保持平衡，他將日本刀一刀刺下，正刺進地上爬著逃跑的年輕人大腿內側。

剎那間，雪吞沒了在場所有聲響，年輕人盯著雪目不轉睛。

貫穿大腿的日本刀刀尖刺進被泥弄髒的雪，那雪又被鮮紅的血染紅。

大腿被無聲劈開。年輕人額頭冒出冷汗，慢慢地發起抖來，刺人的男子頭上也冷汗淋漓。鮮血在暫時停止動作的兩名男子面前染紅了雪，冒出蒸氣。

另一邊，宴會廳裡捉對廝殺的男子腳邊，嚇得腿軟的女侍們抱頭鼠竄，組員的太太當中也有奮勇膽大的，為了救被打倒在地的丈夫，撲到宮地組組員背上，死命咬著耳朵不放。

一名宮地組組員雙手夾著兩個哭叫的孩子跳進庭院，直接將孩子往雪地上扔。

「喝啊！」大喝一聲又衝回廳裡。

宴會廳裡的情狀，彷彿不只人，就連酒瓶、碗盤也加入亂鬥，榻榻米上是被踩扁的伊達卷、黑豆等年菜，托盤上是打翻的酒和飛濺的血。

夾著白雪吹進來的寒風中，鬥毆的男人們口吐白色氣息，他們的臉益發蒼白，原本喜氣洋洋的新年會宴會廳漸漸褪色。

無數條腿、無數隻手、無數個頭顱，廳裡打得昏天暗地的人們連哪一條是自己的腿、哪一隻是對方的手都分不清。其中，拉門後一個宮地組年輕組員渾身發抖，手中握著沾滿血的匕首，腳邊的立花組小弟拚命按著自己隨時會爆出的腸子。

在膝蓋打顫的宮地組組員失禁的尿味中，混雜了血與酒與白粉的味道。

寒風貫穿走廊，盡頭是通往二樓的樓梯，剛才一群宮地組組員想追權五郎上樓，但立花組的人拚命擋住。不過，宮地組的人手持武器，立花組卻手無寸鐵，他們以滿是鮮血的手腳迎戰下方刺來的日本刀與匕首。

立花組的人無能為力，只能吆喝著威嚇對方，吆喝著忍住痛。

一度逃進二樓房間的權五郎不可能沒聽見手下的叫喊聲，他打赤膊的上身刺青發紅，想要折回樓下，但手下死命抓住他的手腳，不讓老大重回沒有勝算的戰場。

房間的拉門喀啦一聲打開，衝進來的是愛甲會的若頭辻村，以及臉色慘白的半二郎，他臉上濺了別人的血，好似被火紋身的歌舞伎臉妝。

「半二郎先生，這邊！」權五郎將嚇壞的半二郎拉進房間。

這時，立花組在樓梯臨時結成的陣式被突破，宮地組組員吆喝著衝上二樓。

權五郎「喝」的一聲用力甩開身邊的手下，拆下房間一張拉門，雙手高舉：

「你們這群雜碎，休想上來！」怒吼著往走廊衝去。

宮地組組員迎戰敵方大將，一時懼怕，權五郎乘機揮舞拉門還擊。

赤手空拳在戰後黑市闖出一片天的大漢，一認真起來，那堂堂不只六尺的身軀更顯得有兩、三倍魁偉。

「半二郎先生，這邊！」

權五郎身後，愛甲會的辻村領著半二郎逃往更裡面的房間。

權五郎彷彿變了身的模樣讓半二郎不禁睜大了眼，被推拉著跌撞逃往裡面的房間，從拉上的門縫隙仍可見權五郎以一張拉門與日本刀和匕首相抗的背影。但是，拉門終究是拉門，繪著松樹的表布中了一刀又一刀，已成一扇破門，仍擋不住權五郎如虹的氣勢。他以門角抵住持匕首刺來的一年輕組員喉嚨，將人推到牆上；另一手一把抓住朝他刺來的日本刀，低吼著向對方逼近。突然，一立花組小弟攻向那人，權五郎立刻搶下他手中的日本刀，朝他背上一刺。

宮地組組員滾下樓梯，形勢頓時逆轉，立花組的人高舉日本刀往樓下疾奔。

這時，忽然有人抓住從門縫窺看的半二郎肩膀。一看，臉色大變的辻村站在那裡。

「辻村先生……」

辻村粗暴地甩開半二郎，不禁踉蹌的半二郎看到辻村手持一把華瑟手槍。他摸過玩具假槍，但看到實物還是頭一遭。

「辻村先生，你……」

半二郎低掩著請小心的口氣說道。下一秒，辻村一腳踢破眼前的拉門。

「大哥……」聽到辻村這一聲，已拋下破拉門的權五郎回頭望去。

那瞬間，半二郎也清楚看見權五郎的眼角抽動了一下。權五郎一心以為辻村要與他結伴去支援樓下浴血奮戰的弟兄們，眼中浮現困惑。

「將生……」他喊了辻村的名字。

仔細一看，那把不是玩具槍的華瑟手槍槍口正筆直地指向權五郎的腹部。

「這是做什麼？」

權五郎想向前踏出一步，但他的表情彷彿已經死了。

「砰。」

一個非常乾澀的聲音。或許是因為發生在熱鬧的新年會轉為大規模亂鬥之後，這一聲實在太無味，沒有任何高潮轉折，不是一個人將死的聲音。若是被日本刀或匕首刺死，太鼓必定會轟隆作響，然而……

「砰。」

昂然而立的權五郎腹部中了第二槍。權五郎看似困惑不解，注視著疼愛多年的小弟辻村，似乎終於發現自己氣數將盡。

「嗯？」他發出低沉的一聲。

第二章　喜久雄的鏽刀

「喜久，很冷，關一下窗戶。」

聽到春江這麼說，喜久雄雖然應聲點頭「嗯」，但仍從二樓窗戶俯看大排水溝。這條銅座川兩岸密密麻麻全是小酒館、沙龍和酒吧，今晚除夕夜沒有一家營業。上週還有聖誕裝飾與繽紛熱鬧的霓虹燈映在水面上，算是有點氣氛，此刻已經變回原本肥鼠四竄的排水溝。

春江打開黑白電視，看著今年起以彩色影像播放的紅白大賽。她把暖桌的被子直拉到脖子，看似很冷，但背上的毛衣卻掀開著，雪白的腰被紅外線燈染成紅色。

六坪兩房的屋子，被暖桌、汽油暖爐、火盆烘得熱暖暖的。茶壺冒出的蒸氣與悶在暖桌底下的熱氣全部混在一起，不開窗會頭昏不適。

房間傳出的氣味讓喜久雄皺起眉頭，他抽起菸，一邊喊著「啊，好冷好冷」，一邊發著抖走回暖桌旁撒嬌般抱住春江。

「喜久的手好冰！」

春江推開他，向在廚房裡洗東西的母親喊道：

「媽，我們家也來買彩色電視啦！」

母親對彩色電視不感興趣，岔開話題：

「今年紅組的壓軸是美空雲雀的〈柔〉，白組是誰呀？」

春江其實並不真的多麼想要彩色電視，回應道：「不是坂本九就是三波春夫吧。」

喜久雄不理會這對母女的對話，翻身躺下，看著天花板上的蜘蛛網，想起兩個月前彩色的奧運轉播，原來東京的天空也是藍色的嘛。

一直以為東京的天空被工廠燻得烏煙瘴氣，當他看到彩色電視上的蔚藍天空時，心想，電影裡的天空還有可能是攝影棚裡做出來的，但電視裡的應該是真的，就感到莫名感動。

喜久雄伸手去拿菸，發現菸盒空了。

「阿姨，店裡還有菸嗎？」

聽喜久雄問起，春江母親拿著抹布回到暖桌旁，驚訝地問：「已經抽完了啊？」

「當然啊，三個人猛抽，一下子就沒了。」

喜久雄離開暖桌，準備穿襪子，這回換春江問：

「你要去哪裡？」想要留住他。

「去樓下拿菸。」

「只是去樓下要特地穿襪子？」

「會冷啊！」

喜久雄邊說著沒營養的對話邊爬下陡立的樓梯。

「不要拿新生，拿 Peace。」春江母親喊道。

喜久雄爬到一半便輕輕一躍跳下樓梯。一著地，明明是乾燥的冬夜，不知為何卻有雨的氣味。沒有客人的餐飲店總是有這股氣味。

一樓是春江母親開的小酒館「紫」，一片漆黑中，吧檯上倒放著五、六張椅子。

喜久雄走進吧檯，取下架上的Peace菸罐，當場點一根菸，從吧檯上搬一把椅子坐了下來。

「你們兩個，看完紅白要去諏訪參拜啊？」

「媽要不要一起來？」

「不要，好冷，我要先睡了。倒是喜久，他國中畢業後有什麼打算？」

即使在二樓壓低聲音說話，一樓照樣清晰可聞。

「小心——火燭——」

這時正好傳來寒風中夜巡敲擊木板的聲音。

「咦，大過年的，真難得。」

「是不是哪邊的町內組織？」

春江與母親的聲音又從二樓傳下來。

夜巡的敲擊聲本應慢慢由遠而近，再由近而遠，但這聲音來得突然，而且一直停在家門前。

喜久雄突然心生不好的預感，拿起藏在吧檯裡的球棒。

「小心——火燭——」

聲音又在門外響起。只是那聲音似乎在哪裡聽過，喜久雄有些遲疑，一手拿著球棒走向門口，打開店門。

一個人也沒有。平常總是遍地醉客的巷子空盪盪的，只有一隻沒要到飯的野貓正橫越而過。

喜久雄的視線不經意地追隨牠，野貓跑向一名蹲著的男子，正要餵牠火腿。

男子頭上的路燈在他臉上映下黑影，然而：

「我剛從觀護所逃出來。之前聽說除夕最容易逃出來，沒想到真的很簡單。」本人倒是答得滿不在乎。

「阿德！你怎麼會在這裡？」喜久雄為德次的突然來訪大吃一驚。

「小心——火燭！」男子摸著貓回應。

「阿德？是阿德吧？」喜久雄開口叫道。

喜久雄一看，德次身穿縫有名牌的觀護所制服，外面套著不知從哪裡偷來的女用大衣。

「逃出來……為什麼？」

「為什麼？為了老大的一周年忌啊！」

德次突然站起來，野貓被嚇到，叼著火腿跑走了。

「先進來再說吧。」

喜久雄招呼德次進店，起身的德次一雙光腳穿的同樣是女用草履，身子直發抖。

「你從哪裡偷來的？」

喜久雄拉拉那件白色大衣問。

「最近來了一個女的法務教官，我從她房裡摸來的。明明是女人卻長了鬍子……」

德次說著捏了捏喜久雄的人中：「咦，少爺也長鬍子了？嗯？欸，這是鬍子嗎？」拉扯稀稀落落的幾根鬍子。

喜久雄不禁揮開德次的手，發現他的手冷透了。

「我去幫你點暖爐。」

喜久雄以火柴點起汽油暖爐，只見藍色火焰啵的一聲燃起，同時散出汽油的氣味。

時間過得很快，宮地組的餘黨在立花組新年會上鬧事就要滿一周年。包括組長權五郎在內，立花組一共死了四人，宮地組一人，雙方傷者合計多達五十人，其中十一人有的折損手臂、有的下半身癱瘓，至今仍飽受後遺症之苦。

過年期間的大規模鬥毆事件轉眼成為全國新聞，本來因奧運在即、感覺新時代即將來臨的人們，雖不至於有「大空無雲、山下雷鳴」的佛性了悟，卻也被提醒了無論再怎麼仰望青空，腳邊仍是雷聲隆隆。

當時挑起事端的雖是宮地組，但立花組的反擊也不能稱為正當防衛，雙方多達五十二人被捕。事發後，宮地組大頭目迅速召開記者會，以「我對此事一無所知」力陳清白，此舉等同切割了發動暴行的手下，又因被捕者眾多，就結果而言，始於戰前的名門宮地組形同就此解散。

另一方面，失去權五郎的立花組也內鬥大亂。

依序應繼承組長之位的若頭真田被捕，其餘幹部沒有出眾之人，組內分出派系，惡鬥橫生，還有人不切實際地建議擁立仍是國中生的喜久雄為組長。

權五郎逝世才過七七四十九日，組內便已呈現一觸即發之勢，甚至有人想將喜久雄從家中綁架逼他宣誓繼承父位，大鬧了一場。

最後實在看不下去而出面平息這場騷動的是愛甲會的若頭，辻村將生。他從老巢佐世保趕來，立刻聯繫被收監的真田，成為他的代理人，管理內鬥的立花組組員。

辻村手段高明，讓爭奪繼位不惜決鬥的騷亂局勢在權五郎死後半年便被完全壓制下來。

當時辻村最了不起之處，在於他考慮到權五郎獨子喜久雄的將來。

「從現在宮地組大頭目個人的活躍和宮地組的凋零看來，今後黑道不能只在黑社會活動了。

不能侷限於爭地盤、火拚這種小事，必須深入國家經濟，而喜久雄就是你們的希望。要讓他好好念書拿到學歷，由成長後的喜久雄帶領大家邁向新世界。」

辻村本應是臨時代理，但不知不覺中，主持權五郎入土納骨的也是他。當然，他確實是個外人，組內也有異議，但一談到要由誰來主持，問題又會回到繼位之爭，所以最後還是安於辻村的安排。只不過，這一時的權宜，將成為後來立花組淪為愛甲會下部組織的禍根。

「喜久，誰來了嗎？」

春江從陡峭的樓梯走下來，一直喊冷卻連襪子也不穿，一雙白皙的腳被暖爐染紅。

「春江，是我。」德次回應道。

聽到他的聲音，春江嚇了一跳：「咦，觀護所也放年假嗎？」說起這種傻話。

「最好是啦！」德次賞她一個白眼。

「誰會給喝醉打警察被關的人放年假啊！」喜久雄也取笑春江。

德次被關進觀護所，是權五郎的納骨儀式在愛甲會的辻村主持下順利結束後不久。

喜久雄和德次照例帶著跟班去新世界劇場看《喜劇．站前女將》時，二樓最前排有一群穿著學生制服的人。

平常這區座位是喜久雄等人專用，偶有不知情的大人會去坐，但每次德次都會立刻趕人。附近國高中的學生也知道這是立花組老大的兒子那群人的寶座，不會擅自去坐。

「你們在那兒幹嘛？」德次問道。

昏暗的電影院裡，電影已經開始播映。回頭的是梅岡中學的不良少年。德次原以為他們會立刻走人。

「看電影啊，不然要幹嘛。」

其中一個貌似脾氣很硬的痘痘少年不懷好意地笑著。這名賊笑的少年看起來就不是好人，卻是長崎最大建材行的老闆兒子。說到「痘花讓治」，知道的人還不少。

痘花讓治一笑，德次一腳踢翻他的椅子。

附近的女性觀眾尖叫著拎起包包，逃離互瞪的德次等人往一樓跑去。

「好啦，沒人在旁邊看好戲了，你現在下跪我就饒了你。」

德次腳踩痘花讓治的膝蓋，啪的一聲打在他的油頭上。

痘花讓治猛地站起身，德次以為他會就此離開，沒想到他突然往德次臉上一拳打來。

由於太過突然，拳頭正中德次的鼻樑，德次按住噴出的鼻血蹲下。

「別以為『立花』的名號永遠都是金字招牌。落魄流氓家的小嘍囉，少在那裡囂張。」

痘花讓治的雪駄[17]踩上德次的背。被菸蒂、麵包屑、死甜的果汁弄得黏膩的地板上，德次的鼻血流散開來。

「你也別一副『我是立花組老大的兒子』的姿態，自以為了不起。」

痘花讓治踩著德次的背，伸手揪住喜久雄胸口的衣服。

「老爸被槍殺，連仇都不敢報的窩囊兒子，還有心情看電影？別人都在笑你不知道嗎？現在立花組組員都在歌廳當服務生，給宮地組大頭目和我老子端啤酒。」痘花讓治笑出來：「既然你

17　雨天及雪天專用的改良式草履，防水防滑，並在後跟加入金屬，走路時會發出聲響。

那麼想看，就讓你看個夠。《喜劇・站前流氓》開演囉！」邊說邊拉著喜久雄硬要他坐下。

「放手。」

說時遲那時快，喜久雄準備扭轉痘花讓治的手腕；然而，痘花讓治明知對方是立花組老大兒子也敢惹，分明有兩下子，喜久雄的手反而被扭住了。

喜久雄不禁膝蓋著地，痘花讓治的拳頭如驟雨般毫不留情地落下。

到了這一步，蹲在地上的德次拚命要介入，無奈頭還在暈，站都站不穩。

痘花讓治的跟班們眼看這場架穩贏不輸，對方還是立花組老大的兒子，這可是揚名立萬的好機會，便向一旁仍在靜觀情勢的喜久雄跟班打過去。

雙方七、八人圍毆起來，電影院裡的人都顧不得看電影了。

不要說二樓的觀眾，就連一樓的觀眾也站起來往這邊看。

滿臉是血的德次抱住痘花讓治的腰，想要幫助居下風的喜久雄，卻使不上力。

在這之前，痘花讓治已脫下雪馱，不斷往動彈不得的喜久雄頭上打，極盡羞辱之能事。

喜久雄也想躲，但運氣不好，膝蓋卡在座位間抽不出來。

德次進了血的雙眼眼睜睜看著喜久雄被痘花讓治以雪馱打頭。

亂鬥之中，不知是誰拿滅火器來噴，一下子電影院裡白煙齊飛，觀眾失聲尖叫。

就在這時，巡警從附近警察局趕到，亮起燈的電影院內警笛大作，幾名少年由痘花讓治領頭爭先恐後地逃跑。

「少爺，快逃！」

喜久雄被滿臉是血的德次推著，本來蹲在地上的他一站起來，便拉德次的手要他一起跑。

「別管我了，快逃啊！」德次甩開喜久雄的手。

下一秒，巡警從滅火器的煙霧中現身，大喊：「給我站住！」巡警同時抓住兩人的手，喜久雄正想著大勢已去，卻見德次擠出最後的力氣，一頭往巡警撞去，推倒踉蹌的巡警。

「少爺，快跑！」又往喜久雄背上一推。

喜久雄當機立斷跨過欄杆，「嘿」的一聲，從二樓跳到一樓。

「站住！別跑！」

德次抱住另一個要追上去的巡警的腰。

「放手！」

「不放！」

趁著他們僵持不下的空檔，喜久雄成功逃脫，而最後被三名巡警包圍的德次被依妨礙公務的罪名當場逮捕，加上過去種種惡行，送進了觀護所。

「別待在這麼冷的地方，進房間啊！」

春江以受不了的語氣喊道，但喜久雄與德次仍圍坐在昏暗小酒館地上的汽油暖爐旁，春江便丟下兩人，上樓繼續看紅白。紅白也快要結束，只好又下樓來到兩人身邊。

「阿德，上樓嘛，我幫你加熱跨年蕎麥麵。」

或許是想起熱騰騰蕎麥麵的味道，德次的肚子咕嚕叫。

「謝謝。不過，跟我這個逃犯扯上關係會連累你的。」德次裝腔作勢地甩甩肩上的大衣。

「呦，萬人迷！」喜久雄鬧著他玩。

大概是太冷了，春江懶得陪愛胡鬧的兩人鬧。

「隨便你。不過，阿德，你今晚會留下來過夜吧？明天再煮我拿手的年糕湯給你吃。」說完又回去二樓了。

樓上傳來美空雲雀吟唱的〈柔〉，夾雜著春江母親走音的歌聲。

春江走後，德次壓低聲音說：

「欸，剛才說的，我們什麼時候要為老大報仇？我已經等不及了。」

面對如此催問的德次，喜久雄笑著回應：「我沒有要報仇啊。」

「沒有？少爺……你不是說真的吧？」

德次朝暖爐靠過來，膝蓋大力撞喜久雄的膝蓋。

「沒什麼好騙你的，我從來沒想過要報仇。」

「少爺你怎麼這樣……」

「再說，阿德若是現在去報仇，就真要住進感化院了。」

「去就去，我不在乎。我已經打定主意，要我去網走[18]都不怕。進去一下子就出來了。」

「還網走哩……阿德明明最怕冷了。」

喜久雄想要說笑帶過話題，德次卻不肯放棄：

「少爺，我今天逃回來，就是為了老大的周年忌，但更多是為了可憐的少爺你啊。在我看來，不肯為老大報仇的少爺，實在太慘太可憐了。」

德次這番諫言說得雙眼微泛淚光，喜久雄卻一副事不關己的樣子，指尖轉動著空菸盒做的紙傘，做出將傘柄靠在肩上的動作。

「少爺，別鬧了。」

「抱歉。」

這紙傘是手巧的春江母親打發時間做的，喜久雄偶爾會在暖桌旁幫她。

「少爺……再這樣下去實在太難堪了。老大會哭的。獨生子忘記殺父之仇，只顧著在女人家裡玩……」

首先，不要把空菸盒捏扁，而是攤開來，做成三角形。做上一百個雖然很累，但累積這麼多之後，拿鐵絲串起來做成傘的形狀，插進一根根牙籤作為傘骨，最後再用線把一根根牙籤的末端綁起來，香菸傘就完成了。傘上的圖案會因為香菸品牌和菸盒顏色而不同，所以每一把傘都和萬花筒中的圖案一樣，獨一無二。

「少爺，我這次是下定決心才從觀護所逃出來。如果少爺真的不肯出面，就由我來。我來召集夥伴，摘下宮地組那臭老頭的人頭。」

一度陷入沉默的德次說得聲音都顫抖起來，顯然心情相當激動，一副現在就要殺進宮地組的氣勢。

「傢伙的話我來準備。」他低聲說。

「什麼傢伙啊……」

18 指日本最北的監獄「網走刑務所」。位於極北苦寒之地，又令受刑人做苦役而大量傷亡，加上後世相關電影渲染，在一般民眾心中留下全日本最嚴酷、最難熬的監獄的印象。

本來在拆解好不容易做好的香菸傘的喜久雄出言安撫，然而：

「我在觀護所認識的人，說要幫我介紹賣改造武器的。那人在時津種田，不過很可靠。至於匕首和日本刀的話，我們自己……」

「還改造呢，阿德……」

喜久雄雙手捧起拆解後的香菸傘。

「那樣的對手不是我們這樣的孩子解決得了的。」

「可是，少爺，再這樣下去，實在……」

像是要甩開苦苦糾纏的德次一般，喜久雄猛地站起來，這時春江正好從二樓下來。

「喜久？」

或許是感覺到緊張的氣氛，她下來探探狀況，微笑說：

「阿德也一起去參拜吧。」

側耳傾聽，除夕的鐘聲和教會的鐘聲在寒風中叮噹作響。

「阿德，你好不容易從觀護所逃出來，跟我們一起去拜諏訪大神，求大神保佑你不被抓回去，拜完再一起去吃麵吧！」

喜久雄開起玩笑，德次卻連頭也不抬。

喜久雄只好走上二樓，跨過躺在暖桌裡看著《除舊歲迎新年》的春江母親，也準備了要給德次外出穿戴的襪子和圍巾。

黑白電視上正播著等候寺院開門的香客們朝凍僵的手呵出白氣的模樣。

「阿姨，那是哪裡的神社？」

「那個嗎？京都伏見稻荷。如果是彩色電視，那一整排紅色鳥居可漂亮呢。」
「阿姨去過？」
「京都？沒有，我最遠只去過熊本。」
「將來我帶春江和你一起去京都。」
喜久雄低聲說，春江母親似乎嚇了一跳，抬起頭來。
「哦，喜久要帶我們去？真教人期待呀。」高興地說。
不知是因為有一半身體在暖桌裡，還是沒有化妝的關係，春江母親顯得非常嬌小。
「阿姨好瘦小啊。」喜久雄不禁喃喃自語。
剛才吃驚抬頭的春江母親不知為何仰望低低的天花板，說：
「喜久以後一定會長得更高大的。」

喜久雄的父親權五郎，腹部中了兩槍，仍在長崎大學醫院的病床上撐了三天之久。
儘管到最後都沒有恢復意識，但醫院小小的鐵床幾乎裝不下的粗壯手腳，一直充滿令人相信他必會東山再起的生命力。
那龐大的身軀突然好像消了氣，是在入院第三天晚上。
幾乎不眠不休照護權五郎的阿松，累極了像昏過去般睡著後，病房裡只剩下喜久雄。當他起身準備回家時，不經意低頭看向權五郎，卻見他的身體變小了，小得讓喜久雄不禁發出一聲：
「嗯？」
失去意識後，權五郎仍不像個重傷的人，一直鼾聲震天。響亮的鼾聲與醫院小病床容不下的龐大身軀相得益彰，但若是出自縮了水的身體，就毫無威嚴可言，反而只有虛張聲勢般的可悲。

喜久雄連忙捏住權五郎的鼻子，他嘴巴一下鬆開，又嗚嗚地更加滑稽地打起鼾來。

喜久雄直盯著權五郎的臉。父親臨死他一點也不傷心。只是，一想到父親的人生最後是輸了就讓他好不甘心，不甘心地掉眼淚。

權五郎的傷勢急轉直下，六小時後斷氣，在空無一人的病房中迎來四十一年熱鬧人生的最後一刻。

權五郎一死，喜久雄便成了孤兒。因為養大喜久雄的阿松其實是權五郎的繼室，喜久雄的親生母親在他兩歲時便過世了。

那是昭和二十七年（一九五二）年底，受到原爆波及的長崎大學醫院借用附近小學作為臨時診療所，喜久雄的生母千代子死於結核病，應該是病倒後沒有接受妥善的醫治，便這樣走完短短的一生。

當時，權五郎一家住在如今是著名夜景景點稻佐山的山腰，與鬧區隔著長崎港相望。

那時正值權五郎與愛甲會的熊井在戰後快速復興的長崎打天下，雖然已自成一幫，但在宮地組為王的長崎仍只是新興組織之一。他租了個沒有大門與圍牆的平房，讓刺龍繡鳳的年輕人有地方去，若天氣好，便在家門前玩相撲，下雨就在室內打花牌，日子過得倒也愜意。

平房後方有一幢鋼板屋頂的長屋，喜久雄的母親千代子就被安排在盡頭排水很差的那一間，下雨天不鋪木板就無法走過去。據說她總是不斷帶痰咳著，躺在髒兮兮的被窩裡，任憑黑髮纏繞糾結。

結核病會傳染，不是人人都敢輕易去探望，當時年紀還小的喜久雄一次也沒去過。

被身邊大人威脅「靠近那裡眼睛就會看不見、靠近那裡就會吐血」，喜久雄當時雖是幼兒，仍記得自己像害怕妖魔鬼怪一般，對住在那裡臥病的母親感到懼怕。

當時，權五郎已經把後來扶為繼室的阿松帶進家裡了。

除了偶爾來一次的醫生，誰也不會靠近千代子的房間，而每天為她送三餐的便是阿松。

阿松是權五郎年輕時照顧他起居的附近老婆婆的孫女，當權五郎在稻佐町租屋立幫時，老婆婆介紹她來打理家事。該說她生性大方嗎？要她擦地，她便冒著汗，不怕羞地露出白皙的大腿幹活，那模樣要不了多久便挑動了權五郎的情欲。

當時千代子已經病了，因此幫幼小的喜久雄換尿布、夜啼時揹他去散步的也是阿松。

之後，千代子在長屋臥病不起，權五郎便將阿松當老婆看待，就連要帶老婆出席比較像樣的喜慶喪事，也逼著以「這樣對不起千代子太太」而婉拒的阿松穿上黑留袖，硬是帶她去。

阿松有時被權五郎不分晝夜地求歡之後，緊接著就去為千代子送餐。身為正室的千代子比誰都了解權五郎，不可能沒注意到阿松身上的微熱。當時她們兩人是怎樣的心情，如今已不得而知，但是當千代子形同被遺棄般去世時，比任何人都堅強地安排葬禮的便是阿松。

儘管兩歲幼童的記憶不可靠，但喜久雄不知為何記得她們兩人在長屋說話的身影。

不知是他偷偷尾隨阿松，還是阿松怕他以後再也見不到生母而把他抱去。喜久雄的那段記憶裡，千代子很痛苦，阿松摩挲著她的背對她說：

「千代子太太，你要努力好起來。你經歷原爆都活過來了，怎麼可以輸給生病呢。」

刺青師傅阿辰手中的鑿子咔嚓咔嚓地發出聲響，像是被趕著走的時鐘。

喜久雄趴在薄薄的墊子上，把額上冒出的冷汗擦進髒兮兮的枕頭，每當師傅用紗布粗魯地抹去他白皙的背上滲出的血，他便痛苦地皺起臉。

阿辰的鑿子毫不留情地在喜久雄背上刺出展翅的雕鴞，但不知是少年的背太纖瘦，還是猛禽的雙翼巨大，雕鴞似乎隨時都會振翅高飛，離背而去。

「辰叔，今天就弄到這裡好不好？」

「為什麼？」

「我早上有點發燒。」

「發燒？」

喜久雄每次都喊苦，阿辰顯然不想理會，手上的鑿子繼續動個不停。

「人家春江今天也忍耐了三個鐘頭，再一次就要完成了。少爺你差多了。」

「因為她很遲鈍啊。」

喜久雄剛脫衣趴下時，床被上還殘存著春江的體溫和汗水。

屋裡雖然開著汽油暖爐，但能俯看中島川上眼鏡橋的窗戶卻敞開著，喜久雄背上的傷口受到刺骨寒風與暖爐熱氣的輪番攻擊。

「好了。今天就到這裡。」

阿辰突然放下鑿子。在床被上死命忍著幾乎要發抖的喜久雄也放鬆全身的力氣。

「辰叔，我還要幾次才能完成？」

「如果能忍耐三個鐘頭，再一次就好。不能的話，就再兩次。」

阿辰以奇妙的姿勢爬過榻榻米，輕輕一躍坐上窗檯。他少了一條腿。

「辰叔，你被炸彈炸掉的右腿上也有刺青嗎？」

「有啊，整條腿密密麻麻，一路刺到大腿。」

這位刺青師是三重縣人，戰前是建築工人，被徵召進了陸軍，發派到塞班島的主力守備隊。打完人海戰術，他仍被迫只靠輕機槍打游擊，因而中彈。失去右腿後被美軍俘虜。

在戰俘營中，他覆滿全身的絢爛日式刺青成為話題。據說隨軍攝影師拍下他只穿一件兜襠布的照片，刊登在美國雜誌上。

戰後，士兵解甲歸田，但他失去右腿無法回去當建築工。所幸從小有繪畫天分，便成為刺青師，在名古屋、神戶等地輾轉流連。最後，某個夜裡他喝醉跳上汽船來到長崎港，或許是水土相宜，又得到在賭場上認識的權五郎庇護，便待下來了。

阿辰在喜久雄背上塗上冰涼的凡士林，喜久雄問：

「辰叔，聽說你沒了的那條腿還是會癢，真的嗎？」

「是啊，會癢。比癢更糟的，是腳在被炸掉之前才在塞班叢林裡被一群螞蟻爬過，那時的感覺現在還留在早就沒了的腳上。」

「叢林裡的螞蟻很大隻吧？」

「是啊，又肥又大的紅螞蟻。」

阿辰準備往喜久雄塗了厚厚凡士林的背上貼一個透明膜狀的東西。

「那是什麼？」

「最近在賣用來包食品的東西，叫作保鮮膜。」

喜久雄塗滿凡士林仍滲血作痛的背部被透明膜包起來。

「魚也好，肉也好，用這個包起來就暫時不會壞。比紗布好吧？」

不知為何，喜久雄想像起阿辰在塞班島被炸掉的右腿被保鮮膜包著送到日本的情狀。

思案橋一帶距離曾是花街的丸山相當近，是長崎首屈一指的鬧區，當時以擁有上千席位傲視業界的歌廳「十二番館」和「銀馬車」為中心，整條窄巷裡高級夜總會、餐酒館櫛比鱗次，搭上長崎在地產業巨頭三菱造船業績勁揚的力道，每晚都熱鬧得像廟會。

當一個城市充滿活力，獨特的文化便應運而生。

好比在「十二番館」舞廳擔任專屬樂隊的高橋勝與科羅拉帝諾，幾年後他們以〈思案橋藍調〉這首曲子華麗出道，掀起日本流行樂界的長崎風潮。繼青江三奈的〈長崎藍調〉、瀨川瑛子的〈長崎紫夜〉等名曲之後，勁敵「銀馬車」專屬樂隊的內山田洋與Cool Five以萬全之姿出道，推出轟動全日本的金曲〈長崎今天也下著雨〉。

其實思案橋雖是橋名，但當時河川早已填平，橋也不在了，唯有柳樹仍屹立於曾是河畔的小巷中，夜夜在晚風搖曳下望著醉客與時代來去更迭。

這一帶以前是花街，時代換了仍賓館林立，所以在路燈還少的當時，附近的丸山公園與巷弄便成為討夜生活的女人的絕佳展示窗。

「來，我買了肉包。」

喜久雄拿著還在冒煙的肉包，走到在柳樹下被寒風吹得縮起身子的春江面前，打開外層的竹皮，冬夜裡蒜香四溢，連附近的大姊都被吸引過來，一個個伸手來拿。

「小春真好，有這麼可愛的帥哥疼愛你。」

或許是作為寒風中肉包的謝禮，平常總是以「帥哥你那話兒行不行？」取笑喜久雄的這些女人，難得說起好話。

被當成堂堂男子漢看待，喜久雄自然開心。

「姊姊們要是遇到什麼困難，隨時都可以來立花組找我們。」他隨口承諾道。但其實自權五郎死後，立花組的名聲在這些女人之間也已經過了賞味期。

「說到這個，頭目的周年忌法事，廟是三流的，和尚也是三流的，實在很寒酸。」

她們不但不敬畏喜久雄，反而可憐起他來了。

喜久雄雖想反駁幾句，但主持法事的愛甲會辻村所選的寺廟與和尚，確實如她們所說是三流的。不要說立花組組員了，就連不忘過去恩義前來上香的人，都因場面太過寒酸而說不出話。

這份淒慘，站在隊伍最前頭的喜久雄和阿松自然感受得比誰都真切，但是不知不覺間，立花組已經形同愛甲會的下部組織，沒有人敢對辻村有意見。

喜久雄雙手捧著的竹皮裡還剩三個肉包的時候，突然有人用力推了他的肩膀，一個踉蹌，肉包從手中滾落。

「喂，給我小心點！」喜久雄轉頭罵道。

沒想到眼前大漢也開口罵：「還在念國中的小鬼就幹起皮條客？」

罵完便朝喜久雄的頭打去，力道大得好似把喜久雄的脖子都打短了。

這位一把抓住痛得眼冒金星、站也站不穩的喜久雄衣襟的大漢，其實是喜久雄的國中體育老師，姓尾崎。他是典型戰後民主主義下誕生的老師，平日最討厭黑道流氓，上柔道時總故意選喜久雄當對手示範。之前才以過肩摔摔得喜久雄站不起來，這次上絞技又將喜久雄勒到快昏迷才鬆手。

其他老師因為喜久雄是權五郎的兒子都對他小心翼翼，尾崎完全相反，學生們背地裡都說尾崎總有一天會被立花組組員打死，他本人卻毫不在乎，只要喜久雄敢在學校作怪，他一定毫不留情把人打到臉變形。

其實喜久雄幾乎不去上學也是因為尾崎。只有一次，他實在受不了，為這不合理的暴力向權五郎告狀。

「哦，這年頭還有這麼有骨氣的老師啊？」權五郎反而讚嘆，又說了句：「自己的敵人，自己解決。」再拍拍喜久雄還沒消腫的臉就當算了。

「你是哪個國中的？」

喜久雄痛得蹲在地上，尾崎這回揪住毫無抵抗力的春江的頭髮。

「才國中，就被這笨蛋騙，在這種地方站。你拿你寶貴的身體在做什麼你知道嗎？」

尾崎扯著春江的頭髮，粗暴地猛搖。喜久雄在他腳邊喊著「住手」想救她，結果是自己一臉被一腳踩扁。

或許是尾崎看起來太過凶殘，就連對這類騷動一概袖手旁觀的大姊們也開口道：

「大哥，夠了啦。」

但這似乎不足以平息尾崎的怒氣，他硬是把倒地的喜久雄抓起來：

「你這輩子就打算這樣過嗎？」

喜久雄一雙腿縱然使不出力，個性卻是好強：

「等我將來繼承立花組，頭一件事就是閹了你！」

對尾崎這樣放話，但尾崎就像是在等他這句話似的，一巴掌甩過來：

「你瞎了嗎？哪裡還有立花組？」再度把喜久雄打倒在地。

遺憾的是，尾崎這話並不假。權五郎死後一年，周年忌的法事上，以前的組員雖然到了，但他們幾乎都已經在愛甲會的長崎支部出入，一回神，還會照樣拜訪只剩阿松和喜久雄的立花本家的，就只有與權五郎直接結拜的幹部了。家裡有弟兄們在又擠又吵，但不在時，彷彿連原本的熱度都不再。過去對縫裡吹進來的風和浴室的冷渾然不覺，現在感到格外刺骨。

再加上，世道很現實。前幾天阿松叫了鰻魚飯，對送飯的人說聲「辛苦了」，照老規矩給了小費就讓他回去，卻見他開口：

「那個……」送飯的人欲言又止。阿松還以為有什麼事，原來是店主交代盡可能收現金回來，阿松又驚又羞，連忙進屋拿錢。

連鰻魚飯的外送都這樣，也難怪曾與權五郎往來的消息靈通企業家都爭先恐後地從他們與立花組的合作中抽身了。

早上，立花組事務所的鐘擺聲響遍整間屋子。雖然才七點，但權五郎若在世，已經起床負責雜務的年輕小夥子或是打掃、或是呵欠連連而挨罵，總是熱熱鬧鬧。喜久雄在二樓房間根本聽不見事務所的鐘擺聲。

這天早上，喜久雄穿上好久沒穿的學生制服下樓來到廚房，阿松與一名當過日本料理廚師的小弟小鐵兩人正在做早飯。

「哎喲，真難得。要上學？」

阿松一見到他，圓滾滾的眼睛睜得更圓了。

小鐵緊接著插嘴開玩笑：

「昨晚才被學校的尾崎痛打一頓回來，一定是怕了吧？」

喜久雄不理會他們，在餐桌前坐下，將一塊滷南瓜放進嘴裡。

「飯。」他的語氣很隨便。

所幸，他頭上被尾崎打腫的地方雖然痛，但眼睛腫卻是睡眠不足的關係。

之前總是一大群人一起吃早飯，如今加上喜久雄和阿松也才三、四人，每個人默默吃完剛起鍋的白飯和熱騰騰的味噌湯，便不約而同離開廚房。

喜久雄走向玄關，準備穿運動鞋時忽然動念，跑回事務所，朝權五郎的牌位合掌一拜。

「哦，少爺竟然記得拜老大，真是難得，是不是要下大雪了啊？」拿牙籤剔牙的老組員說道。

喜久雄沒有理會，折回玄關，說聲：

「我出門了。」

衝出去時卻與從電線桿後方冒出來的德次撞個正著。

「好痛！什麼東西？」

「噓！」

喜久雄被德次捂住嘴，拉到電線桿後。

「阿德？你跑去哪裡了？觀護所的職員來家裡找你好幾次。」

「抱歉，我不能說。」

「為什麼？」

「會給少爺和大哥們添麻煩。」

阿德除夕那天逃出觀護所之後的這三週，只有權五郎周年忌法事那天在寺廟屋頂閣樓合十而拜，之後就不知躲去哪裡，連喜久雄都不聯絡。

「幹嘛？這麼一大早的。」喜久雄覺得奇怪。

「我聽春江說，今天少爺要去學校。」

「是啊。」

喜久雄看似不在意德次的話。

「少爺，我在想，我不如離開長崎，去大阪好了。」

「大阪？」

聽到德次突如其來的宣言，喜久雄的聲音不禁大了起來。再仔細看德次的神情，他明擺著巴不得要人挽留，而且從沒聽德次說過在大阪有朋友，想來是逃亡的生活太苦了。

「我打算跟少爺說一聲，就直接去長崎車站。」

「你這事，我們中午再說。」

「我等不了。」

「等我去學校待到中午，就和阿德一起去大阪。」

「咦？少爺也去嗎？」

意想不到的轉折讓德次猶豫著不知該不該期待。

「反正十二點長崎車站見。」

喜久雄丟下這麼一句，往德次肩上一拍，便朝學校的方向跑去。

「路上小心……」目送他離開的德次還愣在原地。

邁開腿奔跑的喜久雄在雜貨店轉彎，直接跑上石板坡道，站在長坡道中途一家香菸店的紅色公用電話前，撥了一一〇：

「喂，除夕那天從長崎觀護所逃走的一個叫早川德次的人，今天中午十二點會在長崎車站等你們。他已深刻反省，有心想自首，但沒有勇氣回去觀護所。拜託你們了。」他沒頭沒腦地說完。

「喂？惡作劇嗎？」

喜久雄不理會對方，掛上聽筒，繼續跑上陡急的坡道好趕上全校朝會。

肩上揹的書包每晃動一下，就能感覺到從事務所偷出來的那把刀刃二十公分的匕首的重量。

通往學校那道又長又陡的坡，半途會經過一處佔地頗大的墓園，一座座花崗岩墓碑被朝陽照得濕亮濕亮。

只要回頭，便能將長崎這座城市盡收眼底。即使一度破敗，喜久雄仍熱愛這個自己長大的地方。

跑進學校正門，前往操場途中的同學們看到許久未上學的喜久雄都很驚訝，喜久雄直接衝進一樓廁所，從書包裡拿出匕首插在腰間，再若無其事地加入前往朝會的學生隊伍。

今天的朝會，預定會有近年捐贈大筆款項建設兒童圖書館的慈善家，與推動這項事業的市議會議員，以「擁有夢想」為題發表演說。而這位慈善家正是過去的宮地組大頭目，現在的「世紀建設」會長，宮地恆三。

喜久雄躋身散漫地走向操場的學生隊伍，握緊貼著肚子的匕首。

校長向列隊排好的全校學生介紹完，宮地組大頭目與他的市議會議員女婿便在稀稀落落毫無誠意的掌聲中，一同站上講台。

晴朗無雲的青空上有兩隻老鷹，一直盤旋著尋找獵物。

站在最前面數來第五個的喜久雄始終低著頭，準備伺機而動。

這一年，喜久雄沒有把這個主意告訴過任何人，一直靜候這一刻。

人生本來就有輸有贏，這個道理就連十五歲的喜久雄都懂。只是，自己父親的人生以輸告終，做兒子的終究嚥不下這口氣。

台上女婿市議員對宮地組大頭目無聊至極的介紹還沒結束。喜久雄抬頭偷瞄一眼，昨晚狂揍他一頓的體育老師尾崎不知為何一直瞪向他這邊。

喜久雄趕緊收回視線，腳尖繼續把小石子踩進土裡埋起來。

從他站的地方到台上大約五公尺，邊衝邊拔出匕首，跳上台大概需要一、兩秒。喜久雄一次又一次在心中想像自己拿匕首刺進宮地組大頭目腹部的景象。

宮地組大頭目就要站到麥克風前了。喜久雄用力握緊匕首，他終於抬起頭，看向朝太陽瞇起眼睛的大頭目，一口氣衝上前。

因為心急，他撞上前方同學的肩膀而慢了一秒，但還是喊著「啊——」向前衝，轉眼就跳上台。定神一看，大頭目皺紋縱橫的老臉就在眼前，雖然瞥見體育老師尾崎大吼著朝他衝來，喜久雄仍不顧一切將匕首向前一送。

得手了。下個瞬間，他的肩頭受到強烈撞擊，身體飄上半空中。

第三章　大阪第一幕

冰冷的雨打在長崎車站的知名地標，教會風格的三角屋頂上。妝點車站白牆的奢華彩繪玻璃，這天也因為沒有陽光而顯得悲淒。

傾盆大雨中，喜久雄與阿松從急煞的計程車匆忙下車，去後車廂拉出一個大旅行袋，便直接往剪票口跑。

「喜久雄，車票呢？」

「帶了！」

「到大阪的半二郎先生家，要好好跟人家打招呼喔！」

「知道了！」

四名立花組組員從另一輛跟在他們之後抵達的車下車，也是一派匆忙，趕來為即將啟程的喜久雄送行。

喜久雄出示車票走過剪票口，想跟著進去的阿松卻被站務員攔下。

「阿姨，票呢？」

「我只是來送兒子。」

「那也得買月台票才行。」

月台上臥鋪列車特急「櫻花號」的發車鈴響起，一臉凶惡的組員們追上來。
「站長先生，我們回頭再付錢，先讓我們進去。」
「不，我不是站長……」
「這不重要。」
阿松和幾名組員一湧而上衝過剪票口，跑上月台去追喜久雄，半路一名組員對著叫賣便當的說：「錢等一下會付。我們是立花組的！」一把抓了便當和凍橘子。
就在鈴聲停止前，喜久雄跳上列車，阿松和組員隨後一陣忙亂地跑來。
「喜久雄……要，注意，身體。」
阿松喘得連話都快要說不出來。
這時組員忽然高喊：「萬歲——萬歲——萬歲——」
阿松上氣不接下氣地跟著一起喊，彷彿車掌也在配合他們一般，列車門在他們喊完後關上。
「喜久雄！晚上睡覺記得要包肚圍！」
這種場合應該有很多話可以說，但阿松當下脫口而出的這句話，還是讓喜久雄感動不已。
臥鋪列車特急「櫻花號」緩慢開動，或許是在車站道別讓人萌生更多傷感的情緒，其中一名年輕組員甚至以袖子拭淚。
「少爺，保重！」
他猛力揮動的手還拿著本應交給喜久雄的便當和凍橘子。
「喜久雄，到了要寫信回來！」
「少爺，加油！」

火車上，喜久雄把臉貼著玻璃窗，一直朝遠去的阿松和組員揮手。明明直到剛才對離開土生土長的長崎都沒有任何感慨，或許是身後漸行漸遠的車站顯得淒涼，他不知為何眼角發熱，想起離開時給權五郎上香：「那我出門去啦。」開玩笑地敲著銅罄的自己簡直是另一個人。

車窗裡，長崎街道不斷往後退。喜久雄以為自己會哭出來，於是將額頭貼到冰涼的玻璃窗上。但心情這東西實在難以捉摸，做好準備後反而淚意全消。

喜久雄在莫名的失落中與冰涼玻璃窗拉開距離，不禁苦笑：

「又不是生離死別……」

走向自己的車廂，位置是三號車Ａ８上鋪。感傷的心情一消失，姑且不論理由，這趟行程可是他由衷期待的大阪之行。

喜久雄搭乘的這輛臥鋪列車特急「櫻花號」非常熱門，行駛於長崎與東京之間，一趟二十小時，也是兩年後渥美清主演的賣座片《喜劇急行列車》的舞台。

說個題外話，這部列車系列電影推出的次年，渥美清便演出《男人真命苦》這部演藝生涯代表作的主角寅次郎，後來更因此榮獲國民榮譽獎，而這部系列電影的導演，也對日後日本影視產生不小的影響，好比七〇年代由山口百惠主演而大紅的電視劇集「紅色系列」、八〇年代堀智榮美主演並形成社會現象的《空姐物語》等，都由他擔任導演。

喜久雄在臥鋪列車特急「櫻花號」上找尋座位，外面雖是雨天，仍能感覺到乘客搭上期待已久的知名列車的興奮，儘管才下午三點多，已經有人迫不及待地上床，拉上窗簾打起鼾來。

至於喜久雄呢，之前阿松帶他去大阪看過幾次戲，對列車本身已不那麼好奇，但踏上旅程終究是特別的，就連揹在肩上的旅行袋和塞滿伴手禮的包袱沉甸甸的重量，都讓他心情雀躍。

找到座位，看來運氣不錯，同室還沒有乘客。喜久雄將行李扔到上層臥鋪，在下層坐下。

正好販賣推車來了，喜久雄叫住身穿白色荷葉邊圍裙的年輕販售員，買了之前來不及拿的火車便當與凍橘子。

「小哥，一個人旅行嗎？」年紀比他大不了幾歲的販售員問。

「小姐上班到哪一站？若是到大阪，就跟我一起去玩吧！」

這時可不能被看輕，喜久雄努力裝出大人的模樣，卻被和女演員若尾文子有幾分相像的清秀販售員用力摸頭結束了這回合。

推車離開後，列車恰巧進入隧道，喜久雄望著自己映在車窗上的臉，忍不住著急，擔心或許在那種都會女子眼中，自己看起來還是個孩子。

不用想也知道，這次的大阪行與之前去看戲是兩回事，不是去玩的。簡單地說，是要逃離長崎。

喜久雄之所以有心情搭訕推車販售員，其實是因為不安。說起來，他沒等到國中畢業就啟程，當然與那次朝會有關。

那天早上，喜久雄刺出去的匕首確實插進了宮地組大頭目的腹部。只是，該說是不巧還是幸運，大頭目的皮包就塞在腰際。匕首雖然刺穿了皮包，傷勢卻不怎麼嚴重。

反而是喜久雄被當場衝過來的體育老師尾崎從台上撞飛，肩膀脫臼。

眾目睽睽的朝會上發生行刺事件，加上受害的一方是宮地組大頭目和他的市議員女婿，儘管傷勢不重，照理說也要報警，當場逮捕喜久雄。但這時體育老師尾崎明智而迅速地採取了行動，他先將臉色蒼白的宮地組大頭目帶離師生面前，送到保健室，幫他做簡單的急救，一邊在他耳邊悄聲說了以下這番話：

「大頭目，您要不要讓這件事成為美談呢？

「這樣說吧，持匕首行刺的人，大頭目您也認識，就是權五郎的遺孤立花喜久雄。這次事件，想必會被人們視為為父報仇的義舉而流傳開來。這麼一來，您無論如何都會被當成壞蛋吉良義央，而喜久雄就是年輕的大石內藏助了[19]。屆時，不要說大頭目您身為慈善家的名聲，對您正要將影響力從長崎擴展到全國的家族的將來，肯定也會有負面影響。值得慶幸的是，您的傷勢不重，那麼，能不能請您把喜久雄這次的行為當作小孩子不懂事，吞下您的怒氣？

「不不不，當然不是要您當作什麼事情都沒發生。在下尾崎這輩子，不只會告訴學生和家長，更會向人們廣為宣傳，宮地組大頭目對一個可憐國中生多麼慈悲。」

一旁驚慌失措，嚷嚷著「不行不行，馬上報警，叫警察來」的市議員女婿斥罵尾崎的提議太過便宜對方，簡直胡鬧。但薑是老的辣，大頭目很快就看清其中利弊，顯然也對吉良義央的惡名十分忌諱。

「原來如此，老師說的有道理。那麼，我們就當那孩子拿的不是匕首，而是竹子做成的刀吧。」

19　此處以「元祿赤穗事件」來比喻。日本江戶時代，赤穗藩藩主淺野長矩受吉良義央的刁難，憤而在江戶城大廊上拔刀殺傷吉良。此事讓將軍德川綱吉蒙羞，遂命淺野切腹謝罪並將赤穗廢藩，而吉良沒有任何處分。赤穗家臣向幕府請願以圖復藩，始終無望。於是，元祿十五年末，大石內藏助率領赤穗家臣共四十七人，夜襲吉良宅邸，斬殺吉良義央為主君復仇。

事情就此談定。

然而，擺不平的是在操場上被其他老師制住，大吵大鬧的喜久雄。

「快啊！把我送警察局啊！送宮地組啊！送去哪裡我都不怕！」

喜久雄的盤算，是想直接當著全校師生的面被警察帶走。

「快叫警察啊！」

他邊喊邊大鬧時，大頭目與尾崎一塊兒回來了。雖然知道大頭目傷得不深，但他們也談得太快了。

大頭目往喜久雄面前一站，慈祥地將手放在他頭上，說：

「你是個孝順的好孩子。看到自己父親屈服於暴力之下，一定很不甘心吧。可是啊，喜久雄同學，你的敵人不是我宮地恆三。你的敵人，是至今仍蔓延全日本的暴力。而你，有挺身挑戰暴力的勇氣。你的人生才正要開始，怎麼能在這裡跌倒呢。」

宮地一手按著傷口，發表這段慈愛滿溢的演說，老師之間甚至響起了掌聲。這也是當然，朝會時上演行刺事件，不要說學校的教職員會議，市府的教育委員會也肯定擺不平。

之後，大頭目再度回到台上，繼續枯燥的演講。眼見一早便發生大事，正期待可以鬧到停課的學生們也因為事情如此輕易落幕而發出失望的嘆息。

只剩下喜久雄一人還繼續吼著「放開我、放開我！」，吵鬧不休，活像個走錯棚的演員。

最後，朝會照常結束，學生們拖著沉重的步伐走回教室，喜久雄則被尾崎架住雙手扭送回家。

事實上，在保健室協議時，大頭目向尾崎開出一個條件，那就是：

「立刻將立花組那兒子趕出長崎。」

這樣的話，他就不報警。

駛離長崎車站的臥鋪列車特急「櫻花號」準時經過諫早、佐賀，在暮色中即將抵達博多。

此時為「櫻花號」興奮的乘客也已經冷靜下來，車廂裡回響著列車行駛在佐賀平原上的喀咚喀咚聲。

喜久雄往臥鋪一躺，打開自己帶來的收音機，流洩而出的是「砰、砰、砰砰、砰砰砰」節奏輕快的坂本九暢銷曲〈何時都有明天〉。

總是在同一個車站，遇見同一個女孩
水手服，黑髮辮
就快來了，就快來了
結果今天也空等一場

「不好意思，查票。」

喜久雄正哼著歌，不知為何剛才明明查過票了，又有人來查。

「剛才已經……」

喜久雄爬起來，面前站著的竟是德次。

「咦？阿德！」

德次不理會驚訝的喜久雄，將懷裡的大包包用力一丟，倒在喜久雄的下鋪。

「咦？怎麼會？你從哪裡上車的？」

「少爺，別大驚小怪。不過這臥鋪列車櫻花號好酷啊，我第一次搭呢！我先跑去餐車，又跑去看包廂，拖到這麼晚才來給少爺驚喜。」

德次似乎很享受第一次搭臥鋪列車，他用掛在脖子上的便宜相機，不斷拍著從上鋪探頭出來的喜久雄和臥鋪。

「阿德，這不是巧合吧？」

「怎麼可能！當然不是，我也要陪少爺去大阪！」

「陪我？為什麼？」

「因為，少了我，少爺什麼都不會做了啊！」

德次的笑聲在安靜的車廂內響起。

這會兒，故事要回到朝會時發生行刺事件的那天。

喜久雄和德次顯然非常有緣。從觀護所逃出來的德次告訴喜久雄「我在想，我不如離開長崎，去大阪好了」的那一天，正好是喜久雄展開一生一世報仇大計的早上。

喜久雄認為阿德不可能逃過追捕，為了他的將來打算，希望他回去觀護所，所以一轉身便把德次出賣給警方。但德次從小就對這方面特別敏銳，一抵達相約的長崎車站，立刻察覺有異，沒等觀護所的職員和警察發現便溜之大吉。

他次日才得知朝會上發生了行刺事件。

德次滿心驕傲，覺得「我們少爺果真是男子漢！」，立刻趕往立花家，結果當事人喜久雄被軟禁在房裡，而從佐世保趕來的愛甲會辻村正與阿松和尾崎在事務所內促膝長談。

他們已經談到讓喜久雄繼續待在長崎一定不會有出息，決定把他送走。當然，首先想到的便是九州和關西的黑道，但阿松堅決反對：

「我答應了喜久雄的親娘千代子太太，絕對不讓喜久雄進黑道，一定要讓他走上正途。」

於是，辻村說出了一個名字，去年曾經出席立花組新年會的大阪知名歌舞伎演員，第二代花井半二郎。

載著喜久雄與德次的臥鋪列車穿過關門隧道，準時經過下關、宇部、德山，抵達廣島車站。深夜十一點五分駛離廣島車站後，經糸崎、岡山、神戶，最後將於深夜三點五十四分抵達大阪車站。

「少爺，你睡了嗎？」

德次從下鋪將上鋪踢得砰砰作響。剛才他還為第一次搭臥鋪列車與即將展開的大阪新生活興奮不已，喝著自己帶來的杯裝清酒和喜久雄笑鬧。

實在看不下去，車掌前來警告：「乖乖睡覺。」兩人這才上了床。

這位車掌貌似冥頑不靈的鐵路公務員，卻也有通情達理的地方，他顯然誤以為喜久雄和德次是前往大都會就業的年輕人，所以對他們手中的杯裝清酒視而不見。

「少爺，你睡了嗎？」

德次又踢了踢上鋪的床板，上面傳來聲音：

「沒。」

「聽到少爺去報仇，我真的好高興。」

「可是失敗了。」

「失敗也沒關係。重點是有沒有那個膽識。而且，往後隨時都可以再來一次。」

「就是為了不讓我再來一次，阿德才被派來監視我吧？」

「呃……這倒也是。」

兩人略帶睏倦的笑聲充斥安靜的車內。

「對了，到了大阪的歌舞伎演員家，我們要做什麼啊？少爺應該是要在那裡上高中就是了。」

德次似乎突然不安起來，喃喃自語，抱起硬梆梆的枕頭。

在上鋪同樣抱著硬梆梆枕頭的喜久雄，心裡也有些不安，隨著列車舒適的搖晃，眼皮越來越重，不知不覺間，德次說著想去通天閣和大阪城的聲音越來越遙遠。

忽然有人搖晃他的肩膀，喜久雄醒來時，正播放著即將抵達大阪的廣播。

叫醒他的正是那位不追究他們喝杯裝清酒的車掌。

「好了，快叫醒你朋友，再不準備下車就來不及了。」車掌悄聲說道，怕吵醒不知何時上車的對床乘客。

喜久雄一看，睡相很差的德次幾乎半個身子都在床外了。

「阿德。」喜久雄邊收拾行李邊搖醒德次。

「玄關我已經掃過了……」德次還在說夢話。

列車漸漸減速，窗外是大阪的街道。

「阿德，到大阪了。」

聽到大阪二字，德次頓時驚醒，嚷著「少爺，我們走！」，立刻起身。

列車緩緩駛入亮得刺眼的月台，喜久雄與德次雙雙揹起旅行袋。

列車停妥，車門一打開，兩人爭先恐後地跳上月台。隆冬清晨四點的月台冷得快把人凍僵，但兩人呼出的白色氣息卻顯得十分愉快。

「哇！」

看著車站四周的高樓，德次失聲驚呼，長崎可沒有這麼高的大樓。

「少爺，這棟樓是什麼？」

「我記得那邊是阪神，這邊是阪急百貨。」

彷彿在慶祝兩人抵達一般，冰冷的月台響起汽笛聲。

霓虹燈已經熄滅，車站四周豎立著巨大看板：東芝收音機、亞特拉斯毛線、白鶴清酒。字一個比一個大，彷彿文字本身就是哥吉拉電影中襲擊城市的怪獸。

步出臥鋪列車特急「櫻花號」的乘客揉著惺忪睡眼走向剪票口，這當中，事事無不新鮮的德次卻站在月台上不動。

「少爺，新幹線在哪裡？」

「新幹線不停這一站，它停的是新大阪車站。」

「哦，還有另一個車站啊？」

「何止一個，大阪還有十幾二十個車站。」

「哇，十幾二十個！」

「好了，阿德，走吧。」

被喜久雄從背後推著，德次好不容易才邁出腳步。明明是清晨四點，車站前卻被計程車車燈照得明晃晃的，兩人跟在其他乘客後面過了剪票口，看見一名中年男子在空無一人的大廳裡忍著寒風，搓著手。

這名男子一與喜久雄對上眼，便從外套裡抽出一個東西，一張捲起來的紙，打開後上面寫著「立花喜久雄君」。

「啊，」先出聲的是德次：「少爺，你看，有人來接你了。」

「嗯……不過，那是誰啊？」

德次留下困惑的喜久雄，跑向那名男子。

「是喜久雄君嗎？」男子問。

「不是，少爺在那邊。」

男子顯然不在乎誰是喜久雄：「走吧，站在這裡只是白受凍。」邊說邊快步走起來。

喜久雄與德次對望一眼，跟上男子的腳步。

一出車站，只見寒風捲起路上散亂的垃圾。來接他們的男子攔了駛來的計程車，馬上坐進副駕駛座。

「啊，對了，他們有行李，請開一下後車廂。」

把旅行袋塞進後車廂後，喜久雄兩人也被趕著坐進後座。

計程車隨即開動，男子什麼話都沒說。

他帶著寫了喜久雄名字的紙，應該是來接應的人沒錯，但連對方是誰都不知道就跟著走實在令人不安。

「請問……叔叔您是……」

喜久雄一開口，已經準備打瞌睡的男子微微睜眼道：

「我是半二郎先生那邊管事的。不過，詳情明天再說。」說完又閉上眼。

喜久雄往一旁看，德次已經把臉貼在車窗上，參觀起大阪來了。

「今後要受您照顧了。」

喜久雄按照阿松耳提面命的那般打了招呼，睏倦的男子回過頭來。

「初次見面，我是立花喜久雄，這是我兄弟早川德次。」

聽到喜久雄客氣的介紹，德次也趕緊欠身行禮。

「哦，很有禮貌嘛。我是多野源吉。跟你說『手代』[20]你大概也不懂，叫我『源叔』就行了。如果遇到什麼困難，隨時都可以來找我。對了，家裡沒有吃的，你們餓不餓？」

聽他這麼問，喜久雄兩人不禁對望一眼。

「司機，心齋橋還有麵店開著，開過去停一下。」

光是想像冒著熱氣的拉麵，喜久雄與德次就要流口水了。

走廊上女傭的腳步聲讓喜久雄一如往常地醒來，平常女傭總會喊「少爺，吃早飯了」，但今天打開拉門，女傭沒有出聲，不知為何腳步聲就此遠去。既然如此就繼續睡吧——喜久雄抱起枕頭，但枕頭和平常的不同，硬得很。

「嗯？」他揉揉迷矇睡眼，眼前是德次毫無防備的睡臉。

20　商家夥計的舊稱。

這裡是花井半二郎的家啊……

說來實在糊塗，但他總算想起身在何處。一想起來，屋裡的聲音便一一傳進耳裡。首先聽到的，應該就在旁邊不遠的後門吧，一個十分有勁的夥計的聲音。除了回應他的女傭聲音，在屋內走動的腳步聲不只一、兩人，處處響著門的開關聲，男人大聲呼喊某人的聲音，還有廚房裡大聲堆疊餐具的聲音。喜久雄對於自己竟能在這喧鬧中睡著也感到十分驚訝。

只是，一旦辨別了所有嘈雜聲，喜久雄便莫名懷念起來，這吵吵嚷嚷的早晨讓他想起權五郎還在世時的家裡。突然，遠處傳來幾聲在長崎老家不會聽到的細微三味線樂音。

昨晚手代源吉請他們吃了拉麵後，他們抵達某個住宅區時已經快清晨五點。源吉將他們推向半二郎府格外氣派的後門時，說：「長途旅行一定累了，進屋再睡一會兒吧。」接著他們躡手躡腳走過靜得連廚房水滴聲都嫌響亮的大宅走廊。

這事彷彿才剛發生，又好像已經是幾天前的事了。

喜久雄躺著，想要踢向一旁的被窩時，不知何時德次也已經醒來，豎起耳朵說：

「那是三味線的聲音吧？」

「年輕人，早呀！」

這時枕邊的拉門突然打開，陽光照進昏暗的房間，只見手代源吉彷彿要揮開陽光中飛舞的塵埃一般，豪爽地踩著被子走進來：

「已經快中午了。天氣很好。該起來了吧？洗臉台在走廊盡頭，毛巾什麼的，那裡有都可以用。廁所就在旁邊。師父已經去劇場了，不過有交代『還沒習慣之前，先讓他們暫時輕鬆逛逛大阪吧』。還有，師娘的練習時間快結束了，洗完臉就去問候一下。你們知道我們師娘是相良流的家元[21]吧？」

這個叫源吉的，一張嘴忙著說，一雙手也沒閒著。說這說那之間，已經掀開喜久雄與德次的被子，順手疊好放進壁櫃，像是忙著驅趕不知所措而佇在那裡的兩人一般，接連打開拉門、窗戶，最後從窗戶探出頭喊道：

「阿勢！九州的年輕人起床了，給他們喝個牛奶。」

「好——哎呀，怎麼源叔沒和師父一起去劇場？」

「這個月被罰不准去。」

「怎麼啦？」

「首演那天早上啊，連續說出斷了、破了、掉了，一直犯忌諱，師父氣得很。」

「哦，那就是源叔不對了。」

「啊，師娘練習結束了。好啦，年輕人，快去洗臉。」

不知何時，若有似無的三味線樂音停止了。

喜久雄與德次在洗臉台前梳洗穿戴好，便被看似又在哪裡辦完一件事的源吉帶著，在長長的走廊上左彎右拐地往後方走。長崎老家也不小，但傳統戲曲優伶的家就是有股說不出的氣氛。每條走廊都擦得亮晶晶，黑道的房子長年都是男人赤腳踩著，這邊則會讓人聯想到女人的裸足。

長長的走廊盡頭是兩級向下的台階，再過去就是寬敞的練習場。

每年，為了表演新年會上的歌舞伎，喜久雄他們也會去丸山檢番的練習場，但這裡的練習場

---

21 日本傳統藝道流派的領導人，相當於「掌門人」。

很新，散發出原木的香氣。

「師娘。」

源吉朝正好從練習場走出來的女子喊道。

「哎呀，源叔，你來得正好，能勞駕你去御堂筋天馬屋……」師娘說到這裡中斷了。「哎呀，」注意到喜久雄兩人，睜大眼睛說：「睡到現在？肚子一定餓了吧？」

這位幸子夫人是半二郎的繼室，還不到四十歲，盤起黑髮的後頸美得不輸長崎丸山最紅的藝伎小桃。

「今後要請您多加照顧了。小侄是立花喜久雄，這是早川德次。我們什麼都不懂，還請多多指教。」

這番問候是阿松教的。

「彼此彼此。不過，那個啊，我什麼都還沒聽說，也沒辦法代替父母管教這麼大的孩子，一直住在我們這裡也不是辦法……總之，先吃午飯吧，有藤田屋的千枚漬[22]呢。」

這段初見面的話聽似歡迎，又像是想早點趕人走，實在說不上究竟是何者。

或許大阪這地方就是如此，這屋裡的人，從師娘幸子、手代源吉，到女傭領班阿勢、年輕女傭和男工，個個話都很多，好比幸子師娘邊走向廚房邊問：

「說到這個，有個包袱包著新草履，早上有沒有讓師父帶去？」

「新平應該帶去了。就是那個紅色包袱吧？」源吉答道。

「不是，包了新草履的是綠色包袱呀，是不是，阿勢！」

「我不知道呢。不過新平出門時只帶了平常帶的包包，不知道是不是放在包包裡了？」

「哎呀，這就頭痛了。要是沒帶去，你們師父在後台就沒鞋穿了。」

「新草履嗎？早上新平本來要帶去，可是老爺說『那雙穿起來不舒服，不用了』。」這樣大聲回答的，是正在屋頂通雨水管的男傭。

接下來也是一陣七嘴八舌，帶了沒帶、看到沒看到、老爺有沒有說不要，弄到最後大夥兒全都同情起在後台沒鞋穿的半二郎，想笑又不敢笑。

「哎呀，看吧，果然擺在這裡了。」

最後，幸子在玄關的鞋櫃裡發現包著草履的包袱。

「你們師父現在真的光著腳呀。」才嘆氣，滿屋子都笑了。

這當中，喜久雄與德次被帶到家人專用的廚房，與純和風府邸不相襯的西式廚房刷滿強烈的原色油漆，一個年紀與喜久雄兩人相當的少年，獨自板著臉坐著吃肉片烏龍麵。

「俊寶，你還在？吃這麼慢，烏龍麵都不耐煩了。」

被幸子叨唸的少年是花井半二郎的獨生子，本名大垣俊介，已經以「花井半彌」之名登台，與喜久雄同樣十五歲。

俊介大概是不高興被母親當小孩看待，想在新來的喜久雄兩人面前逞威風。

「搞什麼，這次的男工這麼年輕。」一開口就不客氣。

若是平時有人來找麻煩討架打，喜久雄和德次都欣然應戰，但此刻他們驚訝於眼前這位白皙的少年那身清透的肌膚，甚至連自己被挑釁了都沒發現。

---

22 傳統醬菜，以蕪菁切成薄片，用昆布、辣椒、甜醋醃成。

儘管他們在長崎的花街長大，但與大都會大阪相比，那裡不過就是鄉下。夏天去鼠島海水浴，冬天在唐八景山放風箏，男孩子曬黑是天經地義，因此俊介這身膚色在他們眼裡顯得奇怪。看到兩人沒反應，俊介急了，不高興地離開餐桌。

「把碗收拾一下。」邊說邊往喜久雄肩上一拍就要走。

這時，終於回過神來的德次叫道：

「收拾？你知道你在跟誰說話嗎？」一把抓住俊介的衣服胸口。

一般少年被常打架的德次這麼一吼，通常會嚇得發抖，但俊介看來白皙斯文，卻膽量十足：

「跟誰？就是跟你們啊！白癡！」

餐桌前氣氛一觸即發，似乎只要誰敢稍動，便是一場亂鬥。

只不過，這時開口的是幸子：

「啊——麻煩死了。反正你們一下子就會要好起來，什麼不打不相識的橋段就省省吧。不過也罷，拿你們沒辦法，要打就趁這兩天趕快打一打。」邊說邊把碗拿到洗碗槽。

俊介揮開胸前德次的手，以一副高高在上的態度喊：

「源叔！源叔！」叫來源吉。

「來了來了。這麼大聲有什麼事？」源吉應聲趕來。

「還能有什麼事，要出門了。」

「去哪裡？」

「還問，上課啊！」

「是。」

「別是了，快送我去。」

「送？怎麼送？」

「怎麼送，開車啊！」

聽到這裡，幸子笑出來：

「笑死人了，你去上課從來沒有開車接送過，還是你是說小時候源叔把你扛在肩上讓你當車騎那樣？」

被幸子這麼一虧，俊介在喜久雄兩人面前顏面掃地，只見他漲紅著臉，像個賭氣的小孩般鼓起雙頰，踩著又急又響的步伐往玄關走去。

「師娘，您笑得太誇張了。」源吉先責怪幸子，又追上俊介：「少爺、少爺！源吉陪您去。」

後來才知道，源吉本來是半二郎的弟子，但他的忠心比才藝更受到賞識，該說他是負責養育俊介的人還是男的奶媽，總之，從俊介還在襁褓中，他便代替當紅歌舞伎演員與日本舞踊家元的父母，一手將俊介帶大。

「來，吃飯吧。阿勢，你現在有沒有空？」

俊介和源吉出門後，幸子喊著要找女傭領班阿勢。

「請問……」

從背後出聲的是喜久雄：

「上課是上什麼課？」重提了先前的話題。

「我記得今天是……」

幸子朝牆上的月曆看：「少爺今天是學義太夫[23]。」

女傭領班阿勢進來道：「對，今天是去岩見師父那裡。」

「義太夫？」

感興趣的只有喜久雄，德次已經跑去看阿勢掀起鍋蓋的鍋裡裝著什麼了。

「你知道什麼是義太夫嗎？」幸子快手快腳地取出碗，一邊問。

「我母親很喜歡文樂[24]。小時候我們一起來大阪時都會去看。」喜久雄回答。

「哦，喜久雄的母親喜歡人形淨瑠璃呀。你看過什麼？」

「世話物的話，有《酒屋》、《壺坂》，時代物就《妹背山》的道行，還有《五条橋》的景事。[25]」

「哦，連景事這個詞都懂呀？那麼喜久雄也喜歡看囉？」

被這樣當面問起，喜久雄不知該如何回答，但當然不討厭。

德次顧不得喜久雄，大概是肚子很餓，緊挨在正加熱著味噌湯的阿勢身後。

「有興趣的話，吃完飯就去看看吧。」

幸子從飯鍋裡盛起微涼的白米飯，以忽然想到的語氣說。

「去哪裡？」

「岩見師父那裡。你們可以去看俊介上課。不過那個老師很嚴厲，你們可要安分一點。」

「可以在旁邊看呀？」

看他不假思索這麼問，可見若真要問喜歡還是討厭，喜久雄終究是喜歡義太夫節的。

故事說得有些前後顛倒了。

當初說好要將喜久雄寄養在花井半二郎家時，阿松首先拜託居中介紹的愛甲會辻村，讓喜久雄在大阪念高中。

辻村將此事告訴半二郎。

「那正好。小犬與權五郎頭目的兒子同年，春天起要上私立的天馬高中，就讓喜久雄一起去吧。」

事情便這麼抵定了。

天馬高中是名門升學高中，同時也致力於關西的文化藝術發展。

事實上，生於明治三十七年（一九〇四）的花井半二郎也因為上一代認為「演員不需要學問。有那個閒功夫上學，不如多看一、兩齣前輩的狂言[26]更有進益」，連尋常小學校都沒能念完。或許可說是反彈吧，他不願讓年近五十才好不容易生下的兒子俊介也嘗到自己因失學而備受世人冷眼的不甘與辛酸，因此比其他同輩演員更注重教育。

「阿勢姨，這是什麼料理？真好吃。」

德次本就不怕生，又總是肚子餓，所以對給自己飯吃的人的那股親暱也非比尋常。

「很好吃吧！你不知道炸肉餅嗎？上面淋的可是丹波屋特製的番茄醬呢。」

23 義太夫節的略稱。江戶時代前期，大坂竹本義太夫創始的一種淨瑠璃。
24 日本大正時代後對「人形淨琉璃」的通稱，集說唱、樂器（三味線）伴奏和木偶劇於一體。
25 世話物、時代物、道行、景事均為人形淨瑠璃用語。「世話物」是描寫庶民喜怒哀樂的故事；「時代物」是江戶時代之前將軍武士、天皇貴族的故事；「景事」是劇中一段或獨立小品，偏重舞蹈與音樂，沒有敘事；「道行」是描述劇中人物從甲地前往乙地的路途，最常見的題材是男女相偕私奔殉情。
26 日本四大古典戲劇之一，興起於民間，穿插於能劇之間表演的一種即興簡短的喜劇。

幫喜久雄添第二碗飯的阿勢看起來十分得意。

「我這輩子第一次吃到。是不是，少爺？在立花家沒吃過這麼好吃的東西。」

聽了德次的話，本來正吃著千枚漬做的茶泡飯的幸子忽然抬頭，笑道：

「對喔，喜久雄也是『少爺』呢，我們家俊介也是『少爺』，那就是少爺一號和二號了。」

喜久雄和德次叼著牙籤，以一副吃飽散步消消食的模樣走出半二郎府的後門。

只是，一出來，德次便停下腳步，感慨萬千地望向湛藍的天空。

這一帶是大阪首屈一指的高級住宅區，當紅演員半二郎家不用說，朝這邊看是電影明星的家，朝那邊看是某知名威士忌老闆的家，雅緻的道路兩旁盡是優美的黑塀與松樹。

「少爺，不管往哪裡看都看不到山吶！」

在驚嘆的德次身旁，喜久雄也環顧天空。的確，這裡的景色與無論站在哪裡都低頭是海、抬頭是山的長崎截然不同。

「昨天我們抵達時天很黑，沒注意到。」

德次甚至踮起腳尖，往大宅屋頂的後方看，想找看不見的山。

「少爺，這條路一直都是平的嗎？」

「應該是吧。不過，大阪雖然沒有海，但有大河，是長崎沒有的大河，水看起來像是停住一般。」

兩人朝天空盡頭尋找山，一邊悠哉地邁出腳步。

「啊，少爺，這裡沒有山坡，那麼去哪裡都可以騎腳踏車了。」

德次驟然發現，開心地說。喜久雄卻在此時心生感慨，自己已經遠離山坡連綿、連腳踏車行都沒有的長崎了。

「不過，少爺騎腳踏車，我騎機車。」

「為什麼只有阿德騎機車？」

兩人在寧靜的路上笑著走了一陣子，便如阿勢告訴他們的，看到一個限時專用的藍色郵筒，右手邊是一戶會讓人誤以為是料亭的房子，掛著氣派的門牌，上面寫著「岩見」。

穿過龐大的數寄屋門[27]旁的小門，氣氛緊繃的院內，以張扇拍打桌子發出的「乓、乓、乓啪啪、乓」聲中，夾著俊介正在學義太夫節的聲音。

喜久雄拉住正要打開大門的德次肩膀，朝聲音來處的中庭走。只見簷廊的賞雪窗後，俊介正大汗淋漓地練習。

「你爸爸才不會像你那麼用力地『喂』。不能用力。來，繼續。」

正——當——此——時——

「不對，當字要輕一點。」

正——當

27 使用高級木材以頂尖技藝製成的高級和式木門。

「不對！聲音要再往內含一點。」

當——

「不對。好，你看我的肚子，看得到肚子在動吧。你的卻沒有。這就表示你的肚子沒有用力。來！」

正——當——此——時——

與渾身大汗的俊介對峙，把桌子拍得乒乓作響的正是岩見鶴太夫。他已年近古稀，但聲音仍深具張力，氣色奇佳的肌膚多麼潤澤，就連俊介閃閃發光的青春在他的蓬勃朝氣之前都顯得氣喘吁吁。

熊——谷二——郎

「你看你，又來了。不是ㄚ，是ㄤ。」

熊——谷——

「下巴，下巴要收。」

二郎——

「你看，又來了！是ㄤ，不是ㄚ。好，接下去，追。」

追來了——、噢——、噢——、噢——

「不對，是『來了——、噢——噢噢——』。」

來了——、噢——

「不能拉長！是『來了——、噢——噢、噢噢——、噢噢噢——』！」

簡直像兩頭互鬥的鬥犬，喜久雄與德次在一旁看得不敢喘氣。

來了——噢——、噢——噢噢——、噢——

「喉嚨不要拉得那麼緊。是『噢——噢噢——』。」

啊——、噢噢——

「噢——噢，不能發出這種聲音。我老是跟你說，義太夫，尤其是時代物，絕對不能用力，一用力就顯得格局小。」

「是……」

「休息一下吧，去旁邊喝個茶，把汗擦一擦。」

練習場裡的氣氛像是突然斷了線般改變，就連只是在旁觀看的喜久雄與德次都鬆一口氣。場裡的人似乎發現他們了。

「哦，你們就是從九州來的俊介的朋友吧。剛才幸子夫人跟我說了。別在那裡受凍，進來吧。」

這樣對他們說的，是前一刻還像隻土佐犬的岩見鶴太夫。一旦褪下老師身分，便是個適合手握古色古香美濃茶杯的慈祥老爺爺。

「他們才不是我朋友。」

俊介出聲抗議，但因練習而沙啞的喉嚨無法順利發出聲音。

「打擾了。」

德次毫不客氣率先進去，喜久雄也跟著走進去。

「你們也聽著。所謂的歌舞伎演員呢，若不懂義太夫和舞踊，不要說獨當一面，連半瓶醋都算不上。無論如何一定要學義太夫，不懂義太夫，就不懂得如何運用聲音。義太夫呢，要讓人光聽聲音就知道，啊，這個角色是老人而且是壞蛋，這位則是春風少年兄。」

對於搞錯說話對象的鶴太夫，德次一陣偷笑，喜久雄則是一臉「原來如此」的領會貌。

所謂的義太夫劇，就是人形淨瑠璃，好比《義經千本櫻》和《菅原傳授手習鑑》，有些本來是以偶戲上演，後來才被改編為歌舞伎，成為極受歡迎的戲碼。

「所以呢，雖說是義太夫，但如果完全按照義太夫去演，那麼看人偶就好了。歌舞伎若沒有將文樂展現出歌舞伎的特色，就沒有價值。歌舞伎是由活人在舞台上演，一定要更鮮活、更真實，讓觀眾看了之後覺得，哦，原來這是從人形淨瑠璃來的，所以有偶戲的味道。是不是？」

說到這裡，嘴裡含著涼掉的煎茶的俊介嗆到了，大咳起來。德次在一旁趕緊幫他拍背。

「不要碰我。」俊介邊說邊想推開德次，手卻使不上力。

「你也試著唱看看。剛才都聽到了吧，『來了——、噢——噢噢——』那句。」

突然被鶴太夫點名，喜久雄雖慌，卻也有樣學樣。

「下一個，換你。」鶴太夫又點名德次。

來了——、噢——噢噢——

德次邊幫俊介拍背邊接著唱。

「你幾歲？」

「十七歲。」

「這就是了。你已經變聲，但他們兩個還沒。其實呢，最好要讓喉嚨休息，可是不練就會荒廢，這個時期對演員來說最麻煩了。」

說完，拿起張扇往桌子「乓」的一拍：

來了——、嗅——嗅嗅——。來！

突然又開始上起課來。

「你們幹嘛跑來，很煩欸！」

俊介被算是初見的喜久雄兩人看到學藝挨罵的樣子，覺得丟臉，想要趕人。但喜久雄聽鶴太夫的示範表演聽得如癡如醉，德次則忙著吃盤裡的茶菓子，無法如俊介的願。

「好啦，來！」

被鶴太夫一瞪，俊介只好無奈地出聲。一旁的德次趁太夫不注意猛嗑茶菓子，再旁邊的喜久雄則配合著太夫敲打的張扇，拍著自己的膝蓋。

來了——、嗅——嗅嗅——

「對，比剛才好。」

練習場變回鬥犬場，氣氛又緊繃起來。

話說，這會兒最讓人納悶的是鶴太夫的心境，雖然教的是才十五歲的弟子，但怎麼能輕易將他的朋友召進這神聖的練習場呢？

其實這是有內情的。前幾天，半二郎親自來找鶴太夫，說是有人拜託不好拒絕，要讓一個男孩寄養在家中，想請太夫讓他和俊介一起上課，這樣拜託了鶴太夫。

這麼做有兩個理由。首先，獨生子俊介實在有些驕縱，沒有競爭對手就不肯用心學，所以想讓他有個對手。再則，實際如何還不知道，但喜久雄這孩子似乎天生就有演員的資質。

喜久雄根本不知道這回事，從這天起，他實實在在成為鶴太夫親傳義太夫節的俘虜。本章頁數將盡，且待下回分曉。

第四章　大阪第二幕

說到一九六五年（昭和四十年）的大阪，為了準備五年後的世紀慶典「日本萬國博覽會」，整座城市沸沸揚揚。若說一共吸引了六千四百萬人次入場的萬博，讓大阪這座國際都市成長為洗練的大人，那麼昭和四十年的大阪便形同青春期的國中生，既不是大人也不是小孩，人中開始長出細鬚，既可稱之都會也可稱之地方城市，活力充沛，正要脫胎換骨。

其中以大阪車站周遭最具代表性，不分日夜，都有鄉下年輕人懷著都會夢紛紛前來。

今天也有一名這樣的少女，為車站周遭紛擾的景物驚慌失措。引人注目的東西太多，目不暇給。高高掛在空中的百貨公司廣告氣球，大馬路上無止境的塞車車陣，頂著最新潮髮型昂首闊步的上班女郎，但轉眼腳邊也躺著喝得爛醉的男人。舒爽宜人的初夏微風中，混雜著車輛廢氣、髮膠、酒臭味，以及車站周遭的各種氣味。

「小姐，剛到大阪吧？」

少女雙手拿好包包，正要邁出腳步時，身後一個年輕男子的聲音叫住了她。一看就是小混混，十個有十個會拐賣從鄉下離家進城的女孩。

「你從哪裡來？頭一次來大阪吧？都寫在臉上了。」

少女對小混混裝熟的語氣有所提防，轉頭看向旁邊。但他猜的沒錯，她就是剛從長崎來到大阪的春江。

「小姐是來工作的？在這裡有親戚嗎？」

小混混口中散發汽水糖的味道。

「我在等人。」春江推開親熱地想攬她肩膀的小混混。

「小姐是九州來的吧？我老媽也是福岡來的。『知道咄，勝仔好吃麵』。」

小混混大聲學起福岡腔，邊說邊笑：

「我是阿倍野的弁天。我叫住你不是要騙你，是看你一個人害怕的樣子，有點替你擔心。連我自己都覺得我人怎麼這麼好。」

聽到弁天這個名字，就知道不是好人，但男子的逗趣讓春江忍不住差點失笑。

「有人會來接你，誰呀？」

「男朋友……喜久。」

「哦，小姐有男朋友啦？你男朋友喜久在這裡做什麼？做工的吧？」

「一邊念高中一邊學當演員。」

「演員，是新喜劇[28]之類的藝人嗎？我也認識真正的藝人。」

這人講話好快，春江光聽就覺得頭快暈了。

「不是新喜劇，是歌舞伎演員。」

「歌舞伎，是這個歌舞伎嗎？」

弁天學起《勸進帳》裡弁慶的見得，「卡、卡、卡！」叫著。

春江實在忍不住，噗嗤笑出來。

「喂。」

那瞬間，只見弁天突然被往後拉。德次探出頭來，發狠道：

「你在對小春做什麼！」

春江沒理會他，四處張望：「喜久呢？」

「少爺今天要學舞不能來，我代替他來接你。」

德次露出令人懷念的笑臉。

「哦，小哥，你幹嘛插進來。人家小姐是在等她男朋友喜久，不是在等小哥你。」

這回換剛才被推開的弁天槓上德次。

「吵死了！你是哪根蔥？明知我是長崎立花組的人還這個態度？」

「什麼長崎立花？你豆花哩！腦袋開花！」

適逢午餐時間，一旁吃完飯的上班族叼著牙籤看著兩人對嗆。

圍觀的人越多，德次就越起勁，雙腳踏起以掄拳轉臂得到「發狂風車」之名的拳擊手博鬥原田的腳步。對戰的弁天則壓低重心，以正統柔術步步向德次逼近。

「上啊！」

看熱鬧的群眾大聲疾呼，德次先出拳，卻被一閃而過，弁天抓住他的脖子直接壓制在地。德次沒有認輸，揪住弁天，雙方的拳頭往彼此臉上打去，發出打進肉裡的悶聲。

看來兩人勢均力敵。兩人在圍觀者腳邊滾過來又滾過去的模樣，猶如兩頭獅子廝殺，卻也像

28　指吉本新喜劇。由日本藝人經紀公司「吉本興業」藝人所演出的搞笑舞台劇。

兩隻小貓嬉鬧。

漸漸地兩人都開始喘氣，看膩午休餘興節目的民眾紛紛回去上班了。最後呈大字倒地、氣喘吁吁的兩人被留在車站前的人行道上。

「阿德真是的……」

春江拿手帕幫他擦嘴角的血，弁天也以差不多的模樣倒在一旁。雖然沒有關心他的道理，但該說是好心還是雞婆，總之春江同樣拿手帕幫他擦了鼻血。

「還好嗎？腫起來了呢。」

大阪電車上，德次用春江打濕的手帕按著眼睛，板著一張臉。

「喜久在信上說已經習慣大阪規規矩矩的生活，但我看你一點都沒變嘛。」

春江腳邊並排著兩個大包包，裡面裝著暫時會用到的日常用品。

「大阪的生活如何？」春江撕著在車站買的紅豆麵包問道。

「少爺每天忙著上學和學藝。我呢，也跟著源叔學習當手代。」德次邊說邊吃下一口麵包。

「阿德，你講話有大阪腔了。」

「有嗎？」

「你剛才就是。對了，什麼是手代？」

「這個嘛，以立花組來說，就像是住在老大家裡幫忙的人吧。」

「那就和你在長崎差不多囉。」

「是啊，不過偶爾也會和少爺一起學舞。」

「哦，阿德也學嗎？」

「比較像是陪少爺他們練習啦。」

「他們？」

「對啊，我們師父有個兒子叫俊寶。」

這時電車抵達目的地。

「下車，司機，我們要下車！」

兩人慌慌張張地跳下電車。

「都是豪宅呢！」下了車，環顧四周的春江說。

「我們已經習慣了。」

德次是這樣認知的，實際上他也像生長在這一區的孩子一般，從車站鑽進小巷，穿過神社境內，走向喜久雄寄住的人家。

「阿德，我要怎麼向他們介紹我呀？」

一聽德次說快要到了，春江突然不安起來。

「就說是少爺的遠親。」

「說是親戚就可以了嗎？」

「我和少爺已經偷偷幫你租好房子了。」

「咦？我要住在別的地方嗎？」

春江吃驚地停下腳步，眼前正是花井半二郎府氣派的數寄屋門。

「這裡就是我們的家。」

果如其言，德次一臉回到自己家的神情打開門，說聲「我回來了」，看起來真的已經完全融入這個家。

「阿德，你去哪裡了？源叔剛才在找你。」

「哦，德仔，回來啦？今晚三缺一。」

「阿德，廚房有羊羹。」

女傭和男工們紛紛招呼他。

「知道了，知道了。」

德次沒有理會他們，左彎右拐地將春江帶往屋內。

「這裡的師娘是日本舞踊相良流的家元。」

「啊，又是大阪腔。」

被春江指出脫口而出的大阪腔，德次只能搔搔頭。

本來細細可聞的三味線和鼓聲漸漸清晰起來，德次放輕腳步：

「在練習呢。」豎起食指按住嘴唇，示意春江噤聲，再招手要她走向連接練習場與下個房間的走廊。

德次悄悄地將一整排白色拉門的其中一扇拉開一公分，說：

「這裡看得到。」

春江立刻湊上去，眼前是朝朝暮暮的喜久雄身影。

「舞台上另一人就是俊寶。」

學習日本舞踊，理應穿著浴衣，但不知為何此時兩人身上只有一件四角褲，配合著剛才就一直丘丘作響的梆子聲，重複同樣的舞步。

張開——、雙臂——

喜久雄應和義太夫的聲音，踏出右腳。

「不對不對！不對！」

粗聲喊著走上台的，是和喜久雄他們一樣只穿著一件四角褲的花井半二郎。

「要我說多少遍才會懂？像這樣，腿抬起來要踏出去的時候，要等情緒到了再踏，不然動作會不夠大。動得小裡小氣的，你背上那片驃悍的紋身都要哭了。」

他邊說邊抓起喜久雄的大腿：「要這樣，這樣！」像移動人偶的腳那般搬動他的腿。

看來這不是第一次，喜久雄的大腿都黑青了。

「好，下一個換你。」半二郎轉向俊介。

「來，繼續，右腳一步再左腳。對，踏出右腳轉一圈，收刀後右手握拳，就這樣做出見得。不對！就跟你說手舉起來的時候要這樣，這樣！」

俊介被半二郎抓住的右肩同樣有淡淡的黑青。

「你們要搞清楚，這段狂言是荒事，是梅王丸和櫻丸，在舞台上要穿好幾層沉重的肉裝。你們光著身體動作這麼小誰看得見？要你們裸身練習，就是為了看骨架。肌肉以後會長，所以要先用骨頭來記憶。像這樣做出見得很辛苦吧？肩膀會發抖吧？就是要這樣！讓骨頭記住手舉到哪邊會發抖，記住在發抖的臨界點最好的模樣。」

半二郎邊說邊拿來一枝舔飽了墨的粗毛筆，在喜久雄肩胛骨上畫一條線。

「就是這塊骨頭，要讓這塊骨頭記住。」彷彿背上的刺青全消失了。

「再來一次。乓、乓乓！」

蹲著馬步一直忍耐的喜久雄額頭上汗珠直冒。

不知是半二郎這番要用骨頭來記憶的話語，還是被塗了墨發著抖仍定住動作的喜久雄兩人身上的汗，讓一旁偷看的春江覺得全身隱隱作痛。

「到底要我說幾遍！這樣都不會，還想當什麼演員！」

這回半二郎一巴掌往喜久雄臉上打去。但是，相較於不禁別過臉不敢看的春江，身旁的德次毫不在乎地吃著糖。

「他平常都這麼兇嗎？」春江問。

「今天還算好的。如果老爺心情不好，兩人都會被竹刀打得半死。」

「用竹刀打？」

「今天沒有竹刀。我為了少爺他們，昨天晚上偷偷藏起來了。」德次一臉得意。

「喜久不要緊嗎？我覺得他好像瘦了。」

「是長了肌肉變緊實了。上次我和少爺比腕力，頭一次差點輸了。」

練習場上，兩人又重複同樣的舞步。一旦知情，便會覺得半二郎四處走動的身影，彷彿是在尋找竹刀。

「看樣子一時半刻還不會結束。阿春，我先帶你去公寓。」

「啊，又是大阪腔。」

春江差點笑出來，趕緊捂住嘴。德次再次躡手躡腳地離開練習場。

「做出見得的時候，這邊的肩胛骨要像這樣，再打開一點！」

「痛、好痛好痛！」

喜久雄的慘叫聲從背後追上他們。春江不禁回頭，德次抓住她的手，硬拉她走。

「快走吧，待在這裡會打擾到少爺的。」

雖然還是中午，南海電鐵高架橋邊的老公寓內卻是一片昏暗。

德次摸索著朝低低的天花板伸出手，生鐵製的破燈罩下是一顆好像隨時會熄滅的燈泡。當然，這顆燈泡照亮的房間也很簡陋。

「只有這裡可以住嗎？」

春江不禁吐出這句話，不安的聲音裡夾雜著深深的嘆息。

這裡距離半二郎府所在的高級住宅區只有兩站之遙，但鄰近貧民區，兩人從車站走來經過的高架橋底下，也有所謂的小偷攤，來處可疑的收音機、居家用品等被攤在布上賣。

「立花大姊雖然都有寄生活費給我們，但師父管得很嚴，說『不能讓小孩子有那麼多錢』，所以少爺和我都是領零用錢，很難存到一整筆大錢。你就暫時委屈一下。如果遇到什麼問題，少爺當然會來幫忙，我也會馬上趕來。」

正如德次說的，這段期間一到月底，在長崎的阿松一定會寄三萬圓給半二郎作為喜久雄和跟班德次的生活費。當時大學畢業的薪水是兩萬圓左右，高中的學費另計，若只考慮喜久雄兩人的伙食費和住宿費，這筆錢綽綽有餘。

只不過，還是如德次說的，師父半二郎管教相當嚴格，在一碗拉麵七十圓的時代，每個月也只給兒子俊介一百五十圓的零用錢。這絕對不是吝嗇，而是為了孩子著想。事實上，阿松寄來的錢半二郎全都替喜久雄存起來了，不過後來也因為這筆存款鬧了一回，屆時再為各位看官分說。

當公寓走廊上的廚房因幾個女人煮晚飯而熱鬧起來的時候，練習完的喜久雄，來到因長途旅程疲倦而睡著的春江與平常沒事就午睡的德次身邊。

「小春。」

聽到喜久雄的聲音，春江一躍而起。

「喜久！」

彷彿將幾個月沒見的思念一傾而出，春江抱住喜久雄。但或許是練習太累人，喜久雄撐不住倒地坐下。

「喜久，你還好嗎？」

「抱歉，膝蓋在抖。」

一旁的德次將苦笑的喜久雄的腿用力一拉。

「不揉開，明天又要動不了了。」邊說邊幫喜久雄按摩起來。

「喜久，真想早點見到你。」

「抱歉，每天都忙著練習，實在很難脫身去處理其他事情。」

「你們練習看起來好辛苦，我剛剛有偷看一下。」

「咦，你去看了？這星期都是師父在教我們，平常是師娘教，不過還是師父比較會教。你看……」

喜久雄起身，做了今天學的梅王丸的見得。

「膝蓋打開到這個角度，會讓身體顯得最大，可是這麼做右手會跟不上。這時只要照著老爺說的，動一下背部，就能跟上來了。很神奇吧。你看。」

喜久雄把春江擱在一旁，一而再再而三地做起見得。

「小春說要先在南區的小酒館工作，她媽媽請人介紹了朋友的店。」

德次向他報告的聲音，也完全沒有被忙著練習投石見得[29]的喜久雄聽進去。

「所以是『起立、敬禮——』，不是『禮一』。」

「起立，敬禮一！」

「不對，是『禮——』啦！」

「所以是『起立、敬禮一』，不是嗎？」

「不是。因為你總說『禮一』，大家才會開玩笑鬧你。」

俊介騎腳踏車載著喜久雄出了校門，看來是俊介在糾正喜久雄半調子的大阪腔。

「俊寶，我們回到家就要馬上出發去京都對吧？」

「不，我們直接去車站。源叔已經帶著我們的行李在等了。」

「咦，是喔？」

29 知名見得。像投擲石頭般抬起左腿踏步，右手高舉於頭頂張開手掌呈投石貌。

「是啊，好期待去京都。」

「就是啊！」

這個月，京都的歌舞伎座「南座」要上演由花井半二郎扮演叡山僧智籌的《土蜘》，雖然離學期結束還早，但半二郎希望他們即使擱置課業也要去看這次的演出，所以從這天起到演出最終日的這半個月，把他們倆叫到京都去當黑衣。

後來才知道，半二郎不是要他們看自己表演，而是無論如何都想讓他們看這個月由稀世立女形[30]——第六代小野川萬菊在《隅田川》中所飾演的班女前。

這是因為，喜久雄來到半二郎這邊已經一年過去，儘管要兼顧學校課業，每天的練習並未偷懶。不知是幸還是不幸，半二郎從俊介和喜久雄兩人身上看到的，是身為女形的才能，而非立役[31]。

很難用一句話說清楚，但總之這兩人都本能地掌握了「女形」——不是男人模仿女人，而是男人先變為女人，再連女人之態都褪去之後所留下的「形」。

「吶，俊寶，你說到了京都要帶我去祇園，真的嗎？」

喜久雄一直拉扯騎車的俊介肩膀，腳踏車從剛才就不時左右搖晃，一副隨時要翻車的樣子。

「當然。我已經請源叔去安排，好讓一切順利。」

「去茶屋叫藝伎，我還是第一次呢。」

「我會教你的。」

「金比羅，船啊船啊[32]。你看，我知道的。不過，藝伎一定很可愛吧。」

「她們很香。」

「我想也是。」

「啊，對了。我聽源叔說，喜久，你要當我們的部屋子？」

在紅燈前停下腳踏車的俊介回頭問道。

「哦，那個啊。」

喜久雄抓著他的肩膀站上後座。

「很危險！」

「沒事啦，你直直騎就好。」

「怎麼騎？會摔車的。」

「你要撐住啊！」

所謂的部屋子，簡單說，就是從小由幹部演員管教，從排鏡台等後台規矩到舞台上的才藝無所不包。部屋子不是名演員的世襲子弟（所謂的「御曹司」），而是一般人，但是只要被看好，將來便可望演出大角色。如果只是普通的弟子，無論才藝再怎麼厲害，終其一生都只能演小配角。

順帶一提，歌舞伎演員的階級可略分為「名題」（幹部演員）和「名題下」，一旦當上部屋子，便享有與名題同等待遇。

想讓喜久雄當部屋子這件事，半二郎其實先告訴了在長崎的阿松。

30 歌舞伎中的女性角色。女主角則稱為「立女形」。

31 歌舞伎中的男性角色。

32 原為香川縣民謠，後成為藝伎在宴席間玩遊戲的歌曲。

阿松看了半二郎的來信，還沒有回信回應，便覺得要先見見自己的孩子，於是不出幾天便趕來大阪。

只看了前來大阪車站迎接她的喜久雄一眼，阿松便確信兒子在大阪每天都過得很充實。而喜久雄也是，一見到臉色略顯憔悴但一點也沒變的母親，便撒起嬌來，喜孜孜地說起自己學了什麼角色。

他們平日當然也有書信往來，但這可是喜久雄離開長崎後相隔快一年的重逢。

後來才知道，阿松這次來大阪所穿的正絹京友禪，其實是去求當鋪借來的。當時立花組形同解散，每天都被追討債務與違約金，土地和房子早就拿去抵押。這樣還不夠抵償，只好把家財衣物拿去典當，設法熬過去。唯有給喜久雄的生活費，就算晚個五天、十天，都還是最優先寄去。

她這身正絹京友禪，是身為一代黑幫大姊去拜訪寄養兒子的人家時，一生一次的排場。

半二郎也隱約察覺到立花家的窮困，部屋子的事多半也是這樣來的吧，只有單純過日子的喜久雄一無所知。大人們這段時間的默默庇護，讓喜久雄精進技藝，在數年後被評論家評為「擁有與生俱來的藝格」。「窮，可以有格調，但窮酸味毫無格調可言」，這是一位絕代女作家的話。這段日子阿松拚了命地努力，為喜久雄建立起可謂演員靈魂的品格。

「喜久，到這裡就沒問題了。」

俊介拉拉從剛才就不斷站起來四處張望的喜久雄，叼起香菸。

「吶，喜久也來一根。」

喜久雄從俊介遞出的菸引了火，狠抽一根菸後，又站起來張望。

「你真的很喜歡市駒耶！」俊介取笑他。

兩人身處京都祇園知名街道花見小路旁巷子裡的祇園甲部歌舞練習場後方，崇德天皇御廟前的石階上，正在苦等剛才在一家名為「井政」的茶屋叫的兩名舞伎，市駒與富久春。

「俊寶，我去那邊的井喝點水。我有點醉，口好渴。」

喜久雄說著站起來時：

「才喝那麼一點，你好意思喊醉呀。」

剛現身的是換上平常穿著的市駒和富久春。

「你們沒被人發現吧？」俊介查看她們身後。

「沒有，可是姊姊們一直不睡。是不是，市駒？」

「我也急得很，怕讓兩位在這種地方等上好幾個鐘頭。」

市駒邊說邊偷瞄他們，喜久雄的視線盯著她移不開。

市駒在宴席上穿的蔥綠色和服非常好看，上面的紅色小鹿圖案也十分可愛。她因明天休假而卸了妝髮，只上淡妝的肌膚反而顯得成熟，在夜風中飄動的黑髮，因為剛洗過澡而有點濕。

「去我們住的飯店吧？」俊介拉起富久春的手說。

「已經這麼晚，沒辦法去了。」

「那要怎麼辦？」

這時市駒插進來說：

「我想去那邊的神社起個篝火。」說著指向身後暗處。

他們在神社裡收集一鐵桶的枯葉，圍著火，不一會兒俊介突然站起來，硬拉著富久春的手走向暗處。他們自以為隱身石燈籠後，但接吻的影子拉得很長。

「俊寶和富久春，在一起很久了吧？」

雖然裝作視而不見，但還是很在意，喜久雄和市駒的話題無論如何都會扯到那兩人身上。

「丹波屋的少爺十三、四歲就常去我們那兒了，好像正好和富久春當上舞伎是同個時間。」

市駒拿著枯樹枝，將爆開的火星兜在一起。

「火集得起來嗎？」喜久雄笑著說。

「就是說呀，我就是改不了這窮酸的毛病。即使現在每天穿漂亮和服，每晚吃山珍海味，還是跟小時候一樣，看到什麼就想收集起來。上次被發現我收集了姊姊們的舊腰繩，她們笑我很窮酸。」

不知為何，市駒將點了火的枯枝遞給喜久雄。接過來時，微微相觸的市駒手指很冷。

「市駒是京都人嗎？」

「我在秋田出生，金足追分，說了你也不知道吧。那是個只會下雪的農村。十二歲起就由現在的媽媽照顧了，所以國中是在京都念的。」

「哦，市駒十二歲就在這裡了啊。」

喜久雄也不知為何，又將點了火的樹枝還給市駒。

「喜久雄是長崎人吧？那一定是個溫暖的地方。會下雪嗎？」

「幾乎不會，不過……」

驀地裡，兩年前大雪中立花組新年會的景象在腦海閃現。對喜久雄而言，雪與父親權五郎之死直接相連。

「喏，喜久雄來祇園的茶屋玩，今天是第一次吧？」

火光照在市駒臉上。

「是啊。」

「那麼，我決定了。」

「決定什麼？」

「我就選喜久雄了。」

「選我？做什麼？」

「我要把人生賭在喜久雄身上。我也不知道為什麼，就是一種直覺。」

「賭？我們才剛認識欸。」

對市駒單方面的宣言，喜久雄只顧著慌張，但市駒就像已經獻出真心般氣定神閒。

「這種事，想再久也沒用。不是極好就是極壞。我的藝伎人生，就賭在你身上了。」

儘管事出突然，但聽到祇園藝伎說要把人生賭在自己身上，沒有男人會不高興，喜久雄也不例外。

「你說真的？」

「女人說一不二。所以，喜久雄，你一定要成功。你一定可以，我的直覺很準。到時候，我不會厚臉皮說要當你太太，但二號或三號我就先預約了，可以吧？」

「說什麼可不可以，你也太心急了吧。」

「才不呢，人一下子就老了。」

「你一定是對每個人都這麼說吧！」

聽了喜久雄這番煞風景的話，市駒彷彿要證明自己清白一般把臉整個湊上來。

喜久雄再次端詳她。

不知為何，和市駒在一起，總覺得自己大了一、兩倍，真是不可思議。

俊介扔過去的球從喜久雄的舊手套裡掉出來，滾到牆邊。他們在京都四条南座的屋頂上。趕緊去撿球的喜久雄眼底是櫻花盛開的鴨川。

「喜久，昨天你後來跟市駒去哪裡了？」

俊介邊問邊調整投球姿勢，喜久雄應道：

「哪裡都沒去。送市駒回家後就回飯店了。」

「是喔？我看你們氣氛不錯啊。」

喜久雄不答，將撿起的球扔回去。

「我們是不是該回休息室了？不是要去遠州屋的伯父那裡打招呼嗎？」

喜久雄扔出的球像是被吸過去一般，穩穩收進俊介的手套。

所謂遠州屋的伯父，指的是第六代小野川萬菊，這次萬菊飾演的《隅田川》班女前，半二郎無論如何都希望他們兩人好好觀摩。

《隅田川》是一齣有「狂亂劇」之稱的舞踊劇。陽春三月，隅田川邊出現一名失魂般的瘋女人。這女人其實是吉田少將的正室班女前，因為孩子被人口販子拐走，太過悲傷而發瘋，為了尋找孩子而前往遙遠的東國。

她求船夫讓她上船。船在河中行駛了一會兒，見對岸許多人在唸經。船夫問了緣由，原來是正好一年前，人口販子從城裡帶來一名少年，因旅途疲累衰弱而被扔進河裡。

那少年正是女人的愛子。得知兒子的死訊，女人哭倒在埋葬親骨肉的陋塚前，看到思思念念的兒子、聽到他的聲音，但她眼中所見的兒子其實是柳樹，耳中所聞是鸊鷈掠過河面時的叫聲。

兩人從屋頂回到主要演員休息室的樓層，便被這個月表演場次較晚、正好從飯店過來的半二郎罵：

「你們兩個在幹嘛？浴衣都掀起來了，像什麼樣！要去跟遠州屋先生打招呼了。」

兩人立刻將腰帶重新繫好。

「知道嗎？要好好打招呼，遠州屋先生很嚴厲的。」

半二郎走過鬧哄哄的走廊，負責假髮的工作人員「床山」、負責服裝的「衣裳」、黑衣等人紛紛向他道早安。

「是，早啊。是，早啊。」半二郎也一一回禮。

喜久雄跟在半二郎身後，心中緊張不安。倒不是因為要去見最近也在歐洲演出《隅田川》瘋女並大獲成功的當代第一女形小野川萬菊，而是他總覺得一鑽過休息室的布簾，裡頭就會有個瘋女人。

「打擾了。」

半二郎不知喜久雄這番心情，毫不猶豫地掀開布簾，朝裡面說：

「我是半二郎。小犬他們也來了，您可願意見見？」

越過逕自進入休息室的半二郎，可以看見面向鏡台的小野川萬菊纖瘦的背。薰人的蘭花香中，喜久雄與俊介彼此互推。

「幹嘛在那裡扭扭捏捏！」

被半二郎一瞪，兩人同時走進去。

鏡中肌膚格外光滑的老翁露出健康的牙齒，以燦爛的笑容說：

「上面是有棒球場嗎？我一早就聽到朝氣十足的腳步聲，好像還跑到這裡來了，聽了人都清醒了呢。呵呵呵呵。」

這話乍聽也像是明捧暗損，但那雙明眸大眼卻如剛才在屋頂上俯視的鴨川般閃閃發亮。

「你們在屋頂做什麼？」兩人再次被半二郎瞪。

「丟球。」兩人齊聲回答，只見萬菊一個轉身面向他們，喜久雄與俊介趕緊跪下。

「您上次見犬子，已經是好幾年前的事了吧。這是俊介，另一位是立花喜久雄，現在寄住在我家。」半二郎這樣介紹。

「哦，俊介這麼大了。上次見面是那個呀，與丹波屋在歌舞伎座表演《隅田川》那一年。」

「是嗎？那已經是五年前了。」

「五年孩子就大了，我們也老了。呵呵呵呵。」

萬菊的語氣和身段太過柔和，讓喜久雄有點失落，感覺就像是走進遊樂園的鬼屋時，所有的燈卻一齊點亮。

只不過，下一瞬間，喜久雄便突然被萬菊稍稍瞥來的視線射穿了。該怎麼說好呢？只有那雙眼睛沒在笑。說得更確切些，從半二郎和俊介的角度看過去是在笑，但不知為何從喜久雄的位置看過去卻是不同的眼色。

喜久雄背上一個冷顫，垂下視線。視線盡頭，萬菊長得奇怪的手指齊齊貼在削瘦的大腿上，彷彿隨時會像蛇一般蠕動著朝這邊爬來。

喜久雄將視線轉向俊介求救，但俊介看到的是另一個萬菊。

「之前收到伯父從美國公演帶回來的真皮牛仔帽。那是小朋友的尺寸，現在都戴不下了。」俊介顯然渾然不覺。

喜久雄再次注視萬菊的手，說那是塗了白粉的演員的手便再自然不過，但一想到是塗了白粉的老翁的手，就不自然到了極點。

喜久雄正如坐針氈時，一個一直十分捧場的小說家要來向萬菊打招呼，半二郎起身說：

「那我們該告辭了。」

喜久雄準備跟著出去時：

「你叫喜久雄是不是？等等。」萬菊叫住了他。

喜久雄怯怯回頭，只見萬菊毫不客氣地盯著他看：

「這張臉真漂亮。」

不知該如何回應，喜久雄感到很不自在。

「不過，如果要當演員，這張臉說礙事也礙事。因為總有一天，你會被這張臉給害了。」

喜久雄腦海更加混亂，還好小說家出現了，便乘機告辭。活像隻掙脫了陷阱的幼獸，他趕緊追上俊介。

喜久雄一臉不自在地在半二郎的休息室裡吃完午餐雞蛋三明治，換上高中制服前往這天特別預留的觀眾席。

座位是靠近花道第七到九排最好的位子，場內觀眾們迫不及待地等著小野川萬菊登場。

「喜久，剛才要走的時候，遠州屋的伯父跟你說了什麼？」俊介的口氣有紅茶的味道。

「沒什麼。」

喜久雄回答時，劇場裡響起通知開幕的梆子聲。

「那人有點恐怖。」

對於喜久雄忽然冒出來的這句話，俊介一笑置之：

「那人？你說遠州屋的伯父？怎麼會，他一點都不可怕啊。喜久只是不習慣啦，他就像個親切的親戚阿姨。」

而喜久雄也無法好好說明他想表達的恐怖感。

這時布幕拉開，一瞬間，整個觀眾席好似被吞噬了。

悲淒的清元三味線在藍色薄暮中的隅田川響起。

為父母者，縱令神不昏智不瞶，還算明白

遇子女事，終是心也慌意也亂，難辨東西

偌大的劇場中彷彿出現一個空洞，隨時都會有東西從那裡跑出來似的，陰森的氣氛正要使所有觀眾為之顫抖，這一刻，為尋子而發狂的小野川萬菊如遊魂般在花道現身。

班女前輕輕地、慢慢地朝舞台前進。那模樣、那色彩、那陰影，簡直不像人，驚悚恐怖得令人以為圓山應舉筆下的鬼魂就現身眼前。

不知不覺中，喜久雄被拖進了那詭異的世界，既非現實也非夢境，彷彿一個人被扔在一個溫溫濕濕的地方。其他觀眾也一樣，人人都成了注視著萬菊的一縷亡魂。

「那根本不是女人，是妖怪。」

喜久雄對這太過強烈的體驗心生排斥，但那妖怪漸漸變得像一個極度悲傷的女人。

「不，那也不是女形。女形應該要美得令人心醉，才叫女形。」

喜久雄想斬斷萬菊的魔力，朝身旁的俊介看，俊介也著迷般地凝視舞台。

「那就只是妖怪。」

喜久雄像是要逃避什麼似的對之嘲笑，這時俊介回應：

「確實是妖怪。可是，是很美的妖怪。」

其實，當天兩人親眼目睹的小野川萬菊，往後將大大地顛覆他們的人生。但這時兩人自然無從得知。

「阿姨，借一下這個小碟子。」

春江揭起鍋蓋，鍋裡散出甜甜的氣味，她拿著湯勺舀起湯汁要試味道。

公寓鄰室的小男孩騎著三輪車到處跑，男孩的年輕母親邊哄背上的嬰兒邊在水槽洗米。

「春江，你又做了這麼多，拿去店裡也賣不完吧？」借小碟子給春江的阿姨朝鍋裡看。

「才這些，一下就沒了。」

春江應著，拿筷子夾起一塊煮得熟爛的馬鈴薯給阿姨，阿姨呼呼吹涼後送進嘴裡：

「春江做的菜，阿姨這種大阪人吃起來有點甜吶。」

「長崎什麼都甜呀。不過，多虧這樣，很多長崎來的客人都到我們店裡喝酒。」

「我聽說了，春江的店生意很好。」

「不是我的店，我只是領薪水幫人家做事的。」

春江雙手端起大鍋，正準備回房間時，德次踏著足以搖晃整棟老公寓的腳步聲走上樓。

「小春，在嗎？我跟你說，店裡要用的冰箱，我找到尺寸剛好的了。」

「真的？」

「弁天找到的。」

「咦，弁天？」

德次對立刻起疑的春江說：「不是贓物。」

「真的嗎？」

「真的，而且不用錢。」

「為什麼？」

「因為他喜歡小春吧？啊，別管他了，最近少爺有來嗎？」

德次這個問題，被一旁的阿姨搶答：

「最近那個帥哥都沒來，冷落我們春江。」

「才沒有，他上週來過。」

德次跟在搬鍋子的春江身後，走回她的住處。

「你要去店裡了吧？弁天現在在樓下的車上等，載著冰箱。」

「這樣啊，好，我馬上準備。」

「那我下樓等你。」說著德次就要出去。

「啊，等一下。」春江叫住他。

「阿德，你什麼時候跟弁天混在一起了？上次聽你說後來碰巧在天王寺遇到他。」

「我沒有跟他混啊。不過，是啦，跟他一起出入天王寺村的藝人那裡，很好玩。」

這裡說的天王寺村，是漫才[33]、浪花節[34]、特技、魔術等藝人共同生活的一區，也被稱為藝人橫丁。當時大阪地標通天閣底下整個新世界[35]的表演都是由這些藝人撐起來的。

據德次說，弁天是戰敗後從滿州回來居住在天王寺村的一對藝人夫婦所生，還在喝奶時母親就病死，父親轉眼也跟別的女人跑了。一個女漫才師心疼被拋下的弁天便收養了他，把他養大。

「可是，阿德，下次你再被捕，就無路可逃了。」

春江正色勸誡，德次卻聽而不聞。

其實，德次本來就是從觀護所逃出來的逃犯。後來安排他去大阪當喜久雄的跟班，愛甲會的辻村走後門當他的監護人，縮短了他在觀護所的收容期。

只是，當一個人嘗過逃跑的甜頭，就不肯再吃苦了。德次也不例外，這陣子在半二郎府學習當手代也膩了，便趁師父源吉不注意時和弁天到處玩。

載著冰箱的卡車停在沙塵漫天的小巷裡，駕駛座上梳了油頭的弁天正裝模作樣地抽著菸。

「小春很快就下來。」

33　一種類似相聲的表演。大多由兩人組合演出，一人擔任滑稽的角色，一人擔任嚴肅的角色，透過互動講述段子。

34　以三味線伴奏，配以抑揚頓挫聲調的說書表演，又稱「浪曲」。

35　位於大阪天王寺動物園西側的一塊古老娛樂區域，街區裡有大阪地標通天閣，下町風情濃厚。

德次走出公寓，坐進副駕駛座。

「我說，為什麼啊？」弁天發出疑問。

「什麼為什麼？」

「小春是喜久雄的女人吧？為什麼是你在照顧？」

「沒辦法，少爺很忙。」

「我說啊，你叫他『少爺』也很怪。」

「哪裡怪？」

「哪裡……好吧，算了。對了，等等我要去聽他們講那件事。」

「他們都安排好了？」

「算是吧。細節要等到了北海道才知道，不過我認識的人力仲介說沒有那麼好賺的事。」

「那當然，一個月就四萬，哪裡找？沒有沒有，這麼好康的事。」

「不過，似乎要費心也要用腦，聽說拿多少錢就有多累，一點也不輕鬆。乖乖聽話做事還比較容易。說起來，不是要監工，比較像人力仲介，要管理來自全國的勞工，讓他們按部就班地做事，其實很不容易。」

「是這樣沒錯，不過他們破格提拔就是因為看好我們吧？三個月就十二萬。等存到這麼多錢，我就先寄錢給小春，讓她自己開店。這樣少爺也可以放心了。」

德次這樣低聲說時，春江本人已經打扮成夜女郎現身。只見她雙手抱著裝了滷菜的鍋子，但梳得高高的頭髮和長睫毛、鮮紅的口紅和迷你裙，活像美國間諜片裡的女明星，沒有色彩的貧民區彷彿開出一朵嬌豔欲滴的南國花朵。

這天晚上，德次先和弁天一起去聽人力仲介說明北海道的工作，之後在新世界的串燒店提前慶祝，愉快地回到半二郎府，馬上就想向喜久雄報告這件事。但喜久雄每晚都要練習能劇在榻榻米上擦步走以穩定下盤的動作，今晚也做著這無聊的練習，從那邊唰唰唰擦過來，又從這邊唰唰擦過去，在狹小的練習場上來來去去，光是在一旁看都讓人快神經衰弱。

結果，德次等了一個鐘頭。好不容易練習完，喜久雄又拿起三味線要彈。

「少爺，停一下。再等下去，我都要睡著了。」德次趕緊叫住喜久雄。

「幹嘛？從剛才就一直待在那裡。」

喜久雄已撥起三味線的弦。

「少爺，我不會叫你不要練習，可是你練得有點太過火了。看看人家俊寶，該練習的時候認真練習，該偷懶的時候也會偷懶啊，那樣才對吧？」德次勸道。

「可是我一點都不覺得辛苦啊，我連睡覺的時候都想練習呢。」喜久雄堅持道：「倒是你，幹嘛？從剛才就一直坐在那裡。」

「啊，對了，我啊，要去北海道。有人介紹工作，我想趁這時去賭一把。所以，要跟少爺分開了。不過也不是這輩子再也見不到。等我在北海道賺了錢，將來創業成功，就當少爺最闊氣的贊助人，幫你的休息室買波斯地毯。要是更成功的話，就幫你蓋專用劇場，所以，在那之前，少爺你要認真學藝啊！」

事情來得太過突然，喜久雄說不出話。

「等、等一下，在北海道成功……你該不會被騙了吧？」

「別擔心，不會的。我有弁天這個朋友一起，我們兩個一起去。我看只要努力個一年，就能賺到一桶金，然後我們要一起開貿易公司。」

「貿易……船員嗎？」

「不是。總之一直待在這裡也不是辦法。當然，我這輩子都會幫助少爺，這是絕對不會改變的。只是，一直在少爺身邊照顧少爺雖然也很好，但我在想，能不能做更大的事來支持少爺。」

「阿德……」

因為平常太親近，反而不會談這種正經事。更別說來到大阪之後，喜久雄要上學、學藝，和俊介在一起的時間反而更多，不知不覺中，等同把德次晾在一旁了。

「不過，雖然分開，我和少爺的關係也不會改變的。」

德次突然說起令人懷念的長崎腔。

「我一輩子都不會忘記少爺的大恩。我會寫字、算數，都是少爺教我的。」

這番話讓喜久雄回想起德次在小學生用的五十音練習簿上，一邊看著範例一邊歪七扭八地寫字的模樣。學會用漢字寫出立花組所有組員的名字時，德次那滿足的笑容，歷歷在目。

「阿德……」

喜久雄好不容易才說出這兩個字，因為他明白，就算挽留德次，德次在這裡也無容身之處。

「不用擔心。少爺如果遇到困難，德次我會立刻從北海道飛回來，就像以前一樣，就是一如往常的德次。」

德次露出笑容。喜久雄發現他真的很久、很久沒有看到這個笑容了。

第五章　明星誕生

「俊寶，你在幹什麼？就要開幕了！」

看到因宿醉而醜態畢露的俊介爬也似的來到後台，正在變身成《雙人道成寺》白拍子[36]花子的喜久雄目瞪口呆。

說他正在變身，是因為才換裝到一半，身穿羽二重，臉塗白，眉下淡淡掃紅，披著燦爛奪目綴金箔的黑底枝垂櫻大振袖。

以這身模樣罵人，簡直像是演員還沒上台就從俏姑娘露出真面目，變成了大蛇。

「好了好了，喜寶也別罵了。少爺到底是來了。好，快準備！大家動作快！」

源吉一如往常地包庇俊介。

「又這樣寵他……」

喜久雄不以為然。但這時候計較這些，舞台布幕也不會等人。

「松藏哥，去提桶水來！」

喜久雄一喊，黑衣松藏立刻準備一桶水，抓住酒還沒醒的俊介脖子，把他的頭推出窗外：

36　舞伎的一種。大多由女扮男裝的藝伎和小孩子一邊朗誦歌詞一邊舞蹈。

「要潑囉！」

一桶水直接潑下去。

「啊！」

俊介的慘叫聲響徹四國琴平寧靜的早晨。此刻他們正隨著劇團，以花井半二郎為招牌，向西巡演。

淋了水，俊介似乎酒醒了，撲到鏡台前，像懲罰遲到的自己一般，拿起大刷子往臉上猛塗白粉。

「我們把整個飯店都找遍，你跑去哪裡了？」

旁邊的喜久雄也幫他準備胭脂。

「我醒來的時候，不知道是在哪家酒店的地上，嚇了我一大跳。」

「還說得那麼悠哉。」

據俊介說，昨晚和喜久雄他們分開後，又一個人晃去琴平的鬧區。

「不過昨天那樣一喝，我整個人心情好多了。」

俊介熟練地畫起眉毛，呼氣中還帶著酒臭味。

散發酒臭的道成寺白拍子確實令人倒胃，但化好妝後就變得人模人樣，實在不可思議。

「跟那個愛甲會的辻村先生在一起實在太痛快了，沒有人像他那樣。昨天他叫來全琴平的藝伎大辦宴席。喜久真好，從小身邊都是那樣的人，光是這樣人生好像就比別人加倍有趣。」

俊介一邊說，雙手也反射性地動著，穿上羽二重、戲服，準備上台的進度漸漸趕上喜久雄。

這次演出，也由於是人數較少的巡演，特別加以改編，由年輕的喜久雄與俊介兩人來跳有女形舞巔峰之稱的《京鹿子娘道成寺》。

各位看官久等了。話說，這匆促中展開的第五章，距離德次去北海道追夢的第四章，已經過了將近四個年頭。

此時，世紀慶典「大阪萬博」剛於上個月開幕，從每天的入場人次、月球石，乃至於在全自動洗澡機裡發現迷路的外國人等等，全日本每個角落的話題都被萬博綁架了。

順帶一提，這四年內，喜久雄與養母阿松商量後，正式成為半二郎的部屋子。昭和四十二年（一九六七），也就是十七歲那年，他於京都南座的公演上襲名為「花井東一郎」，在《伽羅先代萩》中以婢女這個小配角首次登台。

只不過，這可喜可賀的初次登台日，喜久雄可以說根本不記得。

那天，阿松從故鄉長崎趕來看戲，彷彿她本人要上台似的，在擁擠混雜的休息室這兒晃晃、那兒轉轉，她的緊張也影響了喜久雄。

雖說終於獲得角色初次登台，但也只是跟著榮御前出場的婢女之一，簇擁著御前，提著燈籠從花道走上舞台之後，當然沒有台詞，在舞台左方坐了十五分鐘左右就直接退場。

然而，從鳥屋[37]來到花道那一瞬間無可言喻的氣氛，他倒是記得很清楚，宛如騰雲駕霧。如果硬要用言語形容，或許可說是幸福吧。

但之後就完全沒有記憶了。長達十五分鐘的時間，他應該是在舞台上看著半二郎飾演的八汐與政岡對話，然後坐在舞台左方、離開舞台、走過走廊回到休息室、面向鏡台，他才終於回過神來。

37　花道盡頭的一個小房間，演員和黑衣可在此換裝並做出場準備。

於是，自己剛才所在的舞台地板的觸感，清清楚楚看見的每個觀眾面孔，還有最令他印象深刻的，舞台上甜蜜的芬芳，全都復甦了。喜久雄忍不住想隱身於一旁的屏風之後，因為，有如夢遺後羞於見人的那種恍惚感此時突然襲來。

同樣是初次登台，御曹司俊介的經驗就與喜久雄完全不同。據說，俊介初次登台是四歲的時候，半二郎當然在場，還請來關西歌舞伎的另一名門生田庄左衛門，向觀眾宣布襲名。

儘管如此，聽俊介說起時，他顯然沒有體會到這種恍惚感。那麼，自己初次登台的經驗絕對比較好——喜久雄不是嫉妒，他真心這麼想。

正好在初次登台時，喜久雄身邊發生了另一起事件，起因是他背上的雕鴞刺青。

高中入學時，半二郎親自去學校解釋喜久雄出生的環境與養母阿松的期望，還附加了絕對不公開談論刺青、體育課時也不脫下內衣等細節條件，總算讓校方答應不追究。但喜久雄上的可是男校，學生在教室裡喊著「好癢、好癢」脫下內褲給股癬擦藥都是很常見的事，喜久雄的刺青不可能瞞得住。

事實上，同學們只有一開始覺得稀奇，很快便習以為常，為了喜久雄著想也沒有向父母說起。只是，人的嘴畢竟關不住。

無論什麼時代都沒有討厭鬼，有的只是：

「我無所謂，可是，難保沒有家長在意呀？」這種不會去當討厭鬼的討厭鬼。

於是，不知不覺間，在意的家長以迫不及待之姿出現，表示：

「那會對孩子造成不良影響。」興沖沖地展開排擠喜久雄運動。

當然，校方也努力說服家長，連喜久雄的恩師尾崎都受託從長崎趕來，解釋喜久雄的生長環境，試圖動之以情。但這些人自然不會把一個鄉下老師放在眼裡，反而被害妄想症發作，認定他所說的喜久雄的成長經歷會污染自己的孩子，因而引發更強烈的排斥。

「一度走偏的人，怎麼可能回到正軌。」

這才是家長會，乃至於社會的想法吧。

所幸，喜久雄本人並沒有被這些大人的小心眼打敗，他完全不以為意：

「如果不上學可以多練習，那麼不上學也沒關係。」

一點都不明白身邊的大人為他將來打算的苦心，很乾脆地自動退學了。

話說，儘管初次登台了，並不代表之後就能順利得到演出機會。

此時正值關西歌舞伎低迷，劇場的歌舞伎公演驟減，不要說身為部屋子的喜久雄，就連御曹司俊介也得不到演出機會。

即使如此，若是像半二郎那樣，既是電影明星，又是當紅大招牌，用不著在關西蕭條的劇場裡餵蚊子，也會被邀請到東京的大劇場演出。但東京也有一大票東京的演員，這麼一來，像喜久雄這樣的年輕大阪演員自然連飾演小配角的機會都沒有。

因此，憂心的半二郎這幾年希望能復興關西歌舞伎，並栽培大阪的新一代演員，不惜自掏腰包推出地方巡演，這便是喜久雄他們此次參加的演出。

然而自掏腰包也有限度，到頭來，不免要拜託劇場老闆、主辦單位，最後為了資金仍必須向愛甲會辻村這樣有力的贊助人低頭。

回到這邊的場景：

在酒店地板上醒來的俊介雖然宿醉，仍設法趕到四國琴平的劇場休息室入口。

「你們都準備好了嗎？舞台上〈聽見否和尚〉就要開始了。」

被源吉催促著離開休息室的，是化身為白拍子花子的喜久雄與俊介兩人。

狹窄的走廊上，搖曳的振袖撫過骯髒的牆壁，充斥汗臭味的後台揚起一陣芬芳。

「吶，喜久，昨天晚上愛甲會的辻村先生說要幫我們成立後援會，真教人期待。用東一郎的『東』和半彌的『半』取名為『東半會』，聽起來比『半東會』好聽。」

走在前面的花井半彌，也就是俊介，笑盈盈地回頭道。

「可是師父的臉色不是很好看。」

花井東一郎，也就是喜久雄，推著要停下來的俊介急著往前。

「不要理他就好了。昨天也是板著一張臉，感覺有夠差。這次巡演還不是多虧了辻村先生的公司幫忙。」

「公司……話還真是看人怎麼說欸。」

「人家現在也算是堂堂企業家好嗎？是啦，他是黑道出身沒錯。可是，像這次，就當他是剛好來松山出差好了，還特地跑來琴平，真的很講義氣。」

仔細想想，要不是辻村帶半二郎去參加立花組的新年會，喜久雄今天也不會在這裡。說起來，雙方都是喜久雄的恩人，但是就像俊介說的，半二郎和辻村在一起時，總像有什麼心事，無心享受宴會。

「少爺，喜寶，好了嗎？」

源吉一提醒，回過神來的喜久雄耳中，連牆後觀眾的呼吸聲都聽得一清二楚。

舞台是櫻花盛開的紀州道成寺，人稱「所化」的修行僧們一來一往：

「聽見否，聽見否？」
「聽見了，聽見了。」

不斷重複這樣的開場對話。

從花道出場的俊介走向鳥屋，從花道升降台出場的喜久雄則走向昏暗的奈落[38]。分開之際，兩名演員對望的那一瞬間，無論怎麼看都是女形，嬌豔欲滴，宛如兩片櫻花花瓣自舞台翩然而落。由黑衣松藏以手電筒照亮腳邊的路，喜久雄離開昏暗的奈落來到花道底下，上了升降台，屏息靜候。

月將出，潮將滿

風情萬種的三味線與淨琉璢的吟唱自舞台響起，不久，鳥屋揚幕[39]的金屬環「鏘鈴」一響，在喜久雄上方花道現身的俊介嬌豔舞動，從上方傳來地板發出的唧唧聲。

這副模樣，啊，多羞人

38 歌舞伎舞台及花道下方的空間。
39 隔開鳥屋與花道的布幕。以金屬環吊掛，拉動時會發出獨特的聲音，觀眾只要聽到就知道演員即將出場。

「去吧。」負責大道具的人往喜久雄肩上一拍。

「是。」喜久雄點頭。

雖如此，雖如此

升降台搭配著淨瑠璃的吟唱緩緩上升，喜久雄眼中先看到花道上舞動的俊介的腳，再看到他的身影，接著觀眾席映入眼簾。

奈何相思萬縷，衣袖夜夜濕
恰似水濱千鳥，終無一日乾

與俊介並肩站在花道上，銜著扇子，楚楚可憐地擺弄振袖，以攤開的懷紙裝作手鏡整理頭髮……

兩人的呼吸比平日更加契合，簡直就像俊介揮起的振袖便是喜久雄的振袖，喜久雄伸出去的雪白手指便是俊介的手指，演出精彩的《雙人道成寺》，然而：

啪、啪、啪，觀眾席的掌聲卻稀稀落落。

一看，空盪的觀眾席上小孩跑來跑去，大人早早打開便當，緊鄰著花道的一個少婦正在給嬰兒餵奶，彷彿無聲說著「哇，好美」般愣愣地抬頭看著兩人。

「下一場的琴平這地方，劇場文化深根當地，所以觀眾會比這次巡演的其他地方來得多。」

半二郎前幾天這麼說，然而對照眼前這片慘狀，可見當時歌舞伎巡演之艱難。

話雖如此，對於站上舞台的喜久雄而言，就算只有一個觀眾，他也要將那名觀眾迷得神魂顛倒，當然沒有偷懶打混的想法。

看到仰望自己的少婦，最後嬰兒都已經鬆口讓她露出了乳房，仍癡癡地看向自己，喜久雄在內心大喊：「知道我的厲害了吧！」

這天，閉幕後，喜久雄跟俊介正在休息室卸妝。

「我進來囉。」一個男人掀開暖簾進來。

儘管是喜久雄他們這些年輕演員的休息室，也不容外人未經許可就進來，兩人嚇了一跳。回頭看，站在那裡的是個體型肥碩的男子，大大的眼睛骨碌碌轉動著。

「啊，戲我看了喔，《道成寺》。」

只見他滿面笑容地摘下帽子，沒打招呼便在兩人面前盤腿而坐，朝愣住的喜久雄和俊介伸出手。還以為他要做什麼，竟是同時揉捏兩人的耳垂。

「哦，兩個都很有福氣啊。」

他的手指又熱又胖，耳垂被他一捏，頓時發燙。

「稀客稀客，梅木社長。」

這時趕來的是準備到一半的半二郎。看他匆忙的樣子與聽到梅木這個名字，還盤腿而坐的喜久雄兩人趕緊端正坐好。

說到梅木社長，是包辦當代歌舞伎的娛樂經紀活動公司「三友」的社長。

「啊，我去神戶出差，聽說了《道成寺》這戲，就跑來琴平了。結果……啊，丹波屋，幹得好，好極了，兩個人都很優秀。」

他的笑容不禁讓人猜想若福神下凡，大概就是這種感覺吧。

據三友的梅木社長說，早稻田大學教授兼劇評家藤川教授偶然在島根看了這次巡演，雖然給了「也許是在鄉下地方的老劇場看的關係」這個前提，仍對喜久雄他們演出的《道成寺》大為激賞：「梅木先生，我啊，一瞬間還誤以為自己置身江戶時代呢。」

「說到藤川教授，他可是會毫不客氣地對遠州屋說『今天出場慢了一拍』的人物啊！哦，是嗎？那位教授這樣誇讚這兩個孩子啊。」半二郎說，一時之間雖然難以置信，但梅木繼續說：

「那可是千真萬確。我也是第一次看到藤川教授那麼高興，我也吃了一驚。雖然他們的表演還不夠含蓄內斂，不過看著不會反感。尤其東一郎，每個動作都深具藝格啊！」

突然被梅木凝視，喜久雄不禁別開視線，他眼前所見，是鏡中卸妝卸到一半、與格調相距十萬八千里的東一郎的臉。

這時，他在鏡子裡發現另一張陌生的臉，一看就是新員工模樣的年輕人，臭著臉站在休息室入口。

喜久雄回頭想向他點頭致意，他卻故意把臉轉開。如果只是轉開臉倒還好，他卻面向牆壁暗自冷笑，一副他們的對話很可笑的樣子。

喜久雄發怒了：

「什麼人？」大吼一聲，打斷半二郎和梅木的談話。

俊介慌了，問：「喜久，怎麼了？」

趕緊介入，但滅不了喜久雄肚裡那把火。

「那人不知道在不爽什麼，還偷笑。」

已經準備要打架的樣子。

那人對喜久雄的話毫不在意，裝糊塗道：「我哪裡有笑？」

梅木像是看到兩隻小狗互吠一般，不以為意，正準備繼續和半二郎談話，卻忽然改變主意：

「那是我們公司的竹野。他啊，是為了拍電影才進我們公司，卻被派來負責無聊的歌舞伎，所以一點幹勁都沒有。是不是啊？喂。」笑著這樣介紹。

「我有幹勁。」

竹野這句反擊與發起火來的喜久雄有相似之處，卻不是一個新員工對社長該有的態度。

「你看，脾氣這麼大，很令人生氣吧？」

這樣問半二郎的梅木顯然覺得有趣。

「因為他太愛生氣，我越看越有趣，就把他留在身邊。喂，竹野，你之前跟我說的話，現在再說一遍。」

被梅木點名，竹野仍板著一張臉。

「我之前說的什麼話？」

「裝什麼傻啊，你每次一喝醉就找我吐苦水，說你一點都不懂歌舞伎哪裡好看，還說實在太無聊了，唯一的好處就是比搖籃曲更催眠。」

消遣著臭臉竹野，梅木看起來很開心，儼然是爺爺在逗成年的孫子尋開心。

「對了對了，他還說啊，歌舞伎演員難道真心覺得這麼無聊的表演很厲害嗎？我看每個人都是硬逼自己這樣想的吧。如何，半二郎先生，你有逼自己嗎？」
只有梅木一個人笑呵呵，休息室裡的氣氛變得很差。
自顧自地笑夠了之後，梅木忽然想起什麼似的說：
「啊，對了，要不要讓這兩人的《道成寺》去京都南座賭一把？」
聽到這句話，半二郎比喜久雄和俊介還吃驚：
「這、這當然是求之不得。但這樣的新手，臨時扛得起那麼大的舞台嗎？」
「我也不知道，反正聽天由命，不是新世代明星的誕生，就是世紀大笑話。」
被梅木與半二郎這兩位大人物直視，喜久雄兩人仍無法消化眼前的事情。
儘管只是一場戲，但那可是在南座當主角。打個比方，就像是連髻子都還沒梳的幕下力士，突然被通知要在壓軸的演出最終日和橫綱對打。
這之間，梅木與半二郎離開了休息室。在走廊全聽見了的源吉跑進來，說：
「俊寶，聽見否聽見否？」
「有，聽見了聽見了。」
他抓起這樣回答的俊介的手：「恭喜呀。不枉費你這麼努力，果然有眼光的人還是看得出來。」說得眼中泛淚。
看著感慨萬千的兩人，喜久雄眼眶也熱了，但背上卻感到一股冷冷的視線。
一看，竹野還站在那裡。
為了不掃正高興的俊介他們的興，喜久雄起身把竹野往休息室外推。
「你想怎樣？」

「歌舞伎都是世襲的吧？就算他們現在對你一視同仁，你最後還是會抱憾而終。」

只會冷嘲熱諷的門外漢。如果能這樣想就沒事了，但不知為何，竹野的話激起了喜久雄體內與生俱來的任俠之血。

「你再說一遍？」

他自然而然發出到大阪之後便沒有再用過的那種又低又濁的耍狠聲音。發聲處與義太夫節不同，喉嚨深處掠過一陣令人懷念的酥麻。

即使一心一意投入歌舞伎的練習，但只要被人按到開關，他本就是黑道大哥的兒子。喜久雄一把箝住誤將女形當女人而毫無防備的竹野脖子，用力推到牆上。

「你再說一遍？」

但是，竹野也不讓步：

「我說，你現在跟他再怎麼要好，最後還是會抱憾而終！」

原來如此。這時喜久雄才發現為何竹野的話讓自己火冒三丈。抱憾而終。

沒錯，這句話喚醒了記憶中父親權五郎臨終的模樣。

「你這混帳！」

有些事情，學會了就永遠不會忘。打架沒有在講規則，喜久雄立刻往竹野的要處一踢，然後朝嗚的一聲悶哼蹲下的竹野背上毫不留情就要踹下去。

「喂，喜久！」

俊介和源吉趕緊介入，但發怒的喜久雄只有德次制得住。

喜久雄被兩人從後面架住，在「放手！」、「不放！」之間，竹野站了起來：

「看我的厲害！死小孩！」一舉撲上來。

喜久雄還沒換完裝，身上一半是白拍子花子，穿著女性和服內衣打架。兩人在狹窄的走廊上撞到這邊的牆、弄破那邊的門，搞得雞飛狗跳，不斷扭打。何止是氣喘吁吁，最後都吐了。

喜久雄臉上卸到一半的妝也沾到竹野臉上，活生生是一齣狂亂的《雙人道成寺》。

話說，半二郎為了復興關西歌舞伎而自掏腰包每年舉辦的西行地方巡演，在中國、四國各縣演出之後，從愛媛八幡濱的港口沿著豐後水道前往九州。之後，連日連夜在大分、宮崎演出。這天結束熊本的演出，終於只剩博多的最後公演便要順利落幕。

每次在一個地方的演出一結束，便立刻收拾後台坐上卡車，徹夜趕往下一個地點。夜晚若是能在卡車上伸長腿睡一覺，那天就算賺到，因為取締變得嚴格等原因，劇團引人注目的卡車又容易被警方盯上，不要說在卡車上睡覺，連坐在車斗上都會吃罰單。

再加上，在睡眠不足的情況下到了下一個地點，片刻都不能休息，整個劇團才幾個人，不分演員還是道具組，幕前幕後所有人都要幫忙架設舞台和後台，架好還得去向當地重要人士打招呼，準備上台的時間都不夠了，還要展現夠水準的演出。然後，一落幕，又是不分幕前幕後，所有人一起撤下舞台和後台，繼續趕往下一個地點。

這樣的巡演即將在四天後於博多迎接公演最終場，結束在熊本荒尾市的劇場演出後，喜久雄照例在後台卸妝時：

「喜久雄在嗎？」半二郎探頭進來：「跟你說，我剛才聽說這附近的港口有前往長崎的渡輪。

明天起連休三天，你很久沒回家了，不如回家一趟吧？」

雖然很唐突，但其實喜久雄也注意到巡演中難得有三連休，在心中想像起自己搭渡輪或火車回家的樣子。

仔細想想，上次回家是三年前，同樣是巡演時經過長崎的時候。當時時間太少，只能匆匆給父親的牌位上個香。

「那我就恭敬不如從命。」

喜久雄接受了半二郎要他回家的建議。

「啊，對了。」

說著正要回頭的半二郎好像忽然想起什麼，那模樣彷彿有幾分刻意：

「還有，見到你媽之後，就說是我要你說的，跟她說：『每個月寄來給喜久雄的生活費太多了，一直以來我都懷著感謝之心收下。不過，喜久雄雖然還沒獨當一面，好歹也是個歌舞伎演員了，這次也受到三友社長的賞識，要與俊介兩人在南座挑大樑演出。所以，生活費不如就給到這個月吧。』」

聽著半二郎的話，後知後覺的喜久雄才發現，原來自己莫名想回去長崎，是因為下意識想要直接向阿松報告這次受到提拔、要在京都南座擔任主角的事。

「聽到了沒？喜久雄，你要親口告訴你媽喔。若是我寫信去跟她說，她肯定還是會照給不誤，一定要你親口告訴她：『過去真的很感謝媽媽，喜久雄已經可以照顧自己了。』知道嗎？」

喜久雄當然知道家裡每個月都寄錢過來，所以才能在寄居的人家裡高枕無憂，餓了就讓女傭弄東西來吃，需要什麼，也大方拜託幸子，日子過得就像半二郎的親生兒子一般。不過實際上阿松每個月寄來多少錢，喜久雄從來沒問過。

半二郎離開後，喜久雄心想要給阿松打個電話，但這次有在南座擔任主角的好消息，心裡忽然萌生一點惡作劇之心，想要給阿松一個驚喜。

當晚，喜久雄將這次巡演的照片做成一本相簿，當作送給阿松的禮物，偷偷藏在卡車底下。

次日，到了長崎車站，喜久雄彷彿聽到懷念的聲音。國中即將畢業的那個冬天，逃亡般從這個車站啟程前往大阪時，阿松和幾名年輕組員為他高喊三聲「萬歲」的聲音。

喜久雄搭乘路面電車從車站來到老家所在的區域，穿過令人懷念的大門，對著老舊但仍氣派的大宅說：

「我回來了！」

屋裡沒有回應。喜久雄自行打開門。一走進去，竟有股別人家的氣味。長時間不在家，連玄關的樣子都變了。

「媽！我回來了！」

邊脫鞋邊往裡面喊，後面傳來啪嗒啪嗒朝這裡跑來的腳步聲。

「咦？怎、怎麼突然？喜久雄……你怎麼回來了？咦？」

相對於慌亂不知所措的阿松，喜久雄從容得很。

「我們在巡演。昨天在熊本表演完有三天連休，就回來了。」

阿松仍驚慌失措，或許是不像平常穿著和服而是一身居家便服，總覺得她和這房子不搭調。

「阿松！阿松！」

就在這時，裡面傳來一個女人的聲音。

阿松更是慌了手腳：

「喜久雄，過來，這邊！」

不知為何硬把喜久雄推往玄關旁的女傭房，唰的一聲關上門。

「哎呀，阿松，原來你在這裡。收水肥的差不多要來了，準備一下喔。」

喜久雄聽到這樣的話聲。

在還沒有抽水馬桶的時代，為了方便水肥業者使用真空機吸取，要先以水桶提水倒進水肥坑裡。那個聲音命令著應該是女主人的阿松先行準備。

母親被這樣對待，喜久雄火冒三丈，想要開門，卻被阿松從外面抵住打不開。

「那我出門了。阿松，剩下的就麻煩你了。等小純回來，幫他煎個鬆餅。他參加社團活動應該會肚子餓。」

聽著聽著，喜久雄終於明白狀況。雖不知詳情，但顯然他回來的家已經不是他的家了。

聲音的主人離開後，房門從外面輕輕打開，阿松一臉抱歉地站在門外。

「媽……」

可悲的是，除了這聲「媽」，他說不出其他話。

「房子早就抵押掉了。你看，媽媽現在重操舊業，給人家幫傭。」

阿松微笑著，喜久雄不明白母親為何微笑。

「對不起呀，都怪媽媽不夠能幹，什麼都被拿走了。」

雖然不明白，但這時候若不跟著一起笑，母親似乎隨時會哭出來。

喜久雄按捺著湧上的心酸說：「我要在南座演主角了，和俊寶兩個人一起跳《道成寺》。」

他對母親報以微笑，好寬慰母親，但一想到之前寄的信都寄到原先的住址，就更加心酸。

權五郎死後，立花組的衰敗喜久雄當然都看在眼裡，也從阿松的來信得知他去大阪之後，愛甲會的辻村接收了組員，立花組實質上形同解散。話雖如此，他萬萬想不到立花權五郎的未亡人阿松，竟會淪落到不得不在本來的宅邸裡當女傭的地步。

灑進半二郎府裡練習場的陽光，漸漸地也帶上一絲夏天的氣味。一到這個時期，練習場的隔間拉門會被拆下，可以看到庭院裡竹葉隨風悠然搖曳。

來自院子的風吹動簷廊的細竹簾，撫過專心致志練習的喜久雄臉頰，額上冒出的汗珠滴答落在榻榻米上，被吸了進去。

「喲！哈！」

配合著喜久雄舞蹈的輕柔三味線樂音，彷彿被初夏陽光邀入庭院。扮演姑娘的喜久雄額上，與輕柔地彈著三味線為他伴奏的年輕地方額上，冒出一顆顆汗珠。

「跳姑娘角色的時候，要多露出頭頂。」

正好跳到一個段落，不知何時來的半二郎對喜久雄說。

喜久雄攏好浴衣衣襟，在榻榻米上跪下，半二郎就地轉動頭部做示範，喜久雄立刻站起來要重來一次。

「今天就到此為止吧。每天都要你這樣陪著練習好幾個鐘頭，連最粗的弦都會磨斷的，是不是？」

年輕地方聽到半二郎這番慰勞之語，不禁苦笑。

「今天不是要拍攝海報？還不準備來得及嗎？俊介都已經出門了，你也快去吧。」

聽半二郎這麼說，喜久雄抬頭一看掛鐘，已經超過四點了。他向地方道謝，汗也不擦就要離開練習場，半二郎卻說：

「啊，對了！」抓住他的肩。

「一直匆匆忙忙的，沒機會好好說上幾句話。長崎怎麼樣？」半二郎問。

看著師父平靜的眼神，喜久雄才總算發現，原來師父早就什麼都知道了。

「已經見過你母親，說了寄錢的事吧？」

喜久雄垂下眼，點頭說：「嗯。」

「你媽媽有沒有說什麼？」

「沒有。」

「是嗎？」

「對不起。」

「嗯？怎麼突然道歉？」

半二郎想注視他的臉，喜久雄更加迴避他的視線。

「師父，能不能讓我在這裡多留一陣子？」

本來應該要說明在長崎見了阿松之後，發誓為了將含辛茹苦的母親早日接來大阪，自己會比之前更加努力，成為能夠光榮上台的演員。但喜久雄羞愧得說不出口，他的心情半二郎當然明白。

「你想待多久就待多久，何必這麼見外。」

事後喜久雄才知道，阿松成為女傭之後，為了不讓喜久雄有寄人籬下的感覺，就算只有幾千圓，還是每個月底都寄過來。

見喜久雄垂頭喪氣準備離去，半二郎叫住他：

「對了，你來二下。」

說著走向二樓的書房，喜久雄納悶著跟過去，只見他從書桌抽屜拿出一本存摺遞過來：

「這是喜久雄的。你拿去用吧。」

不明所以地接過存摺，裡面竟然有將近二百萬圓。

「這些錢是你母親每個月從長崎寄來的，一分錢都沒有動用。」

喜久雄盯著半二郎突然給他的存摺看。

「年輕演員不能為錢操心。那種神色，觀眾一看就把你的底摸清楚了。演員的底被摸清楚就完蛋了。」

說著似乎生起氣來的半二郎也是，雖然過著看似奢華的生活，其實正為地方巡演的花費和日常生活的用度焦頭爛額。

「真的可以嗎？」喜久雄闔上存摺問。

「可以，隨你拿去用吧。如果想接母親過來就接。」

當時的二百萬圓，大概就像現在的一千萬吧。

「那麼，我收下了。」

深深行禮後離開書房，喜久雄在樓梯中途停下，又一次確認存摺上的餘額。

一八八〇八八八圓。

好多個八，真是個吉利的數字。

「媽，你不用在這裡當女傭，跟我一起去大阪吧。不，我帶你去。」

「在大阪當女傭，跟在這裡當女傭還不是一樣。再說，這哪有辛苦。以前當大頭目的老婆，還得擺出一副了不起的樣子，比起來，像這樣做著家事，天天盼著兒子成為大明星才幸福呢。」

這是喜久雄和阿松在長崎的對話。

「喜久雄，你將來要當上大明星，用自己賺的錢來接媽媽。到時候，媽媽要穿上讓人人都回頭看的上好和服，在歌舞伎座的特等席上風光風光，大聲說：『那個演員是我養大的兒子！』」

南座首演日，後台響起通知第二幕開幕前七分鐘的梆子聲。

觀眾席上，懂規矩的常客收拾好吃完的便當，準備看戲。第一場，由半二郎飾演大藏卿的《一条大藏譚》固然十分精彩，但再怎麼說，這個月的南座賣點是第二場，受到世紀大提拔的花井半彌與花井東一郎演出的《雙人道成寺》。

根據報紙和雜誌的試演劇評，大多認為要在大舞台上挑大樑，這兩人還是差了點，也有人認為這回三友的梅木社長面對關西歌舞伎的凋零心急了些，以至於看走眼。但向梅木表示對兩人大為激賞的早稻田教授兼劇評家藤川，碰巧在他上的NHK全國性節目中說了一句：

「若想親眼目睹明星誕生的瞬間，這個月去南座就對了。」

這句話點燃燎原之火。本來的歌舞伎迷不用說，連十多年沒看過半齣戲的老戲迷也競相買票。

這會兒，梆子聲通知五分鐘後開幕。

「知道嗎？冷靜以對就是了。」

穿著西裝的半二郎拍著喜久雄和俊介的背，他們倆正因緊張而全身僵硬。

「俊寶，你一出生就是演員的兒子。一直犧牲和別的小孩打棒球的時間來練習。無論發生什麼事，你的血統都會護佑你。喜久雄，你來我們這裡幾年了？快五年了吧。這當中，你有一天沒練習嗎？沒有。這次的《道成寺》，你練得比任何人都勤。所以，完全不用擔心。就算你在舞台上忘了舞步，身體也會自動跳起來。」

「該上台了。」比兩人還緊張僵硬的源吉喊道。

「好了，去吧。盡情表現吧！」

兩個嬌豔的白拍子花子被半二郎推出去。

「兩個都加油。」

「好好表現。」

「好美呀。」

兩人匆匆走過充斥著汗臭味的走廊，南座裡負責大道具、小道具、照明和美術的資深工作人員紛紛為他們打氣。

「俊寶。」

喜久雄叫住走向花道鳥屋的俊介，做了一個深呼吸。

「俊寶，額頭過來一下。」

「什麼？這時候你要幹嘛？」

「過來就是了。」

「妝會掉啦！」

喜久雄硬抓住俊介的頭，往抗拒的俊介額頭「啪」的一聲彈了一下。

連一旁的源吉都不禁喊「好痛」，這威力承襲自幸子——每當在家裡做了壞事時，一定會被幸子這樣處罰。

「換我。快。」

喜久雄把臉湊過去，俊介按著疼痛的額頭，不甘示弱地彈出更響亮的一聲「啪」。

「好了，俊寶，上場了！」

「好，花道見！」

互相喊話後，兩人分別往鳥屋與奈落走去。

觀眾席上，從後台趕到座位的半二郎坐立不安地嚥了好幾口口水。接著，終於開幕了。在迫不及待的掌聲中，竹本三味線與淨瑠璃幽幽響起，但半二郎後方的座位上，談論剛才吃的便當口味如何的話題遲遲未歇。忍耐了半天，討論還是不停。

「不好意思，」忍不住轉頭的半二郎終於出聲：

「這是我兒子們的重要演出，請好好專心看。」

那麼，且說說後來如何吧。

南座的《雙人道成寺》獲得超乎預期的成功。還不夠精緻的舞藝當然遭受前輩演員和挑剔戲迷的狠毒批評，但人要走紅時，連這些批評都會成為助力。事實上，看過這次演出的另一位關西歌舞伎名家生田庄左衛門就說：

「既然都要由年輕人擔綱，不如讓他們拿電吉他上台，應該能吸引更多觀眾吧。」

這番拿當時火紅的 Group Sounds[40] 來比喻的譏諷，反而一舉使熱愛 Group Sounds 的女孩們注

---

40 一種搖滾樂隊。興盛於日本一九六〇年代後期，以吉他為主，由數人組成。

意起花井東一郎與花井半彌這對年輕女形。

首演一結束，「竟然同時誕生兩名不世出的女形」的傳聞越演越烈，長達二十五天的公演門票立刻售罄。之後，來買當日票的年輕女戲迷排隊隊伍一天比一天長，到了第十三天時，甚至還傳出隊伍沿著鴨川排到了五条大橋的說法，對幽靜的京都造成一次不小的騷動。

當然，人們的興奮也傳進南座後台，兩人原本冷清的休息室不知何時擺滿了蝴蝶蘭，中場時間報紙的娛樂版記者、藝能雜誌記者絡繹不絕，連電視台的攝影機都來了。只見他們在令人睜不開眼的閃光燈中，穿著華麗振袖擺姿勢拍照，轉眼又被帶到屋頂上穿著浴衣拍傳球的夾頁海報。

他們拍的照片、說的話，第二天立刻登上報紙電視，使得在南座工作人員出入口堵人的戲迷更多了。

如此忙亂的一天中，最重要的當然還是演出，兩人自然沒有忘記這一點。但刊登著他們照片的雜誌堆成小山，當後台的電視一播出他們上的節目，劇場工作人員也會圍觀，看到兩人出現在畫面上便「喔——」地歡呼。兩人離開休息室登台時，歡呼已不足以形容觀眾的叫聲，狂熱的程度簡直直逼搖滾樂演唱會，而非歌舞伎了。

當然，兩人都還年輕，不可能不得意，更何況一個是當紅歌舞伎演員的公子，一個是九州馳名幫派老大的兒子，比誰都更有不可一世的素質。

「對了，半彌君，聽說你在這麼忙碌的行程中，昨天還去祇園玩呀？」

俊介面對老練的娛樂記者採訪，答道：

「何止昨天，我一直玩到剛才，晚飯都直接變早飯了。」

「真有你的。」

「不過，歌舞伎演員玩玩也不算什麼吧。而且，穿的吃的喝的玩的，全都要是一流的。要不然，我哪有膽上那麼大的舞台。」

「原來如此，東一郎君也這麼想嗎？」

「是啊，俊寶說的很對。不過我是個急性子，想要早點變成一流的演員。自己是一流的，就不必身邊什麼都是一流的了。」

這是兩人小小的不同，而這小小的不同，使他們在練習的方式、對角色的理解乃至於在舞台上拿捏與其他演員的距離等都產生細微的差異。也因此，即使以同樣的「型」[41]飾演同樣的角色，在觀眾面前呈現的樣貌仍截然不同。

因意想不到的世紀巨星誕生而沸騰的京都南座為期二十五天的公演一結束，在三友的梅木一聲令下，臨時公布原定下下個月於大阪中座上演的三友新喜劇《浪花太鼓》延期，改為花井半二郎飾演「阿初」、生田庄左衛門飾演「德兵衛」的《曾根崎心中》。

丹波屋的半二郎與和泉屋的庄左衛門，可說是關西歌舞伎巨頭共聚一堂，再加上剛在京都南座颳起旋風的東一郎和半彌的《雙人道成寺》，用意在召告全國「關西歌舞伎盡在於此」。

這麼一來，上越多節目越能達到宣傳效果，於是喜久雄和俊介接受的採訪也非比尋常地多。

這天也是，兩人正在大阪中座為下下個月將在此上演的重頭戲拍攝公演海報，還有電視攝影機跟拍。

41　同一齣歌舞伎劇碼，經代代演員對角色的演釋所累積出的固定演法，稱作該角色的「型」。每一門派的「型」各不相同。

「好，現在換裝！」攝影工作人員一喊。

「啊，好餓，便當便當。」俊介叫苦道。

「通往便當的路還長呢。」

喜久雄推著他走在走廊上，從狹窄的通道回去休息室，途中經過練習空翻的鐵皮屋沙場，一群演員正排成一列依序練習「蜻蜓」。所謂的「蜻蜓」，就是武打戲中被主角砍或摔時所需的空翻，是龍套演員表演的亮點。

正當喜久雄經過那裡的時候，「少爺！」有人這麼叫。他一看，德次就在隊伍裡，以一副「你看著！」的模樣助跑，在半空中做了一個空翻。

但願各位看官還記得，對，就是宣稱要在北海道闖出一番事業，從諸位面前啟程的那個德次。

「兩位少爺今天也有採訪？」

空翻完的德次拍拍衣服上的沙走過來：

「如果有什麼需要幫忙的，儘管叫我。」

「不用了。倒是阿德，你的空翻還是那麼漂亮。」喜久雄為之讚嘆。

「就是太漂亮了，反而沒有我出場的份。」

「怎麼說？」

「就我一個人跳那麼高，跟別人配合不來。」

「跳低一點不就好了？」

「沒辦法啊，調整不來。」

「那就差了點吶。」這時俊介插嘴道，四周響起一片笑聲。

「我們先走了，回頭見。」

在工作人員的催促下，喜久雄與俊介往休息室走去，德次又回到練習「蜻蜓」的隊伍裡。

「既娶了妻，就要潑水慶賀！」開玩笑地叫道。

「潑水！」

同伴們也聚過來，一起做了《新薄雪物語》賞花那一幕的空翻。

只見凌空翻了一圈的德次赤腳踩上冰涼的沙，似乎格外暢快。

話說，德次在龍套演員的大休息室裡也儼然是領頭羊。但各位看官自然會好奇，他怎麼會在這裡？

如果，不，萬一，有哪位特別的看官偏愛德次，或許會說：

「哦，阿德回來了，讓我等好久！」

只怕看官也是一心期盼他在北海道大獲成功才會這麼說吧。如此一來，實在慚愧，還懇請各位看官，且聽聽他本人在下一章對這段不光彩的內幕作何說明。

第六章　曾根崎森道行

所以呢，這會兒主角暫時換人當。

我不會忘記少爺的恩德，等我在北海道發達了，就當少爺最闊的贊助人，為休息室買波斯地毯，等我更有錢，就蓋一座少爺專用的劇場。所以在那之前，請少爺好好學藝。

德次秀了這樣一個大見得，與損友弁天一同出發前往北海道是四年前的事。如果說，最後德次雖未成功，但這四年在北海道努力扎根奮鬥，那麼各位看官或許多少也會心疼，誇讚德次真是堅強。無奈事與願違。首先，德次與弁天從北海道回到大阪，竟只是他們躊躇滿志地出發的短短一個月後。

事情是這樣的。他們聽信釜崎的人力仲介鼓吹說「北海道有輕鬆好賺的工作」，興致高昂地去了，去了也就罷了，但這個人力仲介正是當時橫行北海道、形同黑道的黑心仲介。德次和弁天到了北海道的工寮，只見滿屋子來自全國各地和他們一樣被花言巧語欺騙的無親無故光棍。至於工作，從早到晚都在荒地開路，哪裡有什麼管理勞工的主管可當。仲介甚至派人監視工地，敢偷懶就不給飯吃，敢逃跑就等著被千刀萬剮殺雞儆猴。如此慘狀，就如重演明治時代網走監獄囚犯被迫犧牲性命的峠道建設。

這跟原先講好的不一樣，但是再怎麼抗議也沒用，德次和弁天決定賺到回程的火車票錢就逃走，然而本應日領的薪水也是「明天一起給，不，後天」，遲遲拿不到。據這裡的老鳥說，就算發了薪也只是聊勝於無，付了房租飯錢便所剩無幾。

往工寮一看，全是無家可歸的男人，有得吃有得睡，就當這裡是天堂。

既然此地不宜久留，德次與弁天便在積雪未融的北海道荒野躲著追兵，不顧一切地逃跑。但是，好不容易甩開追兵，口袋裡別說回大阪的車錢，連下一頓飯錢都沒有。

正當他們認真考慮是不是只能偷拐搶騙時，遇到了知情後給他們飯糰吃的農婦，遇到了「如果是去鄰鎮，我可以載你們一程」的卡車司機，後來在青函渡輪前不知所措時，「戰爭結束撤退時，我在街頭徬徨，一個素昧平生的陌生人借了車錢給我」，又遇到這樣一位幫他們買船票的人。憑著這些陌生人的善心，他們一路從北海道荒野往大阪前進，不知不覺間，竟然真的回到大阪了。

這下，德次又無處可去，只能回半二郎府。但德次就是不肯白白吃虧，頭一件事便是想報復那個騙了自己的黑心仲介。話雖如此，仲介背後自然有組織撐腰，德次根本不是對手。這時，他無意間聽說，幾年前大阪府為提升釜崎勞工的福利而成立了西成勞工福祉中心。

對，就去那邊陳情，請他們代為討回沒拿到的薪水！

德次抱著這個念頭和弁天一起去了，但命運實在有趣，兩人去的時候，福祉中心正好在拍紀錄片。

紀錄片的導演碰巧是三友電影部的清田誠，他是戰後日本的法國新浪潮旗手，拍出一部部社會派名作。

清田導演將焦點放在首任福祉中心的主任身上。自西成勞工福祉中心成立以來，為了保護只能在愛林地區生存的勞動者，想讓他們好歹在這個條件極其惡劣的地方活下去，這位主任真的是以堅忍卓絕的毅力持續不斷地努力。

事實上，就在德次他們來陳情之前，有個爛醉的勞工來找主任想借點小錢。主任妥善安撫了這個來自東北的醉漢，最後還自掏腰包幫他支付住宿費。

清田導演才剛拍下這一幕，正要喊「好，卡！」，德次與弁天就跑進來陳情。兩人激動得甚至沒注意到一旁的攝影機和照明燈，一逮到主任，便口沫橫飛地說起被黑心仲介詐騙，形同被賣到北海道，又冒死走回大阪的事情。

清田導演當然繼續拍攝。德次和弁天希望能討回自己的薪資，多一天是一天，他們時而泣訴時而怒陳，敘事有緩有急，不知不覺連四周的職員都被吸引過來，呈現雙人獨演的狀態。而在酷寒的北海道工作多麼嚴苛、回程中兩人遇見的當地居民多麼善良，全都被拍進了底片。

只是，就結果而言，兩人的陳情是福祉中心主任再怎麼努力都無能為力的類型，黑心人力仲介早已不知去向，洽詢北海道工地後也只得到「我們已經付那個人力仲介訂金了，我們也是受害者」這樣無情的回應。

出發前曾誇下海口的德次總不能哭哭啼啼喊著「少爺，我回來了」回去半二郎府，於是就賴在弁天那裡。而這段期間，清田導演在西成拍的這部紀錄片《青春墳場》上映了。

結果引發不少回響。雖然上映的都是小戲院，但也分散全國數個地方，大阪的電影院連日客滿，最後一天片商還邀請片中令人印象深刻的德次和弁天作為特別來賓與清田導演一起上台，參加類似座談會的活動。

當然，會來參加這種電影座談會的都是所謂的知識份子，他們向被請上台的德次兩人提出勞動與福利的相關問題，兩人連問題都聽不懂，倒是說了在北海道因肚子餓而試圖釣公魚的故事，瞬間又把會場炒熱。

先前說過，德次這個人不會白白吃虧，接下來他才要發揮這項本領。這一連串風波結束後，德次照樣在弁天那裡混日子時，竟然收到清田導演親自邀約：

「要不要當我下一部電影的主角？」

那是一部低預算的實驗性電影，能不能上映都不知道，不過是一部寫實主義的電影，衍生自《青春墳場》，導演將之取名為《夏日墳場》。

「由我主演？」

德次當然不會拒絕。

開始拍攝時，或許是有之前在立花組新年會上表演的經驗，德次的戲感好得連清田導演都吃驚。

最後，儘管總共只有七間戲院，這部片仍在全國上映，沒想到獲選為該年度《電影旬報》十大非戲劇類電影的第六名。

接著德次便順利打開演員之路——遺憾的是，這件事沒有發生，但「德次好像去演電影了」的傳聞，倒是傳進了跟著半二郎努力學藝的喜久雄耳中。

「阿德好像回來大阪了。」

他向春江問起，才知道德次因為覺得丟臉而要春江不要告訴少爺，其實人早就回到大阪，和住在天王寺村藝人橫丁的一個叫弁天的人混在一起，不知道在做什麼。不過至少活得好好的，大概每個月會去春江店裡喝一次酒，問問「少爺怎麼樣了？有沒有遇到什麼困難？」。

喜久雄於是去天王寺村找人，找到了在長屋巷裡忙著陪小孩玩超人力霸王遊戲的德次。

「阿德……」

喜久雄不禁低呼，德次當下想逃，卻被孩子們擋住去路，只好一臉尷尬地回到巷裡。

「你怎麼會在這裡當超人力霸王？」

喜久雄一副愣住的模樣，德次卻說：

「才不是超人力霸王，是巨型機器人。」

是什麼都沒差。

大家都很擔心你，先回去再說——德次就這樣被喜久雄帶回去，聽了緣由後，半二郎說：

「在藝人橫丁閒晃不會有好事。與其以後出事再來處理，不如先處理好比較省事。」

他立刻去三友說情，以《電影旬報》非劇情類電影第六名的主角，正式雇用德次為龍套演員。

「阿德，要不要去吃什錦燒？」

早已熟門熟路的喜久雄練習完後來到藝人橫丁，一打開長屋的門：

「少爺，你怎麼來了？下週就是中座的首演了吧？」

德次和弁天不知為何佇在裡面。一看，狹窄偪促的屋裡，漫才師澤田西洋大師正對著將棋棋盤研究棋譜。

「我才要問你們在做什麼呢？」

見德次和弁天硬要拉西洋大師站起來，喜久雄問道。

原來今天是大師這輩子第一次錄電視節目，出門前卻突然怯場。

「我才沒怯場！」

大師雖然反駁，但聲音聽起來怕極了。

順帶一提，從北海道逃回來的弁天後來便是拜這位澤田西洋為師，他與老婆澤田花菱彈奏三味線所演出的夫婦漫才在大阪的曲藝場紅極一時，一天甚至要跑三、四個場子，如今卻因電視普及而乏人問津。

「都是萬博扼殺了大阪藝人。那到底有什麼好玩？那種愁眉苦臉的塔，要怎麼搞笑？」

大師為了轉移錄製電視節目的話題，又開始批評起萬博。這時，穿著和服拿著三味線的花菱大師從二樓下來：

「人家才不是為了搞笑蓋的，那是藝術。」

「藝術就不用搞笑嗎？在我們大阪可以這樣嗎？」

花菱已經懶得理他，讓弁天去拿裝了西洋的表演服的包袱，說聲：

「我先過去了。」

不愧是相伴多年的老夫老妻，花菱一出去，西洋便匆匆站起來，可見他還是有想要東山再起的心。

這麼一來，錄影時間變得急迫，在弁天的催促下，德次不用說，不知為何連喜久雄也跳上電車一起去錄影。

「請準備進棚！」

導播喊道。他們在電視台裡的休息室，雖然是多人共用的大房間，但是沒有其他人，空盪盪的反而讓西洋處於極度緊張的狀態。他的緊張不僅影響了弁天，就連陪同的德次和喜久雄也跟著緊張起來，從剛才就一直輪流跑廁所。

「不過就是個電視，又沒有觀眾。」花菱沉著得很。

「你傻啦！攝影機後面不是有一億人嗎？」

「所以更要好好表現呀，在這裡成功，就能再次翻紅了。」

在花菱的鼓勵下，大師似乎終於下定決心，一聲吆喝站起來。

「大師肯定行的。」

「沒錯沒錯。」

喜久雄等人跟在大師身後加油打氣。

大師緊張歸緊張，在年輕導播的指示下站在攝影機前的表情雖然很沒把握，但畢竟曾是天王寺村的當紅藝人，當導播一聲令下開始表演，便在絕佳時機妙語如珠，轉眼逗笑了工作人員。

但是，正當喜久雄他們在心中喊著「對，就是這樣」，暗自加油時：

「暫停！能不能再短一點？」

年輕導播潑了冷水。

「再短？你……」

「後面的百面相實在拍不進去，請在兩分鐘內結束。」

「這太強人所難了，你一定要讓我展現我的絕活啊！」

導播完全不聽大師的懇求。

最後，「再五分鐘」、「不，至少再十五分鐘，不然表演不到精髓」這樣討價還價的結果：

「你還沒出生我就這樣表演了。無論如何都要我縮短，這種節目誰要上！」

大師扯掉他的大蝴蝶領結。

花菱不用說，弁天也趕緊過來安撫，卻助長了大師的怒氣。

「我可不是想上電視才來的！我是為了讓大家看到我的表演才來的！」

對此，年輕導播卻說：

「這和曲藝場不同，不好看的話觀眾馬上就會轉台。」

「混蛋！轉台根本算不了什麼！曲藝場的觀眾還會當場睡給你看！不對，在那之前，什麼叫做不好看？先看了我的百面相再說！」

現場鬧得不可開交。

「不好意思，請你們回去。」

「不用你說我也會回去！不用你送！」

終於吵翻了。

只不過，原以為大師會就此離開電視台，卻見他忽然在走廊上站定，失落地低聲吐出：

「就是因為沒有餘裕再說這些大話，才來這裡的啊。」

然後又垂頭喪氣地回去攝影棚，在年輕導播面前深深行禮：

「吶，小哥，我會盡量縮短的。不說一百面相，我減到五十，不，二十。能不能讓我重來一次？」

若能在電視界獲得肯定，也許能再次翻紅。這一點大師也明白。這樣的大師看起來既悲慘又厚顏無恥，讓喜久雄等人想哭又不敢哭。

就在大師挽回頹勢、再度開錄不久，攝影棚內卻騷動起來。

在攝影機後方參觀錄影的喜久雄耳中，聽到「車禍」、「花井半二郎」等詞。

「怎麼回事？」

喜久雄不禁與德次對望，德次早已向聲音來處的走廊跑，喜久雄也跟上去。在走廊上講話的似乎是新聞部的職員，因為花井半二郎出了車禍，他正在向娛樂部的人員商借最近的舞台影片好用在傍晚的新聞中。

「等、等一下，不好意思。」

喜久雄趕緊叫住職員，但那人可能在趕時間，一聲也不應就要跑上樓。

「等、等一下，你說師父出了車禍，是怎麼回事？」

他連忙追上去問，對方大概也發現他們是半二郎的親友。

「詳細情況還不清楚，不過聽說有卡車和轎車在御堂筋發生車禍，歌舞伎演員花井半二郎被送進醫院。」

喜久雄不禁在樓梯上停下腳步：

「打電話，打電話回家……」喃喃說著，轉身跑下樓。

正好樓梯底下的大廳就有公用電話，喜久雄和一樣心急的德次輪流撥了電話轉盤。

「啊，喜寶嗎？你跑去哪裡了？師父出事了！出車禍了！」

這樣驚慌失措的是女傭領班阿勢。

「應該沒事吧？只是受傷吧？」

「現在什麼消息都沒有。夫人和俊寶已經去醫院了。天馬醫院，天馬綜合！」

光聽到這些，喜久雄就對德次說：「去天馬綜合。」

兩人飛也似的出了電視台。只是，偏偏這時電視台大門口和馬路上一輛計程車都沒有。
「用跑的比較快！」
喜久雄喊著就在浪花道上跑起來。
「師父沒事吧？那個師父不可能這麼簡單就走的！」
德次也扯開嗓門跟著跑。
「啊，計程車！停車，停車！」
德次衝到馬路上，車子差點撞上他。兩人慌慌張張地趕到天馬綜合醫院，外頭已經聚集幾位記者，可見事情重大。喜久雄和德次撥開人群，一進去便看到跑過走廊的源吉。
「源叔！」
「啊，喜寶。」
「師父呢？沒事吧？沒事吧？」
「還好，沒有生命危險。」
源吉這句話讓他們兩人不由得虛脫，蹲了下來。
「可是骨折了，腿，複雜性骨折。」
複雜性骨折當然很嚴重，但沒有性命之憂，就會覺得「什麼啊，才骨折」。
前方走廊上，幸子和俊介看起來也像鬆了一口氣，正在聽護士說明單人病房的費用。
「師父沒事吧？」喜久雄問。
「還好，先做了緊急處置，要等之後手術再打開來看情況。」俊介答道。
「打開來？腿嗎？」

「雙腿，所以暫時不能走路了。」

這時，背後忽然傳來的人聲讓兩人回頭，原來是醫院裡聽到消息的患者跑來想看半二郎一眼。

「啊，下週就是首演了……」喜久雄頓時輕聲驚呼。

「兩位少爺，要再添白飯嗎？」

女傭領班阿勢這樣問，喜久雄和俊介默默遞出裝咖哩的盤子。半二郎的骨折騷動才過一晚。

「阿勢姨，我媽說她幾點會從醫院回來？」

俊介在第二盤咖哩加上大量蕗蕎，一邊問。

「我看差不多了吧？既然交代你們在這裡等，就不會去別……」

說到這裡，玄關便傳來幸子「我回來了」的聲音。

「啊，回來了。」

阿勢喃喃說時，兩人已經端著盤子跑到玄關。

「爸怎麼樣了？」俊介擔心地問。

「好可憐，哭了。」幸子一屁股坐在玄關的台階上。

「爸……哭了？」

「當然會哭啊。他從兩歲第一次踏上舞台就沒有開過半次天窗，不管是發燒還是拉肚子，穿著尿布都要上台，他當然很懊惱。」

幸子「嘿咻」一聲站起來，注意到兩人手上的盤子：

「阿勢，也給我來份咖哩。」這樣說完便要去更衣。

「演出怎麼辦？」俊介追著幸子問。

「啊，對了。」

應聲站定的幸子，已經開始解腰帶：

「公司那邊好像已經在處理了，但是代演的人沒有那麼容易找。也難怪，誇大其辭號稱什麼『關西歌舞伎真髓』，這樣就不能找東京的人來代演，可是我們這邊又沒有能代替花井半二郎演出的人。」

這時正準備進房的幸子忽然回頭：「說到這，還只是我的預感就是了，」給了這樣一個前提。「俊寶，你最好先做心理準備。」

「怎、怎麼突然這種表情，好嚇人。」

突然被幸子盯著的俊介故意開玩笑，但他當然明白母親的意思。

這種情況下，有資格代演且觀眾能夠接受的，自然是血親的嫡傳弟子莫屬。

其實昨天俊介也和喜久雄兩人聊這件事聊到很晚。

「俊寶，還好師父每天要我們看他練習。看了這麼久，台詞和動作你都記得了吧。」

昨晚喜久雄就這麼說。事到如今，只能說半二郎未卜先知，每天都要兩人旁觀《曾根崎心中》這齣戰後關西歌舞伎代表劇碼的練習，好讓兩人從頭記住。

「話說回來，這可是破格提拔呢！一定會是大新聞的，俊寶。」

看著興奮的喜久雄，俊介的臉漸漸發青，但他身上不愧流著丹波屋的血，腦海中已經有了自己化為身穿赴死的雪白衣裳的遊女阿初，與德兵衛一同排除重重阻礙走進曾根崎之森的私奔場面。在破曉七時[42]的報時鐘聲中，終於下定決心，雙手在胸前合十，迎向德兵衛的利刃。

之後，他們回到廚房把飯吃完，正吃著阿勢給他們的酸溜溜八朔橘時，電話響了。

接了電話的阿勢歪著頭回來，說：

「是三友的梅木社長打來的……」

「好了，來了。」

被幸子這樣盯著，俊介點頭，看來已經做好心理準備。

但是，起身的幸子和俊介正要走向電話的時候：

「可是……」阿勢打住：「他不是要找夫人，說要喜寶來聽。」

「找喜寶？為什麼？是三友的梅木社長吧？」

「是啊，就是他。」

被幸子、阿勢，以及俊介注視著，喜久雄自己也不明所以。

「好吧，我來接。」

大家納悶著也不是辦法，性急的幸子走向電話，俊介、喜久雄、阿勢也跟過去。

接了電話的幸子，在「好久不見」等簡短寒暄時還在微笑，但神情漸漸黯淡。之中除了一度回頭面無表情地注視喜久雄之外，便一直凝視貼在牆上的旅行社月曆。

「哦……這樣啊……」

附和聲漸漸變小，臨掛電話時，就連站在旁邊的喜久雄等人都幾乎聽不見。

叮。放下聽筒的那一刻，出聲問的是俊介：

---

42 日本古代的報時方式，破曉七時相當於寅時，凌晨四點左右。

「他說了什麼？」

「嗯……」失魂般的幸子說：「那個，你爸爸的代演啊，要讓喜寶去。」語氣中沒有任何感情，聽的人也無從反應。

「喜寶……喜寶？」相當長的一段沉默後，俊介出聲，聲音很啞。

「對，而且不是梅木社長的主意，是你爸爸的決定。」

不知為何有股酸酸甜甜的氣味，一看，俊介手上是掰成兩半的大八朔橘。

在這裡，我想說一個很老的故事。這故事說老真的很老，時間是一七〇〇年左右的江戶時代，當時是以《生類憐令》出名的狗將軍德川綱吉治世。

這法令相當於現今的動物保護法，但搞得當時的高級知識份子武士們人仰馬翻，可見那肯定是個和平的時代。因為只有在和平的時代，人心才有餘裕，也能體恤他人。

順帶一提，井原西鶴寫出浮世草子[43]《好色一代男》也是在這個時代；人稱「元祿赤穗事件」，亦即所謂的「忠臣藏」也是發生於這個時代；松尾芭蕉寫出《奧之細道》、近松門左衛門寫出《曾根崎心中》，也是在這個時代。

當時，關西有一位歌舞伎演員極受觀眾喜愛，名叫初代坂田藤十郎。歌舞伎解說書《歌舞伎事始》藉著江戶當紅演員初代市川團十郎的嘴，說了這番話：

「藤十郎在世一日，勿使演員上京。」

意思是，藤十郎在世的期間，江戶的演員就算去了京都也不是對手，就別去了。

這初代藤十郎的拿手角色，是散盡家財的落魄富家老爺。

據說當時這類角色在舞台上為了表現窮困，會穿著和紙做成的和服「紙子」。而藤十郎的著名事蹟之一，就是在臨終時將堪稱自己招牌的這身「紙子」傳給自己絕活的傳人，而這人不是他的親生兒子，是他的弟子。

身為一代關西歌舞伎之雄，他看重的不是世襲，而是實力。

喜久雄一走出天馬綜合醫院，迎頭便是一陣乾澀的風，吹走了身上的消毒水味。

他想叫住走在前方不遠的俊介，但在病房裡聽半二郎親口宣布這次代演的事以及聽完之後，俊介始終不發一語，面無表情，喜久雄實在找不到機會。

一定是哪裡弄錯了，也可能是梅木社長誤會了。在這次公演中代演的人，可以解讀為傳人，一般來說不可能不選親生兒子而選擇部屋子。

前往醫院的車上，幸子從頭到尾都說著這樣的話。同車的喜久雄也專注聽著，真心贊同幸子的想法，認為一定是這樣。他不時轉頭看身旁的俊介，雖未出聲，仍以目光示意：

「放心，一定是夫人說的那樣。」

俊介也覺得八成是哪裡搞錯了，但也不敢百分之百篤定，神情微妙。

一行人就這樣到了病房，幸子顧不得喘口氣便提出一連串問題，當然不是生氣地質問，而是半帶著笑說：「事情變得莫名其妙。」

然而，聽完幸子的話，半二郎卻說：

43 江戶時代出現的一種小說體裁，又稱「浮世本」，內容以中下階層的庶民生活為主。

「我都決定好了，不會變的。」

他的話實在太過簡短，簾後傳出源吉的啜泣聲，幸子、喜久雄、俊介的感受各自不同，但也只能接受。啊，原來是真的。

「怎麼可以，老公……」

即使如此，幸子仍希望半二郎改變心意，但俊介丟下他們，率先走出病房。

喜久雄留在抗議的幸子身邊很尷尬，也擔心俊介，便立刻跟上去。但即使注意到喜久雄的腳步聲，俊介也沒有說別跟過來，當然也沒有說要一起回去，就這樣走出醫院。走過三站公車站，忽然停下腳步。

「俊寶，你要去哪裡？」

見他停住沒回頭，喜久雄怯怯地叫他。

俊介突然轉身：

「你根本就是小偷！闖進別人家裡，偷走最貴重的東西！你這個不要臉的小偷！」猛地打過來。

驚慌的喜久雄臨機應戰，但當彼此揪住胸口衣領，握緊的拳頭逼向喉嚨時，俊介突然鬆手。

「如果能這樣發頓脾氣還比較有意思。」他苦笑道。

「俊寶……」

「唉，沒辦法啦。如果是別人做這種決定，我也會罵『白癡啊！你沒長眼睛嗎？』抗議幾句，可是說出『部屋子比親生兒子更行』的是那個至高無上的第二代花井半二郎。我只能死心了。」

「俊寶……」

「你不用放在心上。如果連你都同情我，我真的會一蹶不振。」

一時之間，喜久雄想去找半二郎直接談判，求師父讓俊介代演。但他立刻發現這正是俊介厭惡的同情，只能用力咬住嘴唇。

「總之，這是丹波屋的大事，不，是關西歌舞伎界的大事。我們不但要讓《雙人道成寺》成功，我也會盡己所能幫助喜久順利代演。」

這時喜久雄才突然發覺自己身負何等重責大任。

話雖如此，直到剛才他還一直認為整件事一定是搞錯了，半二郎的代演一定是俊介。他越來越不明白這樣的心情究竟是來自自己的軟弱，還是來自不敵血脈的不甘。

「俊寶，我擔得起師父的代演嗎？」喜久雄不禁低聲說。

「這個嘛……當然擔不起。」說著俊介笑了。

「這種時候不是應該要說沒問題嗎？」

喜久雄也以平常的語調回答，這時公車正好來了。

「那輛車可以坐！」

喜久雄準備去追，俊介卻說：

「你先去吧，我稍微晃晃再回去。」

若是平常，喜久雄多半會乾脆地說聲「那我走了」，但不知為何這天就是不捨。

「晃晃？」

「就是晃晃。」

「那我陪你去晃晃。」

「不用了。」

「不然，晚上去春江那裡喝一杯？」

「好啊。」

公車到站，拖著不走很尷尬，喜久雄便說：

「那我先回去了。」一個人上了公車，刻意不看外頭便坐下。

一往外看，俊介正守禮地目送著他。不知為何喜久雄覺得最好不要看俊介，但偏偏公車遲遲不開動。

「快走啊！」

喜久雄也不明白自己究竟在急什麼。

無論如何，既然決定代演半二郎的角色，喜久雄就沒有餘力顧慮俊介的心情了。

距離排演還有三天，喜久雄當晚開始就待在半二郎的病房，在吃醫院餐的半二郎身邊反覆練習台詞，搬開病床和沙發騰出一個速成舞台，熟記阿初的動作，幾乎捨不得睡覺。只要有一點情緒不到位，打火機和枕頭便向他砸去，代替動不了的半二郎的拳頭。

眾所周知，說到《曾根崎心中》，是近松門左衛門為人形淨瑠璃所寫的第一部「世話物」。「世話物」可說是江戶時代的時裝劇，以大阪堂島新地的遊女阿初，與醬油盤商的夥計德兵衛不見容於當世的愛情而殉情的事件為本所寫成。

此世依依夜依依，赴死之身何所喻？荒墳野墓冰霜道，步步行去步步消，夢中之夢空悲憐。

德兵衛：嗚呼，曉時鐘聲報，七聲已有六聲到。

阿初：一聲鐘畢不再聞，寂滅為樂此生拋。

兩人一往情深決定殉情，攜手走入曾根崎之森的那段路是最著名的一幕。

喜久雄氣喘吁吁地演完，自願擔任德兵衛陪練的俊介對他說：

「喜久，今天就到此為止吧。」

但半二郎的聲音立刻從床上響起：

「演得比白水還無味！你敢上台？一點活樣都沒有！知道嗎？報時的鐘聲再響一次，你就要死了。非死不可的悲傷，和能與心愛的男人共赴黃泉的喜悅交織在一起，你完全沒有演出來。在舞台上沒有好好地活著，連死都死不了！」

喜久雄也心知肚明，阿初還在他腦袋裡，要做的事情只有一件——必須快點把這個阿初趕出去，自己成為阿初。

喜久雄他們在醫院專心致志練習的那三天三夜，外頭「花井半二郎選擇徒弟繼承衣缽」的新聞甚囂塵上。

好像是看出親生兒子才能有限。不，聽說那個被選為代演的部屋子是半二郎的私生子。社會大眾的想像力真的很豐富，最後甚至出現部屋子對親生兒子下毒而搶到代演的謠言。

只是，謠言傳得越烈，票就賣得越好，主辦的三友也就對炒作醜聞的娛樂新聞視而不見。

三天一眨眼就過去，在中座正式排演的前一晚，映在從醫院回家的電車車窗上那張疲憊的臉，在喜久雄眼中已不是自己的臉，而是一身白衣的阿初了。

順帶一提，歌舞伎沒有所謂的導演，因此排演的次數很少。與其說是所有人共同完成，不如說是以領銜演出的主角為中心，當場互相展現各自的角色。

也就是說，在舞台排演時，演員不是材料，必須是一件已經完成的成品。

話說，中座的舞台上，領銜主演的生田庄左衛門已經開始主持排演。觀眾席上，想看一眼半二郎代演的本事如何的演員、幕後人員、劇場工作人員紛紛佔位。

這當中，俊介在後方出口附近的座位上雙手合十，像是要躲避其他人一般看著排演，一顆心七上八下，深怕排演因庄左衛門的叱責而中斷。

醬油盤商的夥計德兵衛與天滿屋的遊女阿初相愛。此時，德兵衛的叔叔久右衛門帶著一筆聘金來談親事。德兵衛當然拒絕了，但繼母瞞著他收下了那筆錢。即使如此德兵衛依然拒絕，於是久右衛門將一切遷怒於阿初，逼她償還這筆錢。

阿初與德兵衛在生玉神社久別重逢，德兵衛哀嘆再也無法相見，阿初鼓勵他兩人的關係並非只在這一世。德兵衛雖設法向繼母要回聘金，卻又將那筆錢借給哀求「只借幾天」的朋友油鋪九平次，九平次非但逾期不還，還在大庭廣眾之下誣賴德兵衛才是偽造借據的罪犯，害他被痛打一頓。

這一段便是〈生玉社前〉。之後，場景換了，渾身是傷的德兵衛來到天滿屋，阿初偷偷讓他躲在地板下。此時喝醉的九平次也來了，滿口德兵衛的壞話，讓德兵衛氣得發抖，想要衝出去理論，阿初死命以腳阻止，對痛罵德兵衛明明是商人卻偽造借據的九平次說著「德大人非死不可」，一邊以腳問地板下的德兵衛是否決心殉情。德兵衛將阿初的腳像匕首般抵在喉嚨……這一段就是〈天滿屋〉。

話說，在舞台上順利排練至此，喜久雄拚命飾演阿初所透露出的緊張，觀眾席上的相關人士無不感同身受。

或許因為這個緣故，彷彿人人都當自己是飾演阿初的演員，屏著氣深怕庄左衛門叱責，沒想到整齣戲一直到這裡都沒有停頓。

「好了，休息一下吧，等下直接進入〈道行〉。」

聽到庄左衛門這句話，連觀眾席上的相關人等都因安心而鬆了一大口氣。

扮演德兵衛的庄左衛門正準備下台時，忽然停住腳步，站在力氣用盡、幾乎是趴在舞台上的喜久雄身旁，說：

「你以頭一次挑大樑來說，算是進入狀況。能做到這個程度，觀眾也會誇獎你吧。」

這是排練以來他首次對喜久雄開金口，然而：

「但是你這次得到的掌聲，和童星得到掌聲是一樣的，是『哦，很棒很棒』的拍手。這種拍手沒有第二次，你說是不是？小孩學會走第一步的時候有人給他拍手，但是走第二步就是應該的了，知道嗎？這一點你可要好好記住。」

生田庄左衛門短短幾個月前還諷刺喜久雄他們不如以 Group Sounds 來行銷，因此這幾句話確確實實是誇獎。

庄左衛門丟下連話都無法回應的喜久雄，與弟子一同離開舞台。劇場內的緊張感頓時消解，處處都有人基於庄左衛門的說詞發表起對喜久雄的評價。

俊介不禁躲在椅子後面，彷彿人家談論的是自己一般，但傳進耳中的卻是：

「欸，我也是，沒想到他表現得這麼好。」

「伸到地板下的那隻腳，既堅定又撩人啊。」

稱讚聲不絕於耳。人總是愛聽好話，俊介深深低下的頭慢慢抬起，然而：

「看了之後也不難明白半二郎先生的心情了。就算是親生兒子，如果要這麼好的人才退讓，把兒子推出來，也太偏心了。」

「說到偏心，人家丹波屋畢竟是重才藝甚於血緣的人啊。只憑本事來看演員。」

俊介本來要抬起來的頭又只能慢慢低下去。

即使如此，別人的嘴還是不留情：

「可是丹波屋的少爺怎麼辦呢？上午我看了《雙人道成寺》，確實東一郎比較亮眼。」

「是沒錯，可是這年頭總不能讓部屋子繼承家業吧？」

「都讓他代演了。」

「也對。不過，想到丹波屋的心情，很替他難過啊。光看這次的事情好了，虧他下得了這樣的決心，雖然不關我的事，我還是很佩服。」

「事到如今，就只能那樣了，丹波屋的少爺自己早點死心，去別的地方，事情就簡單了。」

兩人不知少爺就在背後，竊笑聲像從中座天花板裡和地板下爬過的老鼠。

俊介爬也似的從座位之間逃到外面大廳。

「我才是丹波屋的繼承人，我要演出完美的《道成寺》，讓那些人好看。」

唸唸有辭地走向喜久雄的休息室。

休息室裡，喜久雄大概是從極度緊張中暫時解放，發出陣陣顫抖聲：

「俊寶，我、我一直、抖個不停。」門牙直打顫。

「別擔心。和泉屋的叔叔不是都肯定你了嗎？」

「俊寶，我就說一句，你可別生氣。」

「幹嘛？突然這樣。」

「我啊，現在最想要的，是俊寶的血。我好想把俊寶的血倒在杯子裡大口大口喝。」

剛才那些閒話又在俊介耳邊響起，他反而覺得自己體內丹波屋的血簡直清淡如水，索然無味。

於是，大阪中座的公演便在此情況下展開，因傳聞越演越烈而受到媒體高度關注，再加上當時正值象徵自由未來的大阪萬博期間，打破古老世襲制度的圈外人之子花井東一郎因此成為時代寵兒，公演首場到終場的票當然售罄，購買當日券的人在劇場大排長龍。白天喜久雄和俊介演出《雙人道成寺》時，俊介簡直被當成反派，後座觀眾喊著「丹波屋！」全都是朝喜久雄喊，甚至有人會對俊介冒出不堪入耳的漫罵。

然而，演出的兩人只知道全力以赴，沒有多餘心力在意其他聲音。俊介這邊，拚了命就是要跳得比喜久雄好；而喜久雄這邊，白天有白天的演出，晚上又要和生田庄左衛門演對手戲，每天表演完就直接回家，讓累得宛如脊椎都被抽掉似的身體休息，到了早上，又繼續鞭策動不了的身軀來到劇場，完全顧不上其他。

順帶一提，這次公演期間，喜久雄幾乎每晚都作同一個夢。這個夢成為他往後演員人生中在關鍵時刻一定會作的噩夢。

夢中，就要開幕了，通知再十五分鐘開幕的二丁鈴響了，不久，五分鐘前的鈴聲也響了。

這時喜久雄在休息室裡倉皇失措，也難怪，明明就要上台了，角色台詞他卻完全沒有背。都什麼時候了還沒背台詞，當然不敢找人商量。話雖如此，到了這個節骨眼，就算打開劇本也沒時間背，前輩演員已經走向舞台。

「啊，完了，死定了！」

最後便是在夢魘中滿頭大汗地醒來。

這樣的夢，喜久雄作了整整二十一天。也多虧他跨越了這個極限狀態，一結束為期二十一天的公演，儘管也有嘉獎臨時代演的意義在內，但是觀眾大爆滿、劇評盛讚，演出終場時甚至有週刊以東一郎為封面，下了「東一郎旋風到來！」這聳動的標題。

演出終場那個晚上，由東京趕來慰勞的三友梅木社長作東請客吃鐵板燒，他因為觀眾大爆滿而興奮地包車周遊大阪一圈。

「喜久，順利結束真是太好了。」

包車裡，俊介感慨萬千地說。

「真的，太好了……」

喜久雄也深深低語。

翌日早晨，餓醒的喜久雄下樓到廚房，阿勢以彷彿祝宴般的豪華早餐迎接他。

「俊寶還沒起來嗎？我們說好吃完早飯要去醫院向師父報告。」

夾起一塊紅白魚板的喜久雄接著說：「我去叫他。」

走向俊介的房間，照例門也不敲就說：「我進來囉。」

房裡不見俊介的人影，向隔壁廁所喊人也沒有回應，看到被窩整齊，他覺得不對勁。

「俊寶？」一進去，只見枕邊留了一張紙條。

父親大人，請不要找我。 俊介

喜久雄抓起紙條直奔下樓，光著腳跑到大馬路上張望，但早已不見俊介的身影。不顧弄髒的腳，又跑上樓到俊介房間，打開壁櫃一看，巡演時用的行李箱不見了。

「師娘！師娘！」

這樣大喊時，家裡的人早因為喜久雄光著腳跑進跑出感到奇怪而聚集起來。

「喜寶，怎、怎麼了？」源吉問。

「俊寶不見了……」

拿著擝子的幸子接過喜久雄遞來的紙條，讀完，不知為何無言地鬆開束袖帶，摘下頭巾：

「不會有事的，那孩子不會有事的……」聲音若有似無。

「先、先報警。不，師父，先打電話給師父！」源吉跑下樓梯。

「我來打！我來打！」

幸子追上去，阿勢等人也跟在後頭，留下喜久雄孤伶伶地被留在房間，他忍不住掀開明知裡面不可能有人的被子。

話說，俊介這次的出走騷動，我也希望能告訴各位看官「傍晚警察來了消息，沒事了」，但遺憾的是，幾天、幾週，然後幾年過去，始終沒有消息。無情的歲月讓幸子臉上多了皺紋，美麗的青絲添了白髮。

順帶一提，俊介出走留下的唯一線索，是俊介失蹤的那天早上，不知為何春江也消失了。當時春江已經成為北新地知名俱樂部的外聘媽媽桑，俊介曾被喜久雄帶去她店裡好幾次。但可悲的是，喜久雄從沒懷疑過他們兩人的關係。

第七章　出世魚

微溫的雨打濕東京赤坂的行道樹。這一帶著重設計的歐美風格公寓林立，據聞，戰後不久山丘上便造了人稱「傑佛森公寓」的美軍宿舍，附近住著很多美軍相關人士。而從這條被雨打濕的行道樹夾道的路繼續走下去，就是因力道山出資興建而聞名的力大樓。

一隻蛾撞上將行道樹照成橘色的路燈，路燈旁是公寓二樓的陽台，敞開的落地窗後頭熱鬧的麻將聲已經響了一陣。

「喜久，快出牌啦。再怎麼賣關子，會被吃的時候就是會被吃。」

被正對面的赤城洋子催促著注視要丟的牌的，是大家都熟悉的，喜久雄。

「這張應該能安全過關。」

「胡！」

立刻撿起喜久雄丟出來的牌的，是荒風關[44]，一邊用粗大的手指擺弄著牌一邊得意地笑，開朗得彷彿將上個月在國技館的夏場[45]錯失晉升機會的懊惱一掃而空。

44 荒風關的「關」是「關取」的簡稱，係正式職業相撲選手的統稱。有薪水，可享各種待遇，等級由上而下有：橫綱、大關、關脇、小結、幕內、十兩。

「啊──喜久，你今晚沒救了，不管做什麼都不順。」

赤城洋子在椅子上盤起腿，膝上的貓咪無聊地打著哈欠。這個赤城洋子是演話劇出身的電影女星，大約兩年前演了ＮＨＫ的戲之後，以妖豔風騷的魅力博得電視機前觀眾的喜愛。

「既然少爺手氣不好，我們來叫拉麵吧？」

才說著，便離開牌桌走向電話的，是今晚手氣暢旺的德次。

「對，坡道右邊白色那棟。公園居二〇一號，四碗拉麵。啊，不，五碗。我們這兒有個關取……什麼，你白癡啊，我媽怎麼會是關取！」

就連一通叫外賣的電話，德次也可以大呼小叫。

赤城洋子將牌一推，抱著貓走到陽台，喜久雄沒事也跟過去。陰雨連綿的鬱悶氣候讓她的頸項微微冒汗，很是迷人。

「荒風關明天也要練習吧？不會太晚嗎？」

「我看他的弟子差不多要來接他了……倒是喜久你的時間呢？明天的演出。」

「我？我不要緊。等他們接了荒風關，德次回去，我今晚住你這裡。」

「不──行，今晚不給你住。」

「為什麼？」

「因為，喜久最近在這裡沒接到好角色，心情不好，在床上也是蠻幹，一點情趣都沒有。」

「我心情不好？」

「哦，你自己沒發現嗎？」

洋子把貓抱到喜久雄臉旁鬧他，受驚嚇的貓想抓他的臉。

「指甲要剪啦！」

「昨天才剪過，對不對，巧克力？」

「下次我全部拔掉。」

「看吧，暴躁得不得了。在東京演不到好角色又不是我們的錯。對不對，巧克力？」

洋子用臉頰蹭著貓走進房間，這下子喜久雄心情更差了，扯下潮濕的行道樹枝葉撕碎。

不用洋子說，喜久雄也知道自己最近動不動就暴躁，也知道原因就是在東京得不到好角色。

仔細想想，他的歌舞伎人生一帆風順。三年前在大阪中座為半二郎代演《曾根崎心中》的阿初獲得好評後，演出終場當晚發生俊介出走的大事，倉皇失措又心焦如焚的母親幸子說：

「考慮到那孩子的心情，雖然明知不是你的錯，卻也不想再看到你。」

等於委婉地宣告斷絕關係，然而：

「是他自己不夠堅強所以跑走，喜久雄沒有半點錯。」

半二郎這樣護著他。

話雖如此，繼續住在少了俊介的家裡也尷尬，與半二郎商量後，喜久雄在難波站附近租了一間小套房，振作精神，更加堅定了精進藝道的決心。加上有三友的梅木社長支持，將當時門可羅雀、面臨廢除的大阪道頓堀座，當作花井東一郎喜久雄的專屬劇場，打造花井東一郎主演的浪花花形歌舞伎[46]，八月《曾根崎心中》、《娘道成寺》，九月《封印切》、《藤娘》，十月《心中天網

---

45 日本職業相撲比賽，每奇數月的第二個星期天為比賽首日，為期十五天，一年六次。分別是一月初場（東京）、三月春場（大阪）、五月夏場（東京）、七月名古屋場（名古屋）、九月秋場（東京）和十一月九州場（福岡）。

島》、《京人形》，破例連續三個月，搭配近松那裡的女形演出。但是，說穿了，喜久雄爆發式的人氣只能說是運氣好，臨時抱佛腳上台演出，第一個月還有Group Sounds那裡來的跟風戲迷買票進場歡呼，但所謂浪頭越高退得越快，這些年輕女孩本來就覺得歌舞伎無聊，第二個月過一半，空位就變多了，再下一個月，有些日子觀眾席空得讓人以為是以前的地方巡演。連熱情的東一郎迷都如此，真正的歌舞伎迷自然不用說。

在資深歌舞伎演員眼中，喜久雄與外行人相去無幾，以這種演員為主的演出，就算三友的梅木拜託，也沒有哪個不愛惜羽毛的演員會答應。這麼一來，支撐著搖搖欲墜的主角的，是更不穩當的新人演員，就連專門負責空翻的龍套演員德次都分到有一、兩句台詞的角色。

「這個月去大阪道頓堀座，不如去看附近國中的發表會還更精彩。」

也難怪報紙會刊登如此毒辣的劇評。

話說，對喜久雄而言也完全是事與願違的三個月連續公演結束後，三友的梅木社長改變了主意：

「這年頭，就算是能夠成名的演員，在大阪要推廣歌舞伎也很難了。如何，半二郎先生，不如送東一郎去東京吧？」

半二郎慌了：

「社長的心意，我們真的非常感謝。只是，如果現在把喜久雄送去東京，肯定會毀了他。他才二十歲，未來還很長。何必現在就急著毀掉這孩子呢？」

最後，送喜久雄去東京的事情就此算了，但半二郎也是電影明星，他的部屋子名氣如此大，電影圈自然不會放過。

其中打動半二郎的，是他合作數次的導演成田啟介的邀約，他屬意喜久雄飾演賣座社會派推理電影系列《霧中巡禮歌》裡的凶手。

喜久雄對電影不太感興趣，但是被半二郎勸說——去東京為時尚早，話雖如此，在低迷的大阪歌舞伎公演又少，只怕荒廢了身體——因而決定接演。

電影《霧中巡禮歌》中，飾演凶手的喜久雄雖是新人，但其他角色可是黃金陣容——追查命案的刑警由雙葉四郎飾演，遇害的紀州山林大王則是高岡伸，其妻是京田早智子，三姊妹則是高田圭子、阿部透子、赤城洋子。然而就結果而言，或許是擅長古裝劇的成田導演不適合拍攝時裝劇，票房不如預期，但喜久雄飾演因悲哀的出生之謎而雙手染血的凶手一角，倒是獲得不錯的評價，光是這一年，就在三部電影中演出男三、男四的角色。只不過，或許是沒有電影運，又或許喜久雄在攝影棚裡感受不到歌舞伎舞台上每每令他心醉神迷的香氣，所以儘管每個角色都認真演出，作品失敗也不覺得難過，演技獲得讚許也沒有開心，度過了一段不好不壞的時期。

話說，這當中接連發生了二起可說是收留喜久雄以來，首度令半二郎極其失望的事情。

其中之一，鬧得比較大的呢，稍後再回頭為各位看官繼續赤城洋子家裡打麻將的場面，先說說這場小風波：開端便是阿松寄來所累積的那筆一八八〇八八八圓十分吉利的生活費。半二郎說「隨你拿去用」就把這筆錢交給了喜久雄，喜久雄卻沒有把錢用於在故鄉當女傭的阿松身上，而是去買了一輛銀光閃閃的二手捷豹跑車，也難怪半二郎會無比驚愕。

當喜久雄開著敞篷跑車到家，半二郎口中吐出來的首先是以下這番話：

46　由年輕一輩演員主演的歌舞伎。

「喜久雄，我對你死心了。這意味著我不指望你成為一個正派的人了，明白嗎？」

簡單地說，意思便是：願意接納你這種沒常識的人的，就只有演員這條路了。

只是，喜久雄也有他自己的用意，姑且不論別的，他就是想讓在故鄉等著自己成功的阿松坐上這輛跑車的副駕駛座，載她去自己登台的劇場。他心中描繪著這番孝行，才買下這輛跑車。

當然，在一般大眾看來，應該先把在以前住的大宅裡當女傭的母親接來大阪才對，但喜久雄這人，認為在接母親過來之前，必須先準備好給母親穿的豪華和服、載母親去大阪參觀的跑車，本著這份心意不惜花大錢。

儘管順序顛倒，但喜久雄比誰都有孝心，雖然先買了跑車，但在存了一些演電影收到的小錢之後，便先去半二郎熟識的店家訂製了和服送給在故鄉的阿松，要她馬上來大阪。

「媽媽我用你寄來的錢在這裡租了間小房子，打算辭掉女傭的工作，在漁市場附近開一家小館子。你別擔心我，要成為一個更好、更厲害的演員。我穿你送的和服，坐你買的跑車，要去的是東京的歌舞伎座，是你在那歌舞伎座裡演主角的時候。到時候，九泉之下的千代子太太一定也會誇獎我。不僅要她誇，到時候我還要向她炫耀一番呢。」

阿松言而有信，之後便離開了權五郎那幢大宅，在漁市場附近開了一家賣新鮮海鮮的料理店「喜久」。

「荒仔！下個月的名古屋場，頭兩天我會去給你加油的！」

荒風正要坐進前來迎接的弟子的車，聽到這幾句話，抬頭望向從公寓陽台探出身來的赤城洋子，只見她揮舞著一把女用小傘。

「你下個月要去名古屋?」

洋子身旁同樣向荒風揮手的喜久雄問。

「正好要去名古屋拍片。」

「電影?」

「寺岡浩二,你知道嗎?」

「詩人對吧?」

「聽說是他要拍的。」

「哦,你演什麼角色?」

「江戶時代的花魁。」

「那就是古裝劇了?」

「時裝劇,很怪吧?」

「莫名其妙。」

兩人正準備從下大雨的陽台進屋的那瞬間,陽台底下傳來:

「少爺!」

剛才說要和荒風一起回去的德次喊道。

「我幫少爺的車換好離合器的踏板了,你來看看。」

「那個什麼時候看都行。」喜久雄隨即回絕轉身。

「別這麼說,一下子就好。」德次難得堅持。

「幹嘛啊?」

「你就下來嘛。」

往下一看，德次在雨中默默招手，洋子已經進去屋裡了。

「幹嘛啦？」喜久雄小聲一問。

「岡崎的事。」

德次壓低聲音說了一個京都地名，喜久雄立刻改變態度：

「我去下面看一下車子。」

故作悠哉地出了門，三步併作兩步跑下去。

德次在樓梯下等。

「明天是綾乃的生日，少爺忘了吧？」

聽他這麼一提，倒真的忘了。

「對欸，怎麼辦？」

「我看，少爺趁現在去那邊的公用電話給市駒打個電話比較好，就說『明天是綾乃生日，抱歉啊，不能陪你們』，這樣市駒就很高興了。」

「也對。」

「其他的，就由德次我幫你想辦法。」

「什麼辦法？」

「反正我明天要回大阪替師父辦事，中間繞去京都，就說是少爺交代的，送生日禮物給綾乃。」

「真的？多謝啦。」

「兩歲的女娃兒，送什麼好？」

「這就麻煩了。綾乃明明是女孩子，給她布偶都亂丟，還會踩莉卡娃娃。」
「我有聽說。反過來送迷你車呢？」
「她喜歡去外面玩。啊，對了，有那種給小孩子玩的車嘛，能不能買那個給她？」
「是那種用腳踢踢就會跑的車嗎？綾乃真的很調皮呀。」
嘴上這麼說，其實德次疼綾乃疼得不得了，已經在腦海裡想像起自己幫綾乃推車的畫面了。
話說，究竟何時發生了何事？想必各位看官已經擔心起來，在此稍加說明。喜久雄十六歲第一次進祇園茶屋，認識了一個名叫市駒的舞伎，不知不覺就像扮家家酒似的在一起了。話雖如此，一個還在大阪學藝，一個是京都的舞伎，忙學校和學藝，約會的時間都沒有。但小情侶越見不到面越想見，為了見上一面，一有時間，喜久雄便往京都跑，市駒便往大阪跑。
不久，兩人在先斗町的公園打羽毛球、去比叡山的鬼屋玩等傳聞，置屋[47]和茶屋的女將（老闆娘）們自然知道，也傳遍祇園一帶，喜久雄送市駒回去時：
「難得來了，別急著回去，喝杯果汁再走。」
茶屋的女將也會這樣邀請他進屋。市駒有空就讓市駒陪，市駒沒空便由師姊富久春作陪，當然費用偶爾是由源吉以半二郎的經費支付，但大多算成市駒或富久春當天休假，當作延長出遊，不收他錢。
當然，當時喜久雄幾乎沒有能自由動用的錢，但既然是花井半二郎看好的部屋子，茶屋裡愛看戲而愛屋及烏的女將也很多，所謂「有錢再還」，便是等賒帳到一定程度，找個慶生或為巡演

47　想成為藝伎的舞伎與想成為舞伎的研習生住宿與修習技藝的地方。

慶功等名目，一筆勾銷。

這當中，市駒也從舞伎升為藝伎，搬到平安神宮附近的岡崎獨居，於是喜久雄每到京都必在市駒那裡留宿，兩人展開了半同居生活。

市駒懷了喜久雄孩子的時候，正好是喜久雄為半二郎代演《曾根崎心中》的阿初大獲好評之後，若非這兩個時期剛好重疊，他倆應該會結為夫妻，但三友的梅木社長和半二郎極力反對，說這個時期休想結婚，再加上市駒本人也表示生了孩子之後也想繼續當藝伎，對結婚不感興趣。於是身邊的人便順水推舟，勸喜久雄認了孩子，了結這件事。

而當他和市駒這件事鬧得嚴重的時候，是誰居中最照顧兩人的呢？其實是幸子。

俊介突然離家之後，照理說幸子若要恨喜久雄是怎麼也恨不完，但在喜久雄演出首日站在劇場入口招呼支持者的是她；為一個人搬出去住的喜久雄操心，怕他生活起居沒人照料，若是去學煮飯洗衣弄出居家味，就演不了和事[48]的紈絝少爺，所以要女傭阿勢頻繁去幫忙的也是她；不僅如此，她還主動說要照顧市駒，並且言而有信，從綾乃平安呱呱墜地到市駒坐完月子這段期間，甚至安排她們母女來大阪家中同住加以照顧。

「男人啊，都是不中用沒志氣的傻瓜，可是生下來的孩子是無辜的。」

幸子動不動就把這句話掛在嘴上。

一度暫停的雨又滴滴答答地打濕了行道樹。敞開的落地窗外傳來泥土潮濕的氣味。先洗好澡躺在床上望著天花板的喜久雄，聽著浴室裡洋子淋浴的水聲和打濕赤坂行道樹的雨聲，想的卻是初見時的市駒和幫忙照顧市駒的幸子。

就在這時，不知何時淋浴的水聲停了，喜久雄朝枕邊的架上伸出手，拿起洋子平常噴的香水瓶聞味道。

一身水氣的洋子只裹著一條浴巾走出來，潮濕的脖子還在發熱：

「問你喔，演女形的男人呀……」

喜久雄透過化妝鏡對上的洋子眼神顯得有些挑釁。

就這樣四目相對，洋子吊人胃口一般不作聲了。

「演女形的男人怎樣？」

喜久雄打開手中把玩的香水瓶蓋子。

「我是好奇，演女形的人下了舞台之後，自己是女人的感覺還在不在？」

雖然是開玩笑的語氣，那雙眼睛卻是百分之百正經。

「如果你是問有沒有喜歡過男人的話，沒有，不可能。我告訴你，你這想法就像國中生。俊寶也說他國中之前常被同學這樣鬧。我們一起上學之後，誰敢那樣鬧我們就聯手修理他。」

「等等……喜久生氣了？」

喜久雄自己也沒發現語氣夾著怒氣。

「怎麼會？我沒生氣啊，我幹嘛生氣？」

「看吧，你生氣了。」

「就說我沒生氣……」

48　歌舞伎中的男性角色，與「荒事」相反，通常飾演愛情故事中溫文儒雅的角色。

下一瞬間，洋子突然站起來，裹在身上的浴巾猛地滑落。

「我看起來像國中生嗎？」

一絲不掛微微冒汗的身體朝喜久雄逼近。

「我沒有要鬧你，只是有點好奇，不知道我能不能征服喜久。」

「不能不能。」

慢慢從床上爬過來的洋子乳房豐滿，喜久雄不禁握好香水瓶。

「我說，今晚就好，你就聽我的吧。那樣的話，我就幫喜久做平常我希望喜久對我做的事。」

喜久雄默默望著以鼻子摩擦他鼻子的洋子。

「好不好？你願意乖乖不動嗎？」

「就跟你說不要。」

喜久雄想逃，洋子輕輕按住他的嘴唇：

「不用擔心，我最清楚喜久是男人中的男人，你什麼都不用想，只要躺著不動就好。」

「就跟你說不要，啊——好癢！」

為了躲開洋子吹上眼皮的氣息，喜久雄像孩子般用力擺動頭部。

「啊——真是的，一點都不性感。」

洋子一副死了心的樣子鑽進被窩。

「性感全用在舞台上，私底下一點都不剩了。」

洋子對喜久雄的玩笑勉強笑了笑，伸手到枕邊拿菸，要他幫她點火。

喜久雄聽話地用打火機點了菸：

「那是什麼？你希望我對你做什麼？」

被喜久雄搔癢著乳房，洋子的笑聲從敞開的落地窗傳進細雨綿綿的赤坂之夜。

搔著洋子乳房的喜久雄忽然嘆一口氣，將身體伸展成大字型：

「又有人跟我說，如果請師父收我當養子，情況就能馬上改變了。」

仰望著天花板突然低聲說。

「誰說的？」

「三友的幹部。是啦，不用他們說我也知道。」

「半二郎先生怎麼說呢？」

「不知道，他什麼都沒說。」

三友的梅木社長大約在半年前提議：不如收喜久雄為養子？半二郎也趁這個機會襲名為丹波屋的大名跡[49]「花井白虎」，將半二郎之名讓給喜久雄如何？

說到花井白虎，是活躍於明治初期的第三代白虎之後便中斷的丹波屋大名跡。出生於這個家的半二郎不可能沒有想望，但接受兩人同時襲名，就表示對出走三年的俊介的演員人生完全不抱希望了。

「喜久也拜託他看看嘛！」

洋子抱起爬上床的貓咪，放在喜久雄肚子上。

49 演員的舞台名。而繼承舞台名的行為，就稱作「襲名」。當演員資歷越豐富，便會被冠上越多名字，通常演員的孩子會直接承襲上一輩的名跡。

「拜託什麼？」

「讓半二郎收你當養子呀。」

「我怎麼說得出口？何況師父現在是那種狀況。」

「先不管半二郎先生的想法，喜久雄覺得呢？你也希望成為養子，拿到更好的角色吧？」

「那是當然的……可是，我也還在等俊寶回來。」

「又在找藉口了。」

受不了這說法的洋子下了床，打開廚房冰箱，喝著冰麥茶。

望著她的臀部，喜久雄對肚子上的貓咪說：

「我在找藉口？沒有吧。」

俊介失蹤將近三年，喜久雄當然不是沒想過自殺這個最糟的結局，但和他一起出走的可是舊識春江。不知為何，喜久雄對此有堅定的自信。

「我不是要說空話讓您安心。但是有春江在，她絕對不會讓俊寶尋死的。」

一直以此安慰哭倒的幸子。

「下個月的名古屋場，我也去為荒風關加油好了。」喜久雄對廚房裡的洋子說。

「怎麼突然想去了？」

「也沒為什麼，就是忽然想大聲為別人加油。」

然後再次對肚子上的貓咪說：

「這就不是藉口了吧？」

「再往前一點。」

正在新橋演舞場的休息室請床山戴上假髮的，是扮演《菅原傳授手習鑑》松王丸的花井半二郎。他將臉湊近鏡子，眉毛高高挑起：

「好了，走吧。」

昂然站起的松王丸身上穿著黑綸子雪持松鷹繡著付，也就是有著積雪松圖案的和服。這套「雪持」舞台裝，表達的是藏起真心與堅忍到底的決心。

見半二郎從坐墊上起身，喜久雄立刻來到他面前，拉起半二郎的雙手：

「那麼，要往前走了。」說著，自己倒退著引路。

「再下一階就是草履了。」

雖然不是完全失明，但半二郎全心信任喜久雄的引導，看也不看腳邊就走下休息室台階，伸腳找草履。源吉從一旁將鞋子套上來。

一來到走廊，半二郎便大咳一陣，這是作為即將飾演的松王丸的預先演技，喜久雄聽著這陣乾咳，繼續引導半二郎到舞台側邊。

本來就有輕微糖尿病的半二郎，當年車禍骨折住院時被診斷出青光眼。一來因為是輕度，而且俊介出走更教人擔心，便置之不理。早期發現沒有早期治療，等到後來再注意到時，是他重回舞台後，昨天還看得到的拉門圖案今天看不見了、腳邊的台階也看不見了。

雖然如此，也還只是視線模糊而已，這時就應該辭演專心治療，但半二郎的腦子裡當然沒有辭演這兩個字。

車禍骨折讓他暫別舞台好幾個月，因此重回舞台後便在大阪中座、京都南座、東京歌舞伎座客座演出，連續三個月挑大樑，雖然發覺視力日漸惡化，但一旦上了舞台，在那裡的便不是半二郎，而是他所飾演的各個角色。即便半二郎的眼睛看不見，神奇的是，以各個角色的眼睛來看，就又什麼都看得見了，於是更疏於保養。結果，過年時，無法拿筷子夾手邊的年菜，他才頭一次說：

「我說，幸子。最近啊，覺得眼睛不太好。」

匆匆被帶去醫院，已經到了束手無策的地步。

「師父，再上一小階就是鏡子前了，可以嗎？」

穿著浴衣的喜久雄牽著半二郎的手，已經成為後台的日常情景。只要兩人來到舞台側邊，人人都會讓路。

舞台布景的後方，被叫到村長家的武部源藏，奉命去取藏身私塾的菅丞相之子菅秀才的首級，無可奈何地回家，嘆道：

「教養勝於出身門第，此處乃非繁華之地，望去皆是山村野民，枉自費心無以為用。」

半二郎飾演的松王丸約十五分鐘後才會出場，但由於眼睛不方便，總是提早抵達後台。

「師父，水。」

喜久雄在玻璃杯裡插了吸管遞到半二郎面前，半二郎小心地不弄花嘴上的妝，銜起吸管大口喝水，為了不在最後發出咻咻的聲音，杯裡還剩一點水時喜久雄便拿走玻璃杯，正準備離開。

「吶，喜久雄。」

半二郎用力握住他的手。

「要再喝一些嗎？」

喜久雄問道，半二郎卻把他拉向自己，直到臉挨著臉。

「吶，喜久雄，我想了很多。我呢，想要趁眼睛還隱約看得見時，再風光一次。」

一時之間，喜久雄不明白他指的是什麼，正要問時：

「關於襲名的事。我要當『花井白虎』。所以，你也繼承『花井半二郎』吧。」

事情太過突然，喜久雄一時慌張，不如該如何回應，好不容易說出口的是：

「可是俊寶……」

這時，工作人員喊道「請到舞台側」，半二郎站起來，用力握住喜久雄的手。

天下沒有不愛親生兒子的父母，這樣的決定想必是出自愛子之心吧。

「師父……」

喜久雄不禁用力回握了他的手。

在此，且容我稍加介紹這次半二郎飾演松王丸的《菅原傳授手習鑑》中〈寺子屋〉這一段。

時值延喜帝治世。開設寺子屋[50]的武部源藏與戶浪夫婦，將過去的上司，如今被流放至太宰府的菅原道真（菅丞相）的少君菅秀才，偽裝成親生兒子加以藏匿。但有人告發，於是源藏被叫去村長家。此時，出現一個名叫千代的女子，讓她的兒子小太郎入學後便消失無蹤。此時，自村

50　江戶時代平民百姓求學之地，即私塾。

長家返回的源藏，因無力違抗交出菅秀才首級的命令而悲痛不已。為了忠義，他心中盤算要以其中一個學童當作替身，然而細細瞧過去，孩子個個都生長於山村鄙處，無人可作少君的替身。此時，戶浪帶來了剛入學的小太郎。

一見小太郎，其容貌不遜於貴人之子，源藏便告訴戶浪只能以此子作為替身，但就算是為了忠義，教子們個個形同己出，夫妻互嘆仕宦艱險，不得不手刃其中一人，悲傷不已。

此時，為了找尋菅秀才而乘著轎子登場的，便是半二郎所飾演的松王丸。這松王丸，如今雖臣服於藤原時平，但本是被流放至太宰府的菅丞相家臣之子。因此，他識得菅秀才的容貌，這回才被派來驗人頭。

松王丸立於寺子屋門口，一一檢視學童的容貌，菅秀才未在其中，他於是進入屋內，命源藏交出首級。認命的源藏進了內間，不久帶著首級桶出來。當然，裡面是作為替身被摘下的小太郎首級。捕快們圍住源藏夫婦，松王丸檢驗首級，認定此為菅秀才的首級後率眾離去。

源藏夫婦正鬆一口氣時，小太郎之母千代前來接兒子。源藏趁千代不注意時拔刀欲殺，千代以文具盒蓋擋住這一刀。

「我兒可幫上忙了？」

源藏正起疑時，松王丸再度現身。一問之下，兩人為夫婦，小太郎正是他們的愛子。

松王丸如今雖臣服於時平，但為報菅丞相之恩，又看透源藏的脾性，獻出了兒子小太郎作為替身。

儘管雙方都是為了忠義，但命運也太殘酷。當源藏說起小太郎體諒大人們的苦衷，無怨無悔獻出己身慨然赴義的模樣，眾人無不為之垂淚。

園丁正修剪著在初夏陽光下顯得格外青綠的松枝。

「喔，喜寶，真難得。」

喜久雄在他的招呼下走進半二郎家大門。

「哎呀，真難得。喜寶，怎麼來了？」

接著連女傭領班阿勢也覺得奇怪。

「別說得好像沒見過似的，我又不是上野的熊貓。」

喜久雄脫了鞋進屋：

「師娘呢？師娘要我兩點過來。」問起幸子在哪兒。

「在練習場呢。」

阿勢的眼神望向靜悄悄的走廊深處。

「有水羊羹，我給你送去？」

阿勢的貼心，若在平時喜久雄會立刻點頭，唯獨今天想先看看幸子的狀況再說，便答：

「不用了，反正離開的時候也會經過廚房。」

走在走廊上，不知原本就是如此，還是因為許久沒回來，只覺得生鏽的窗框溝和走廊木頭的聲音格外明顯。

打開練習場的門，幸子背對著坐在簷廊上的和式椅上。

「師娘。」

喜久雄一喊，這幾年多了不少白髮的幸子回頭：

「外頭很熱吧。有水羊羹。」

「不用了，但我去拿來給師娘吧？」

「你不吃，我也不用。」

總覺得她的聲音裡有些不耐煩，喜久雄便沒有上前去。

「幹嘛站在那裡盯著我？我又不是上野的熊貓。」

他們當然不是母子，但所謂多年同吃一鍋飯，指的便是如此吧。

「總覺得……越想越火大，火大到我都快歇斯底里了。」

喜久雄一坐到面前，幸子便厲聲說。

「再忍下去，我大概就要崩潰了，所以我就不客氣地說了。這把火的起因呢，追根究柢，都是因為你。要不是你跑來我們這裡，一切肯定都會妥妥當當的。」

俊介出走之後，若說沒見過心情差的幸子是騙人的，雖說她藏起了真心，但那時她的煩躁其實是指向逃跑的親生兒子俊介與對兒子不抱希望的丈夫半二郎，而非喜久雄。然而，到了這時，她特地打電話把喜久雄叫來，連句「許久不見」的寒暄都不讓他說，劈頭就罵。

「我真的非常生氣，氣到想拔掉這頭白髮，像貓一樣去抓柱子，像狗一樣狂吠。你也知道，『半二郎』這個名字是俊介最後的堡壘，他現在雖然行蹤不明，但只要這個名字還在，一切都會不同。而那個人卻說要把這最後的堡壘交給你，三友的梅木先生他們高興得不得了。」

大概是情緒太過激動，幸子的話聲與呼吸交錯，幾乎是在喘息。

「你……去辭退。」

喜久雄突然被這樣的幸子瞪著，不禁低下頭。

「可以嗎？去辭退吧。我為你做過不少事，有資格這樣要求你。好不好？就算是為了俊寶。你也不討厭俊寶吧？還有很多未來等著你，可是俊寶他……」

幸子咬牙忍住不由自主的嗚咽。

「師娘……我明白了。您不要這麼難過，我會辭退的。師父那邊，我會去說的。」

從幸子打電話叫他過來，說有話要對他說時，喜久雄便已經料到。而他會料到這件事，也證明了他知道自己不會是繼承「花井半二郎」的人。

只是，當嘴裡說出辭退的那一瞬間，不知是對什麼懷抱不甘，一陣極大的苦楚爬上喉嚨。

園丁剪松枝的聲音，在梅雨期放晴的空檔高聲響起。

「真的很貪心……」

幸子仰起的側臉彷彿在晴空中尋找那剪枝聲。

「歌舞伎演員這種人，真的是種貪心的生物。我家那口子，身體都那樣了，沒有你牽著，根本上不了台。這樣還想當『白虎』。就算糟蹋了兒子的人生，也要當上『花井白虎』站上舞台，真是夠了。你也一樣，臉不紅氣不喘地就搶走俊寶的東西，真卑鄙……俊寶也沒好到哪裡去，以前全世界都以他為中心，現在不能再站在中心就逃跑？不肯認輸就逃跑，就叫作貪。」

幸子說到最後幾乎是在罵人，瞪著看向院子裡的竹葉。

見幸子動也不動，喜久雄便準備離開。

「那我先走了……」

這時，「等一下。」幸子叫住他。

「你搬回來吧。反正房間還在。不住在一起，做什麼事都麻煩。」

「麻煩？」

「我說你啊，襲名可是大工程，而且還一次兩個。分開住光是要聯絡就很麻煩，住在二樓的話，咚咚咚爬個樓梯就成了。」

「可是，師娘……」

「我認命了。誰叫我是貪得無厭的演員的老婆、母親、師娘。既然這樣，什麼髒水爛泥我都吞。」

晴朗的空中，又響起了剪枝聲。

「到東洋飯店。」

離開為襲名而去打招呼的日本畫家府邸，一身和服的幸子坐進租來的禮車副駕駛座，轉身看向身穿黑紋付、坐在後座的喜久雄和半二郎：

「你們兩個，可沒時間讓你們喊累。接下來鼓舞士氣的激勵會，會有電視台攝影機來拍，給我打起精神來。」說著，自己拿出隨身鏡補妝。

這天一早，他們便以一分鐘都不浪費的緊密行程拜會各方支持者，三人搭乘禮車，源吉開小貨車跟在後頭，車斗上印有家徽的外套和手巾等紀念品慢慢減少。

「孩子的爸，激勵會的流程沒問題吧？」

補好口紅的幸子問。

「啊，對，我這就唸給師父聽。」

喜久雄才趕緊取出節目表。

「我看看……嗯，師娘，這個開宴致辭的津田一郎先生是哪位？」

「國會議員。九州出身，辻村先生介紹的。」

喜久雄攤開節目表，緊接在「開宴致辭」之後，是「發起人致辭　辻村興產執行董事社長辻村將生」。

「司機先生，那邊左轉進去是近路。現在梅田站那邊在施工，要繞路。」

幸子向司機指路，身後的喜久雄在向半二郎說明如何進出激勵會的會場，也不知師父到底看不看得見，那雙眼睛注視著車窗外向後飛逝的御堂筋景色。

幸子已經發現，半二郎視力變差後聽覺變得特別敏銳，今天早上吃完早飯，半二郎一直盯著院子，問他是不是看見了什麼。

「我在聽竹葉的聲音。」

聽他這麼說，幸子豎起耳朵，的確有令人感到清涼的竹葉聲。

話說，東洋飯店可是萬博期間各國人士指定入住的大阪三大飯店之一。租用其中最大宴會廳所舉辦的「花井半二郎與花井東一郎激勵會」極其盛大，光看與會者，除了津田一郎，還有其他國會議員、府議會議員，寶塚歌舞劇團等關西藝能界權威不用說，零食廠商與化妝品公司等的大老闆也都到了，場面宛如關西社交界。

「喜久雄，來一下！」

其中，比誰都大聲主持場子的正是辻村。只要見人便立刻喊喜久雄，每次喜久雄都要放開半二郎的手趕到辻村身邊。

「喜久雄，這位是津田一郎議員。議員很照顧我，來，好好問候。」

被粗魯地壓住頭的喜久雄深深行禮。

「非常感謝議員百忙之中前來支持。」

「哦，年輕的女形果然有點性感啊。」

這個津田一郎，與辻村這個黑道份子一樣，看上去就不是善類。這也正常，他本是筑豐地方管理煤礦礦工的人力仲介之子，無才無學但機伶狡猾，年紀輕輕便成為名家代議士的秘書，一手包辦背後所有骯髒事，等東家驚覺時，他早已吃乾抹淨，將地盤、招牌、事業全部據為已有。

「我剛聽說，這次歌舞伎座的襲名公演要演《連獅子》？」

「是的。我會努力，不扯師父後腿。」

「每次看這齣戲，都覺得神清氣爽啊。」

「那麼，票由我們準備。聽見沒，喜久雄，要讓津田議員坐特等席。」

辻村用力摸著喜久雄的頭，簡直像在摸自己的兒子。

話說這《連獅子》，是人盡皆知的歌舞伎名劇，下半場，小獅子揮舞著名為「白頭赤頭」的長鬚，被老獅子無數次踢下谷底仍奮力爬上來，不屈不撓的精神令觀眾感動落淚。

「不過，以前那個皮蛋喜久雄現在已經是『第三代花井半二郎』了啊！雖然不是我生的，也實在開心。」

這樣自豪地向津田說著的辻村，實際上比任何人都為喜久雄的襲名高興。

「辻村叔叔，說到這，您包了兩天大阪中座？師父也很感謝您。」

到處招呼客人的幸子碰巧就在後頭，聽到喜久雄的話，也跟著說：

「就是呀，辻村先生，真的很謝謝您，我們在主辦活動的三友面前也能交代了。」

「哪裡哪裡，師娘才是，費心把我們黑道的兒子栽培到今天。我代替喜久雄過世的父親感謝你。」

「如果還在世，不知道他會怎麼想？」

「如果權五郎大哥還在世，這皮蛋別說當演員了，不是早挨了子彈死在外面，不然就是吃牢飯去了。」

那一瞬間，一個電視台攝影師從兩人身旁經過，幸子趕緊轉移話題，但仔細想想，這時候，喜久雄本是長崎立花組頭目兒子一事，幾乎每個娛樂記者都知道，他背上的刺青也早已公開。當時演員與黑社會的關係已被視為問題，但真要說起來，比起揭發這樣的關係，他們更想要保護演員，在那個時代，記者和攝影師都很有心，對於喜久雄的刺青採訪不問、照片不拍，因為在那裡的不是身上有刺青的年輕人，而是在藝術之道求精進的年輕人。

話說，激勵會結束後時間過得飛快，這一天，是兩人的主場大阪中座舉行襲名公演的首日。兩人的休息室裡充滿花、花、花。圈內人士陸續到休息室道賀，幸子則與半二郎、東一郎同聲道謝，才剛在大廳向支持者打完招呼，看著演出《連獅子》之前要先為襲名致辭的兩人換上丹波屋的紋付袴，為他們折疊浴衣、擺好休息室裡要穿的草履，比誰都坐立難安地守著他們。

「喜久雄，袴襬翻過來了。」

才剛說，喜久雄都還來不及抬腳看，幸子便過去幫他抹平了。

一旁的鏡台邊，半二郎不知舔了多少次嘴唇，口中唸唸有辭地重複著致辭時要說的話，幸子心裡雖然明白歌舞伎演員無關乎年齡，但早已不年輕的丈夫那濕潤鮮紅的嘴唇仍無比動人，心中又一次讚嘆自己的牽手果然是個好演員。

這時幸子深深體會到，一個歌舞伎演員其實也包括了他的一家人。站上舞台的雖然只有演員一人，但就像在叢林求生的野獸，面對總管一切的三友那樣的娛樂經紀活動公司、劇場、贊助人，以及觀眾和媒體等這些既是外敵也是盟友的對象，必須全家人一起抵禦、作戰、存活下去。所謂的梨園，是唐朝培養宮廷音樂家之地，但這個世界其實不如外界所想的優雅。在外人眼中，歌舞伎演員的家庭無不和樂融融，然而正如叢林野獸一家，未必是真的感情好，而是在這個非生即死的世界，不團結便無法生存。

接著，幸子從後台前往觀眾席，打開一樓入口的門，往不會打擾到觀眾的牆邊站，祈禱般望著在高高響起的梆子聲中氣勢如虹地打開的定式幕。

開幕後，舞台上是位於中央的花井半二郎即花井白虎、東一郎即第三代半二郎，以及以生田庄左衛門為首的關西歌舞伎大幹部演員。

客滿的觀眾席掌聲如雷，中座幾乎為之震動。

「丹波屋！」

「白虎！」

「半二郎！」

「第三代！」

呼聲四起中，由庄左衛門開始致辭，幸子掃視的視線在觀眾席看到喜久雄母親阿松拭淚的身影，發現自己不由自主地尋找起兒子俊介，硬是將油然而生的心情壓了下去。老實說，不甘比高興來得多，但此時此刻，她是演員的妻子。

大幹部演員們或莊重嚴肅、或輕快詼諧的致辭依序結束，終於輪到白虎與第三代半二郎。在高漲的緊張感中，首先抬起頭來的是第三代半二郎，只見他徐徐環視觀眾席：

「能得諸位大駕光臨，晚輩不勝惶恐喜悅之至。方才，列席大德寶貴的建言……」

喜久雄的致辭緊張得讓觀眾席都為他捏一把冷汗，但從靜肅中爆出的掌聲簡直要將劇場掀開。喜久雄的凜然清新當前，人人都為親眼目睹新時代的來臨而興奮不已。

喜久雄的致辭在歡呼喝采中結束，接下來本應是白虎抬頭，不知為何他仍低垂不動。正當舞台上的演員與客滿的觀眾席氣氛開始生變，終於以懊喪神情抬起頭來的花井白虎口中吐出了大量的鮮血。

第八章　風狂無賴

此刻，觀眾為剛落幕的《信州川中島合戰》中的〈輝虎配膳〉鼓起如雷掌聲，在舞台邊的喜久雄也感到震耳欲聾。

這陣掌聲是給姉川鶴若的，他飾演的阿勝以精湛的琴藝拯救了差點被長尾輝虎殺掉的婆婆。姉川鶴若這位立女形，表演風格誇大華麗且富奇趣，與正統派的小野川萬菊平分天下。

「少爺，該走了。」

黑衣德次抓住在舞台旁觀看鶴若演技的喜久雄。喜久雄自己也上台飾演直江山城守之妻唐衣，但每天下場後便留在舞台旁，觀摩鶴若的表演。

被德次推著走向後台電梯時，喜久雄被三友的社員叫住簡短寒暄幾句而耽誤了時間。因此，當通往休息室的上樓電梯抵達時，鶴若等人已經從花道回來進了電梯。本應是喜久雄他們先進電梯等待鶴若，直接上去休息室，接著換下一幕要致辭的其他演員下樓。

各位看官或許會想，只不過是進電梯的順序而已。但是分秒必爭的後台動線只要一處亂了套，大群演員就會被困在樓上樓下難以動彈。

害鶴若等他們，喜久雄拎起和服衣襬拔腿往電梯跑。

「對不起！」

跑到電梯前，以為趕上了，才一出聲：

「上面會不會在等了？」

聽到鶴若這句話，弟子趕緊從裡面按了關門鍵。

「對不……」

電梯門就在差點滑壘成功的喜久雄面前無情地關上。

鶴若冰冷的眼神彷彿還在已經關上的門後，讓喜久雄遲遲無法動彈。

「少爺，樓梯，走樓梯！不趕快回去會來不及準備下一場！」

德次推著他的肩，喘著氣回到休息室，讓早就在那裡等著的床山摘下假髮，負責服裝的褪下和服，一邊拿卸裝霜往臉上抹。

「小花，給我柳橙汁！我好渴。」

跟班花代不等喜久雄交代早已拿著果汁站在一旁，喜久雄銜住背後遞過來的吸管，像嬰兒般猛吸。

休息二十五分鐘後要開始的，是鶴若一門駿河屋的姉川鶴之助的襲名致辭，同席的除了鶴若，還有江戶歌舞伎巨頭吾妻千五郎、伊藤京四郎等大人物，喜久雄雖於去年繼承了第三代花井半二郎之名，卻還沒有資格列席，但是作為養病中的花井白虎代理人，以及作為因白虎重病而中止原定全國襲名公演的謝罪行腳的一環，才奉命破格在這樣的場合列席。

「那個，第三代，師父問你能不能來一下。」

聽到聲音，喜久雄回頭看，站在休息室門口的是鶴若的弟子。

「現在嗎？」

雖然滿臉卸妝霜仍立刻起身，匆匆走向洗臉台。

穿上浴衣後，便前往鶴若的休息室，說聲「打擾了」正要掀開暖簾：

「不好意思。師父正在卸妝，請等一下。」

明明把人叫來，卻又被弟子攔下。本來就已經快沒時間了，還在門口等了五分鐘才好不容易有幸拜見鶴若尊顏。喜久雄一跪下，鶴若便開口：

「第三代，今晚能否空出時間？」

「啊……是。」

「其實呢，今晚，梅木社長找我們吃飯。鶴之助也一起，我想讓第三代也一起來。」

「啊……是。我去方便嗎？」

「我都找你了，當然方便，不是嗎？」

「啊……是。對不起。」

「地點，稍後我再派人通知你。」

「不好意思，謝謝您。」

行完禮又等了一會兒，在鏡台前為下一場戲化起妝來的鶴若既沒有叫他走，也沒有叫他留下，喜久雄只好乖乖在原地等。

「你不用準備致辭嗎？」

好不容易得到准許，才匆匆趕回休息室。

德次在休息室裡等著。

「快快快，要開幕了。」

喜久雄往鏡台前一坐，德次立刻幫他套上羽二重頭套，用力繫緊。
「鶴若師父怎麼說？」
「說今晚要跟梅木社長吃飯，要我一起去。」
「哦，真稀奇。鶴若先生終於也看見少爺了嗎？」
「他一直看不見我，反而比較輕鬆。」
「和梅木社長跟鶴若師父三個人嗎？」
「還找了鶴之助。」
「嗚哇——這種餐會給我錢我也不想去。」
這時，通知十五分鐘後開幕的二丁鈴響起。

「一百公克不夠喜久雄他們填肚子吧？」
梅木社長粗啞的聲音在帝國飯店鐵板燒的包廂裡響起，眼前的鐵板上，最高級的沙朗牛排正散發出誘人的焦香。
「那麼，我也三百公克。只有跟社長一起時，才吃得起這麼豪華的大餐啊！喜久雄，你也來一份吧？」
一直很歡樂的鶴之助問道。
「那麼，我也一樣。」
喜久雄雖如此回答，卻沒什麼食欲。這是因為，從剛才鶴若和社長大談所謂「女形應該如何」，粗枝大葉的梅木似乎完全沒有注意到，鶴若口中「那種女形不行，這種女形讓人看不下去」，全都是指桑罵槐地針對喜久雄。

「不過，喜久雄真是越來越漂亮了。被那雙眼睛一直盯著，連我都快要著迷了……鶴若先生，您不覺得嗎？」

為第二瓶卡本內葡萄酒龍心大悅的梅木乾了酒杯裡的酒。

「我也是，看著丹波屋第三代的眼睛，好像會被吸進去。」

「果然鶴若先生也是嗎？不過……卻一直紅不起來啊。您也知道，這個部屋子，算是我一意孤行提拔上來的，難免覺得對他有一份責任。」

「梅木先生，我是這麼想的，好女人和美不美，完全是兩回事。您說，美女個個都是好女人嗎？那可不見得。所以呀，女形最重要的也不是美不美。」

如果這時鶴若朝喜久雄瞄上一眼，喜久雄多少還能感受到一絲關愛，然而那雙冰冷的眼睛完全沒有看向他。

「是這樣嗎？好女人和美女是兩回事。聽鶴若先生一說，果然很有說服力。」

「不過呢，第三代很努力呢。無論做什麼，身體都在跳舞。」

「哦？喜久雄的身體在跳舞嗎？真是這樣嗎？」

梅木聽不出鶴若的暗諷還很開心，唯有喜久雄一人和鐵板上的沙朗一起直冒汗。在一旁竊笑、若無其事地挑著伊勢龍蝦肉的鶴之助也令人萬分不快。因為「身體在跳舞」正是昨天戲演到一半，鶴若在後台痛罵喜久雄的話。

「真是的，要我說幾次你才懂？像剛才那樣做，就會變成在跳舞。那裡不能用跳的，要好好表演，不然我演的戲看起來會很可笑！你這個人，一使勁連普通的戲也全都用跳的。」

鶴若暴躁的語氣不僅影響了喜久雄，也連帶影響旁邊的工作人員，當天的公演又是忘記擺小道具、又是布景歪了，搞得人仰馬翻。

「鶴若先生，今天請您出來，其實有點事。」

梅木要服務生倒了酒，稍稍端正姿勢後說：

「其實您可能已經聽說了，這次，我將加入大阪的電視台，上次董事會決定要我去那裡當社長，就當是為公司盡最後一份心力。不過呢，這次調動是降格為常務，其實是比較好看的降職啦。」

對梅木這番話最為震驚的是喜久雄，冷汗在背上直流。

這件事喜久雄自然也聽說了，直截了當地說，梅木在組織內的權力鬥爭中輸了，而敗因之一據傳是去年白虎襲名公演的大損失。

現在回想起來，正好在去年這個時候，第四代花井白虎與第三代花井半二郎的同時襲名公演正歡天喜地地準備開幕。然而，各位看官都知道，就在公演首日的致辭台上白虎吐了血，染血的舞台立刻閉幕，趕上來的演員與工作人員將白虎團團圍住，他捂著滿口的血：

「拉開！把幕拉開！」

大喊的叫聲，就連凍結般的觀眾席都聽得一清二楚。

幕當然沒有拉開。白虎穿著有丹波屋家紋的傳統服飾被救護車緊急送入醫院，檢查的結果相當無情——糖尿病與胰臟癌併發，餘命半年。診斷結果當然沒有告知本人，但直覺靈敏的白虎怎麼可能沒察覺，還堅持要繼續襲名公演，吊著點滴都想爬著溜出病房，但只要稍微勉強便吐血，站五分鐘就頭暈，當然不可能擔綱演出早晚各一場、自己從頭到尾都要出場的襲名公演。話雖如此，襲名公演又不能找人代演，三友本社這才做出中止當月演出這前所未聞的決定。

當然，預定次月展開的全國巡迴公演也緊急中止。也有人建議僅以第三代半二郎挑大樑的方式繼續，但任誰來看這負擔都太重了。最後，社長梅木負上全責，一一拜會各相關人士，登門道歉，同時將原本預定於次年舉辦的姉川鶴之助的襲名提早，努力揮散覆蓋在歌舞伎界頭上的烏雲。

喜久雄沒有伸筷去碰煎好的高級沙朗牛排，愣愣地聽著梅木與鶴若的談話，在有「無師形同無首」之稱的歌舞伎界，少了白虎與梅木這兩大後盾的自己可能被置於什麼境地，縱使喜久雄再樂天也覺得眼前的燈光驟然黯淡。

「所以，今晚是誠心誠意想拜託鶴若先生，才請您出來的。果然，鶴若先生真是明白人，找了喜久雄一起。」

梅木口中突然提到自己的名字，喜久雄不禁嚥下一口口水。

「白虎那個樣子，加上我要被調去子公司，喜久雄形同孤兒。我要拜託您的不是別的，正是想把喜久雄交給鶴若先生，請您代替半路倒下的白虎和我，拉拔第三代花井半二郎。」

梅木雙手扶著吧檯，行禮時頭撞上叉子，叉子掉到地上發出很大的聲響。即使如此，梅木仍不抬頭，當場氣氛緊繃，喜久雄不用說，就連趕來的服務生也不敢去撿叉子。

「請您把頭抬起來，我萬萬擔不起貴為三友社長的人這般對待。」

「那麼，您是答應我這個請託了？」

「哪有什麼答應不答應，梅木先生開口，我怎麼能拒絕？」

這時梅木才終於抬起頭，以濕手巾擦去額頭上沾著的肉汁。

「可是，容我請教一點。」

鶴若拿餐巾擦拭皺巴巴的嘴巴。

「這第三代的魅力到底在哪裡，能夠讓梅木先生這樣的人物如此為他撐腰？」

「第三代的魅力……老實說，我也不太清楚。只是，我呀，從沒看過喜久雄有什麼埋怨牢騷，這小子雖然絕少提起自己的心情，但那雙眼睛，永遠都是筆直的。大概是看到那樣一雙眼睛，讓我想全心相信他吧。」

梅木言過其實的讚賞，讓喜久雄著實不自在，在椅子上坐不安穩，頻頻騷動。

「好，梅木先生的這份心意，就由我來接收。」

鶴若在他單薄的胸膛上咚地捶了一下，這時他的視線才第一次轉向喜久雄。

「第三代，可以吧？」

所謂的直覺，有時真是殘酷。在鶴若不偏不倚望過來的眼中深處竊笑的，正是鶴若自己。

「麻煩您了。」

喜久雄無力地低頭行禮。

「好，那麼，再次乾杯！」

此時呵呵大笑的梅木，次月便收到正式的人事命令，頭銜是三友的常務，兼剛開台的「大國電視」執行董事，前往大阪赴任。

至於，喜久雄與鶴若的關係是否從這一晚起就變成師徒呢？完全沒有這回事，反而一如往常，令人懷疑鶴若是否當這一晚的事沒發生過，好比在後台：

「啊，好難做事。在大阪擺出丹波屋少爺的樣子或許還行得通，但是在這裡可不行。」

不管遇到誰都不斷抱怨喜久雄的不是。

正如喜久雄的直覺，當月公演結束後，情況越來越不妙。

喜久雄被跟著鶴若的三友社員叫去公司。

「請第三代暫時去巡迴演出。」

就這麼單方面被交代長達一年的地方巡演。不僅如此，連早已安排好的下個月及下下個月的角色，也一句話就被鶴若一門的新一輩女形頂替。

「梅木社長知道這件事嗎？」

明知是無謂的抵抗，喜久雄還是問了。

「梅木常務？我也不清楚，但我想是沒有聽說。這也不是能請教現任常務的事。」

碰了一鼻子灰。

喜久雄在新大阪站下了新幹線，發現月台聚集一大群人，他踮起腳尖看是怎麼回事，原來被熱烈包圍的，是最近每天在電視上都看得到的當紅漫才雙人組，澤田西洋與花菱兩位。

回想起來，現在不妙狀況的起點，也就是第二代半二郎發生車禍的那天，喜久雄便是與德次、弁天一起陪著西洋與花菱兩人首次錄製電視節目。

那天，西洋師父對無情地以「段子太長」而喊停的年輕導播，先是「我可不是想上電視才來的！我是為了讓大家看到我的表演才來的！」喝斥一番，來到走廊上卻改變主意回頭，「能不能讓我重來一次」低頭求人，該說是這面子丟得值得嗎？後來他受邀參加曲藝漫才節目，當年輕觀眾對所謂濃烈的大阪味開始感到稀奇時，有個當紅整人節目做了一個企劃，讓喝醉的黑道在酒場找西洋兩人的麻煩。當時，驚慌的兩人互喊：

「孩子的媽孩子的媽孩子的媽！」

「孩子的爸孩子的爸孩子的爸！」

那模樣逗樂了觀眾。這「孩子的媽孩子的媽孩子的媽！」、「孩子的爸孩子的爸孩子的爸！」的叫喊首先在小學生之間流行起來，後來演變為連大人都在忘年會等場合作為餘興節目來表演的流行語。

時過數年，至今兩人一上電視，無論是猜謎節目或者談話節目，只要被導播拍到，仍是繼續叫著：

「孩子的媽孩子的媽孩子的媽！」

「孩子的爸孩子的爸孩子的爸！」

喜久雄在與月台有些距離處戴上太陽眼鏡，望著被粉絲包圍的兩人時，有人拍了他的肩。

一回頭，站在那裡的是弁天。

「喜久，好久不見，一切都好嗎？」

「弁天？真教人懷念。」

「我還以為是哪個大明星站在這裡呢！也是啦，你現在是第三代半二郎了，連背影都閃閃發亮哩。」

「少捧我了。倒是弁仔，你和德次一直都有聯絡吧？」

「我去東京的時候，都是住他那裡。」

這時後面的聲音大了起來，一看，警衛硬是要將被人群團團圍住的西洋兩人帶走。

「你不用過去嗎？師父他們被擠得好慘。」

「不用不用，那樣師父才高興呢。如果過去解救，還會怪我壞了他的好事，說什麼『難得可以享受一下當紅的感覺』。」

說著，弁天懶洋洋地伸了個懶腰。

「好久不見了，我再找時間去探望師父他們好了。」

喜久雄驀地裡吐出這一句。

「隨時過來，別客氣。你會在大阪待一陣子？」

「嗯，時間臨時空了下來。」

「哎呀呀，演藝人員突然有時間空下來可不是什麼開心事。」

見西洋兩人下樓，弁天才終於跟上去，邊走邊說：

「你要來的時候給我一個電話。我們再像以前那樣去吃牛腸。等你啊，我說真的！」

弁天大聲喊，月台上有幾個人也認出喜久雄，竊聲說：「咦，那不是歌舞伎演員嗎？」

喜久雄和西洋師父相反，在舞台之外的地方很怕戲迷和愛湊熱鬧的人的眼光，便將帽子戴得更低了。

「你是第三代吧？」

對這麼說著靠過來的年輕女子微微點頭，逃也似的走了。

喜久雄對待戲迷與贊助人這樣內向害羞的冷漠是天生的，無論白虎和幸子再怎麼勸說就是改不了。

話雖如此，在京都南座以《雙人道成寺》紅極一時、和俊介一起被捧為時代寵兒的那時，一方面是少有這類好奇的眼光，再者將一切交給從小便處於鎂光燈下的大少爺俊介就好，日子過得新鮮有趣。但是當這聚光燈只照在自己身上時，喜久雄便頓時成了蚌殼。

雜誌訪談時，無論問他什麼：

「哦，喔。」

「謝謝。」

只會這樣回答。拍照時要他露出笑容，扮出來的笑臉上老實寫著「一點都不好笑」。難得有電視台邀他上談話節目，無論誰勸都勸不動，唯一一次，是被白虎拖著去《巨星一千零一夜》，可他從頭到尾都在白虎身邊板著臉，嚴重到主持人真的擔心他是不是身體不舒服。

即使如此，喜久雄還是喜歡上台表演，所以一反對媒體的態度，地方上再小的舞蹈發表會，凡是提出邀請他無不答應，高高興興空出時間前往。

幸虧如此，少了俊介之後苟延殘喘的後援會「東半會」，也因為有在這種小發表會上相識、前來捧場的支持者才得以延續。

告別弁天，喜久雄走出車站上了計程車，告知司機「請到天馬綜合醫院」後，隨手從包包裡取出來的，是前幾天三友社員給他的地方巡演預定表。心中雖知任何表演都要全力以赴，但他之所以能夠在地方發表會上使出全力，也是因為平常有在東京和大阪的大劇場演出的關係。而一想到以前和白虎、俊介等人坐在卡車車斗上一個地方接著一個地方的辛苦巡演又要開始，明知這是自己投靠的鶴若的策略，仍難免備受焦慮折磨。

後來他才知道，那時梅木先拜託的其實是第六代小野川萬菊，而非鶴若。

只是，萬菊當時已是業界的異數，是不收徒弟的孤高立女形，就連梅木親自拜託：

「蒙梅木青睞萬分榮幸，但丹波屋第三代不用我來當後盾，一定也能大放異彩。」

如此委婉地拒絕了。之後去找鶴若商量，實在是因為梅木這人好心腸，或說他沒心眼，他為喜久雄著想而做的這番決定，反而將至今的惡水攪得更加渾濁，委實令人遺憾。

喜久雄在天馬綜合醫院下了車，懷著沉重的心情走向白虎的病房。走廊深處，病房大樓裡最大的那間單人病房的門微開一縫，裡頭傳出白虎唸唸有辭的聲音。

正準備敲門，喜久雄將臉湊過去，只見白虎躺在床上，看不見的眼睛望著天花板：

「這不是御上使石堂大人、藥師大人嗎？兩位辛苦了。在下已知上使來意，且盡一杯，一掃積鬱。」

嘴裡唸著《假名手本忠臣藏》第四幕，鹽冶判官迎接前來命自己切腹的上使時說的台詞。

喜久雄站著聽了一會兒。

「誰啊？」

白虎發現有人。

「是我，喜久雄。我回來了。」

「你來啦。」

喜久雄這才敲門進房。

白虎說著，彷彿要喜久雄帶他上台一般伸出雙手。喜久雄硬是按捺住心中哀傷，回握了那雙手。

「剛才那是判官嗎？」

他為了轉移注意力而問。

「對，第四幕開頭。我不是一整天都得躺在這裡嗎？這麼一來，過去演過的角色便一一出現在腦海。這第四幕的判官啊，我只演過兩次。喜久雄，你現在幾歲？」

「二十五。」

「是呢，我第一次演這個角色，就是你這個年紀的時候。雖然是在道頓堀的一個小戲樓，但每天都擠滿了即將去滿州的開拓團的人。切腹那一幕，大家看了都放聲大哭。」

說著話的白虎那雙看不見的眼中，也流下一行與感情無關的淚。喜久雄以手指為他拭去。

「倒是東京那邊怎麼樣了？順利嗎？」

一被問到，喜久雄腦海中不禁浮現鶴若和鶴之助的嘴臉，但是讓生病的白虎擔心也沒有用，便答：

「是，大家都對我很好。我正想難得有機會，不如自請去地方巡演，也算是修練。」

「是嗎？那我就放心了。」

見桌上有杯喝到一半的柳橙汁，喜久雄問：

「源吉叔呢？」

「剛才說要打電話回家，出去了。」

「師父，您要喝這果汁嗎？」

一問，白虎立刻要起身，喜久雄便扶著他的背，將插了吸管的玻璃杯送到他嘴邊。

這時，他扶著白虎的背的手心，感到一股說不上來的懷念。喜久雄思索著這是什麼呢？在心中來去的，是兒時經常揹著他的親生父親權五郎背部的觸感。

「感覺就像跟親爹在一起啊。」

喜久雄冒出的這句話，卻讓白虎變了表情。

喜久雄以為他嗆到，正想幫他拍背時，白虎用力握住他的手，一雙看不見的眼睛直視著喜久雄：

「我的時間不多了，有件事一定要告訴你，可是實在很難開口。」

白虎自以為看著喜久雄的眼睛其實偏到喜久雄身後的牆，讓喜久雄悲不自勝。

「師父，怎麼突然這麼說？」

喜久雄又像是要帶白虎上台一般，握住他的雙手。

「我只想跟你強調一點，無論發生什麼事，你都要以『藝』來決勝負，知道嗎？再怎麼不甘心，都要以藝來決勝負。真正的藝比刀槍大砲都厲害。將來你要用你的藝來報仇，知道嗎？你能答應我嗎？」

此時喜久雄腦海中浮現的，是一臉得意搶走他角色的鶴若那幫人的身影。

「師父，我知道。」

之後，直到源吉回到病房的約一個鐘頭，喜久雄都在枕邊靜聽白虎背誦《假名手本忠臣藏》第四幕的旁白和台詞。

喜久雄從沒看過白虎演這齣戲，卻覺得在前來下旨切腹的上使面前，一身白衣，準備切腹的白虎，儼然出現在這天馬綜合醫院裡。

「喜久雄，你幫我從床上坐起來。」

儘管咳嗽著，白虎仍在喜久雄的幫助下在床上正坐，唸道：

「力彌承上意，將事先備好之切腹刀，呈於座前。」

扮起力彌的喜久雄將用來當作刀的不求人恭恭敬敬放在托盤上，放在白虎面前。

開了窗仍沒有風，酷熱的房裡只有開著「強」鍵的電風扇攪動空氣。喜久雄不斷在被窩裡翻身想找個清涼的地方逃離自己的體溫，後來終於放棄睡覺，他盤腿坐起，用打濕的手巾擦拭冒汗的身體。

睡不著不純粹是因為熱，而是都已經十二點多了，樓下照樣傳來幸子吟誦的奇特佛號[51]。

這天，喜久雄探望完白虎回到大阪的家時，日頭已偏西，從陷入塞車車陣的計程車上滿身大汗地回到家，便聽到會客室裡傳來幸子的笑聲。

自白虎住院以來，幸子一直很消沉，聽到這久違的笑聲喜久雄很高興。

「有客人嗎？」

他問前來迎接的阿勢，只見阿勢一臉鼻子癢的表情：

「是西方的幸田太太。」

「西方？」

「一個叫西方信教的新宗教。我也不清楚，說什麼人歸塵土這樣又那樣的，要以土來洗清祖先的罪業和污穢有的沒的，只要唸那種佛號，唸的人和家人就能淨化。我是不懂啦。」

阿勢這麼說，但幸子的笑聲聽起來很開心。

「師娘，我是喜久雄，我回來了。」

他打開拉門。

「喜久雄呀，你回來得正好。我跟你介紹，這位是幸田太太，她正在給我看上次淨土會的照片呢。」

一看，茶几上擺滿了照片。

「這個是我，啊哈哈哈。」

手中的那張照片，拍的是不知道在哪個田裡弄得滿頭滿臉泥土，一身素衣的幸子。

「這是什麼？」

幸子無視喜久雄的驚訝，又愉快地遞來另一張照片，說：

「就淨土會呀。大家一起租一輛小巴，去龜岡那邊。回來的時候還去嵐山保津川坐船呢。幸田太太，坐船好舒服喔。」

幸子微笑以對的這位幸田，是個身材富泰討喜的中年女子，始終笑咪咪地聽著幸子說話。

「這就是我常跟你說的喜久雄。」

聽幸子介紹，喜久雄先行個禮。

「我當然認得。哎呀，本人帥氣得光站在那裡就迷死人了。」

幸田肥胖的手腕上，宛如嵌著一支足以買下一輛車的高級手錶。

「你是幸田太太，我是幸子，兩個一起就變成幸田幸子了，多有福氣呀。」

幸子這個笑話顯然重複說過很多遍，幸田也以一副駕輕就熟的模樣附和。

喜久雄在那裡實在尷尬，很快便告退，直接走去廚房。

「那是怎麼回事？」

根據阿勢的回答，幸子面對俊介離家乃至白虎大病的這一連串惡事，連自己的健康都亮起紅

51　指佛教諸佛及大菩薩的名號。

燈，此時幸子的兒時好友帶來了這位幸田。乍看十分福相的這名女子，帶幸子去南區的百貨公司、京都的川床散心，幸子也一下子便與她交心。等阿勢注意到時，幸子已經每天早晚吟誦了。

「師父知道嗎？」

「當然知道。師娘也把幸田太太帶去醫院。聽源叔說，還三人在病房裡一起唸了什麼回歸塵土的經，好讓病好起來。」

喜久雄正回想著那天傍晚的情景時，樓下幸子的誦經聲停了，屋裡突然安靜下來。喜久雄將手巾又浸回枕邊的臉盆，這回拉開浴衣，用涼涼的手巾擦拭前胸後背。

稍微舒爽之後，他往被窩裡一倒，睡不著時接著想到的，是今天在病房裡與白虎一同演的《假名手本忠臣藏》第四幕。

這第四幕是〈鹽冶判官切腹〉，整幕節奏緩慢，但其實暗潮洶湧。

等候將軍處分的鹽冶判官（史實為淺野內匠頭）等到的是上使所下達的切腹嚴懲。但是，早已了悟的判官已在黑綾衣底下穿好了素衣，在肅穆中進行切腹的準備。就座的判官想見家臣大星由良之助（史實中為大石內藏助）最後一面，心急如焚地等待他的到來。

「由良之助還沒到嗎？」

這是判官悲切至極的台詞。

然而，時刻已到，刀終究刺進了腹中。

此時由良之助終於趕來，判官在痛苦喘息下說出「遺憾」二字，氣絕身亡。

或許是在病房裡與白虎演了這一段，不知為何在喜久雄心中，判官（白虎）不是在舞台上而是在病房的病床上，此時應由花道趕來的大星由良之助（自己），則是從醫院的長廊跑來。

「由良之助還沒到嗎？喜久雄還沒到嗎？」

無法成眠的耳中，白虎沉痛的聲音不斷回響。

彷彿要把整個町的人都吵醒的電話鈴聲，正好在此時響起。

喜久雄一躍而起，背脊頓時因不祥的預感而打顫，衝出房間下了樓，阿勢已經在走廊盡頭了。只見她握著聽筒回頭說：

「醫院打來的，要大家都過去。」

說完當場癱軟蹲下。喜久雄點頭說好，喊道：

「師娘，師父、師父在等我們！」

立刻奔出房間的幸子要阿勢叫計程車，彷彿心中已有定見般回頭準備。喜久雄跑上樓，想脫下汗濕的浴衣，袖子偏偏在這時纏住腰帶。

「可惡！」他不禁舉拳捶牆。

趕往醫院的計程車裡，幸子一言不發，喜久雄則是自言自語：

「等等啊，師父，我不會讓您一個人走的。師父，我馬上就到。」

在耳中作響的，是白虎說「由良之助還沒到嗎？喜久雄還沒到嗎？」的聲音。

從唯一亮著燈的急診大門跑上樓，在筆直通往病房的黑暗長廊上，喜久雄仍在心裡喊著：

「師父，等等我！」

正要拔腿狂奔的那一刻：

「俊寶——！俊寶——！」

傳來了白虎的叫聲。

「俊寶——俊寶……」

是父親呼喚親生兒子的聲音。

喜久雄不禁佇足，緊緊抿著嘴的幸子追過他，逕直奔入病房大喊：

「老公！老公！」

那聲音像是緊緊拽著丈夫，前所未聞。

喜久雄硬是撐住不知為何當場癱軟的身體，緩緩走向病房。但昏暗走廊的盡頭，唯一亮著燈的病房莫名刺眼，遙不可及。

從門縫望進去，幸子撲在囈語般呼喊著俊介名字的白虎身上哭泣。

「對不起……」

沒來由地，喜久雄嘴裡吐出這麼一句。

七月十八日，花井白虎（本名大垣豐史，享年七十）的葬禮告別式於大阪四天王寺阿彌陀堂舉行。

來自歌舞伎界、日本舞踊界等上千人出席了這場葬禮，追思故人，送他最後一程。

三友公司的梅木常務於悼辭中提及白虎於襲名公演萬眾喝采中倒下一事，並以顫抖的聲音說：「十足的白虎風格，為演員人生拉下了精彩的一幕。」

日本演員協會理事長吾妻千五郎先生致悼辭時談到了生前的回憶，而後呼籲：「你定然十分遺憾。但是，由你播種、嚴加培育的嫩芽，將來必定會開出燦爛的花朵。我們這些前輩一定會盡心幫助繼承第三代半二郎的喜久雄，以及，此刻定然在某處拚死奮鬥的兒子俊介。從兩歲首次登台以來，你在舞台上流了多少汗、多少淚，我們都知道。所以，阿豐，你好好休息吧。再也不必擔心了。」感人淚下。

最後以喪家身分發言的第三代花井半二郎（本名立花喜久雄）說：「我視花井白虎為父，由衷尊敬，打從心底……非常非常……尊敬……」便說不下去，不畏眾人目光哽咽落淚。

花井白虎即大垣豐史，是戰前戰後屹立不搖的浪花名伶。戲迷們為了送他最後一程，在豔陽下排成長長的人龍，上完香仍不願離去，出棺之際，處處響起呼聲：

「丹波屋！」

「白虎！」

「第二代！」

「半二郎！」

葬儀車離開後仍久久不歇。

昭和五十年七月十九日朝日新聞

初識相思脈脈，唯學他人喏喏
點唇染齒知為誰
癡心表記是為君
真歡喜，多歡喜

藤色綾子的和服繫著黑腰帶，紅唇銜著手巾，在舞台上含羞而舞。觀眾席上雖多是空位，但宇都宮市民大會堂的觀眾無不忘情地看著喜久雄。

在休息室幫喜久雄準備好之後，德次便匆匆趕往二樓好從觀眾席吆喝。在他看來，這次巡演以來，喜久雄的演出一天比一天活色生香，令人不禁讚嘆。

正因此，環顧空盪盪的觀眾席，也難怪德次心頭會燃起怒火。二樓觀眾席幾乎沒人。就算是一樓，也有一整排座位都沒人，而且在沒有歌舞伎專用設備的劇場，白拍子花子無法從花道現身。即使如此，喜久雄仍盡力演出，德次於心不忍。

「第三代！」

「半二郎！」

「丹波屋！」

自然而然鼓足了勁吶喊。

以前在立花組新年會上一年表演一次戲，儘管德次沒有專業知識，在喜久雄身邊跟了十年，再不懂也看得出演得好壞。

德次自然是偏心自家少爺，不過喜久雄在《娘道成寺》中展現的舞藝，彷彿令無形化為有形，那是一時焦急一時歡喜的心情，也是銜在口中的手巾形成的白色軌跡，就連分明不在舞台上的伊人都儼然現身。

尤其，像喜久雄此次這般在舞台上獨舞，看在德次眼中，宛如人形淨瑠璃的人偶，被無形的線操縱著。

之後，上半身換上淺黃色舞衣隨羯鼓起舞，又跟著鈴太鼓跳插秧歌，投入得簡直要把鼓敲進地板裡一般。這當中，不知不覺白拍子花子的臉色變了，再來便是最後的高潮〈鐘入〉：凜然抬眼瞪視大鐘的喜久雄，甩開要制住他的和尚，露出可怕的蛇身原形，爬上大鐘。

喜久雄妖豔的見得震驚四座，但觀眾席只有零星掌聲。

「第三代！半二郎！」

對此感到煩躁的德次大喊。

閉幕後，德次回去休息室，照例對著正由跟班花代等人卸下假髮與服裝的喜久雄說：

「少爺，太迷人了。」

才說完便見休息室一角有個陌生的西裝男子，於是說聲：

「啊，對不起。」退到入口。

「這位是三友的木下先生。」

喜久雄介紹道，德次又說聲：

「啊，真是失禮了。」在玄關台階上正坐。

過去他見過很多三友的人，但這個木下，氣質與其他人都不同。至於是哪裡又是如何不同，一般三友的人，雖是大公司的員工，還是散發著娛樂經紀人那種不夠親近，或者說重視打扮的感覺，而這名已經五十開外的男子，沒有那種氣味。

「木下先生啊，是三友的財務。」

喜久雄似乎也不認識木下，聽了介紹的德次也只能回道：

「哦，財務。」

卸下假髮和戲服之後，喜久雄渾身是汗地在木下面前坐定。大概是機會難得吧，只見直盯著喜久雄更衣的木下回過神來，說：

「白虎先生的七七還沒過，真的很不好意思。」

這個叫木下的不時偷瞄德次，德次原想離開，但看喜久雄一副希望他留下的樣子，便決定裝傻一次，坐得更近一些。

「事情是關於白虎先生在大阪的自宅。」

幸子、源吉和女傭領班阿勢他們當然仍住在那屋子裡，白虎過世後，一門弟子該如何安排等問題多如牛毛，但幸子憔悴不已，喜久雄又立刻被派去地方巡演，連商量的時間都沒有，便決定等七七納骨之後再說，因此一切原封不動。

「房子怎麼了？」

這個叫木下的遲遲不說下去，被喜久雄一催便道：

「那房子啊，其實已經給三友作為借款的抵押了。」

「哦，這件事我聽師父說過。師父說『我一死，這房子就沒了』。」

喜久雄說得悠哉。德次也曾聽他說過，白虎為了延續關西歌舞伎的香火，不惜抵押自宅舉辦巡演，平時也很捨得花錢，以符合一般大眾對大阪紅牌歌舞伎演員期待的生活水準，這正是花井白虎了不起的地方。

「所以呢，雖然七七還沒過，不好意思。」

話又回到前頭，當然不是馬上，但希望他們能在今年內搬出大阪的自宅。順便請第三代將此事轉告憔悴的幸子。

「當然，這不是我個人的意思，是上面決定的。」

「先等一下。」

為了制住大動肝火的喜久雄，德次單膝豎起，喊聲：

「少爺。」

作為提醒，喜久雄也暫且壓下怒氣。

「那麼，師父借的錢有多少？」

「這是大約的數字，一億二千萬左右。」

相較於光是說出「億」這個字就誇張地喘氣的木下：

「咦，就這樣？我還以為師父動用的錢相當於國家預算呢。」喜久雄笑了。

德次一邊覺得少爺堅強可靠，一邊也為少爺太過不知人間疾苦而暗自嘆氣。

「能不能少算一點？」

喜久雄宛如在殺價要求少個一千圓的語氣，讓木下大為慌張：

「那是不可能的，畢竟不是小數目。」

然而喜久雄卻一副事情已經談完一般，在臉上抹起冷霜。

「誰敢現在去跟師娘說要她搬出去？這種事，再冷血的人也開不了口。」

滿臉冷霜的喜久雄似乎忽然想到什麼，回頭說：

「我說，木下先生，那筆借款，能不能直接由我第三代半二郎繼承？」

「咦？」

無論是誰都不禁要驚呼，德次也慌了：

「少爺，這可不是邊塗面霜邊談的事情！」

但喜久雄心意已決：

「我說，木下先生，如何？能不能請你去跟上面的人談談？如果可以，我也是有肩膀的，什麼都肯做，要我做什麼工作我都做。」

「少、少爺！」

德次忍不住爬到兩人中間，張開雙手要阻止木下一般，接著直接轉向喜久雄：

「少爺，太亂來了。」

但他拚命阻止的這個提議，最後還是由木下帶回公司稟報。數日後，在巡演的仙台旅館接到電話，三友竟然同意了喜久雄的提議，想要簽個形式上的合約，要他在巡演途中去東京的總公司一趟。

後來才知道，喜久雄雖然小有名氣，但失去在襲名公演上大顯身手的機會，三友總公司還願意讓他接手這筆換算成現在幣值超過二億的借款，三友當然自有打算。這是因為，即使真的將大阪那幢老房子賣掉，也不可能拿回一億圓，再加上，公司也不缺錢，既然如此，不如暫時把帳記在將來還有可能翻身大紅的年輕演員身上，才有了這樣的決定。

接到三友答應的電話，喜久雄鬆了一口氣。當晚德次帶他到仙台的國分町，前往有小姐作陪的店之前，先約他去居酒屋。

「少爺，真的沒問題嗎？」再次給予忠告。

但是，一口乾掉冰啤酒的喜久雄則是感慨萬千地低聲說：

「我們受了師父多少照顧？既然是照顧過我們的人欠的錢，那就是我們欠的錢了。」

「是嗎？原來少爺認真考慮過。」

「當然啊……再說，受人照顧就是這麼一回事。同樣都是黑道出身，阿德應該也懂吧？」

如此肯定自己出身的喜久雄，不知為何讓德次感到十分驕傲。

「好！既然如此，少爺欠的錢就是我德次欠的錢。無論如何，我都會幫你。」

在煙霧瀰漫的居酒屋吧檯，大拍胸脯。

於是，東北巡演告一段落後，喜久雄為了簽繼承借款的合約而前往東京三友總公司，德次與他告別，早一步回到關西，第一個去的便是位於京都岡崎的市駒家。

這天，是綾乃幼稚園的發表會，德次已經期待許久。

他搭夜車抵達京都，直接前往市駒家。調皮依舊的綾乃一大早就在家門口與鄰居男童玩起忍者遊戲，看來綾乃是頭目，拿著之前德次用傳單幫她做的手裏劍，將敵人一一擊倒。

「小姐！」德次一喊。

「啊，是天狗！天狗來了！」

綾乃立刻為德次指派角色，德次當場表演了拿手的空翻，贏得孩子們的熱烈喝采。

「阿德，你真的趕來了？」

市駒聽到德次的聲音，從家中探頭出來。

「你一定還沒吃飯吧，我這就幫你準備早飯。」

「我穿這樣還行嗎？」

德次穿著他唯一一套西裝。

「這樣太正式了。不用打領帶。」

聽市駒這麼說，德次便卸下領帶，綾乃則在一旁眼巴巴地等待天狗復活。

「小姐，今天的發表會你們要表演什麼？」

「《大野狼和七隻小羊》，我可是主角大野狼呢！」

聽了綾乃的話，旁邊的男童笑說：

「小羊才是主角啦！」

「大野狼，一般不都是男生演嗎？」

德次問起。

「是桃子班最強的小朋友來演。那當然是我呀！」

綾乃回答得無比自信。

第九章　伽羅枕

窗外是沐浴在夏日豔陽下的隅田川，沒有風，只聽見下方首都高速公路向島線傳來的噪音。以手巾擦拭著不斷自髮間滴下的汗水：

「過了那座橋就是藏前國技館了。」

指著前方這麼說的是喜久雄，身旁荒風闔年邁的雙親踮起腳尖：

「真的欸，可以看到一點點屋頂呢。」

身後，荒風一舉抬起看來十分沉重的皮革沙發，直接要往外搬。

「荒仔，我來幫忙。」

喜久雄正要抬起另一邊的沙發腳，卻發現自己反而礙事，立刻更換任務，說：

「我去抵著門好了。」

公寓的走廊上，搬家公司的人陸續將紙箱搬上樓下的卡車，喜久雄搬著其中一個紙箱，準備和荒風一起下樓時：

「喜久，多謝了。」

荒風依舊寡言少語，但聽得出他的誠心。

「今天是演出最終日，如果你們明天再離開我就能幫忙到最後了。啊，對了，我請銀座的

『政鮨』準備了三人份的散壽司，你們搭車之前去拿，可以在車上吃。」

「嗯。」

一般這種時候都會說「不用啦，讓你這麼麻煩」，但是只「嗯」一聲才符合荒風的個性，讓喜久雄更有好感。

這位荒風，是喜久雄的麻將牌友之一，幾年前曾可望晉升大關，不巧後來傷了膝蓋，從關脇降為小結，再降為幕下[52]，不見起色，這一年一直沒有出賽，最後演變成引退。這一天，他要與前來迎接的雙親回故鄉秋田。

喜久雄與荒風初識，是俊介離家後，他前往東京拍了幾部不怎麼感興趣的電影時，因無法拒絕某位贊助人的邀約而出席慶生會，在飯店寬廣的宴會廳裡同樣孤伶伶佇在牆邊的，便是荒風。

喜愛相撲的喜久雄主動拿著啤酒靠過去，說：

「我很喜歡你的相撲手法，乾淨俐落。」

至於喜久雄為何會知道當時還是幕下力士的荒風，是因為喜愛相撲的市駒與荒風都是來自雪國秋田的金足追分。

荒風自己從沒提過半句，但從十五歲國中畢業來到東京之後，便一直備受欺凌。

本來，這個沉默寡言的雪國少年，在相撲組織裡既不懂對師兄弟阿諛奉承，也沒有機伶討好師娘，師兄弟私底下對他日日欺凌，有一次甚至把他裹在棉被裡弄得差點窒息，還叫了救護車。

即使這樣他仍然沒有逃走，就是為了相信自己、送自己來東京的父母，為了讓父母看到自己風光的模樣。不枉他專注練習，趕過了曾尿在他睡著的臉上的師兄弟，成為幕內力士。只是，好不容易來到關脇門前卻傷了膝蓋。當時是「強得讓人牙癢癢的」的「三保之湖」的獨大時代，無論對戰多少次，荒風都被三保之湖輕而易舉地扳倒，可嘆世間無情，有一陣子甚至流行以「比荒風還弱」來形容人軟弱。

喜久雄將紙箱放上卡車，回到房間，只見荒風母親正拿著抹布擦地，仔細的程度宛如兒子才剛要搬進來。

「半二郎，昨天真的很謝謝你，讓我們坐那麼好的位子看戲。」

「哪裡哪裡，下次我演出更好的角色時再請您來看。」

喜久雄一口不流利的東北方言逗笑了荒風母親，但這時她卻忽然端正坐好。

「半二郎，拓雄多虧有你照顧，真的很謝謝你。」

見她手觸榻榻米行禮，喜久雄也趕緊跪下。

「哪裡，我才是多虧了荒風關，在東京才能生活得那麼開心。」

「不是我這個做母親的誇口，那孩子雖然不起眼，但只要有他在身旁，心總能安定下來。」

「這個，我也很有體會。」

「嗯？半二郎也懂嗎？」

喜久雄對這位高興的母親點頭回答「嗯」。

看時鐘，快中午了。雖然從這裡走到明治座只要二十分鐘，但再拖下去會遲到。這個月，明治座上演的是由小野川萬菊飾演政岡、姉川鶴若飾演八汐的《伽羅先代萩》，由當代數一數二的

---

52 職業相撲選手的練習生。無薪水，需做雜工，統稱為「付人」，等級由上而下有：幕下、三段目、序二段、序之口。

立女形同台演出，喜久雄和鶴若一脈的鶴之助之輩當然不可能分到好角色，但不知他們背地裡做了什麼交易，公布角色時，鶴之助雖是配角，竟是有台詞的侍女澄江一角，反觀喜久雄分配到的，卻是本來由龍套演員飾演的群婢之一。

任誰都看得出這樣的安排明顯虧待喜久雄，但也不是說改就能改，即便有哪個富正義感的人去向鶴若抗議：

「都怪我能力不足，我也很過意不去。這時候要是丹波屋的大哥還在，一定不會沉默的。」

鶴若總是如此裝傻推託。

只不過，喜久雄雖然心有不甘，還是調整了心情，好好享受久違的東京大劇場的氣氛，而且為了就近偷學萬菊的演技，這個月天天都去劇場報到。

此時，金澤的觀光飯店宴會廳裡播放的，是錄在錄音帶裡的《藤娘》的歌曲，音源不差，但透過喇叭播放出來的聲音卻嘈雜刺耳。

再加上，打在舞台上花俏刺眼的照明燈，用的是連最不入流的舞廳都不會用的玻璃紙。儘管是地方觀光飯店的商演，喜久雄在這種場地仍毫不偷懶盡心表演的模樣，看在舞台側邊的德次眼中很是心疼。

倚身之松聲嘈嘈，緣深之春語切切

即便如此，喜久雄手持藤枝楚楚動人地跳完，會場便響起盛大的掌聲。

德次蓋上舞台側邊焚伽羅的香爐，牽著走下舞台的喜久雄的手，趕往作為休息室的房間。

「阿德，香的味道太濃了。」

走廊上都是從其他宴會會場出來抽菸的人，喜久雄低著頭邊下樓走向休息室邊說。

「這麼小的會場，一點火就整個都是煙。」

德次撥開人群帶他往前走。

「不過少爺，對不起啊。照明，活像舞廳似的，實在很糟。如果安排我們早點抵達就可以先確認了，三友總公司也真是不知變通。」

事實上，這次來金澤商演，三友三天前才告知。雖說是傍晚才上台，還是需要時間準備，喜久雄希望能提前抵達，三友卻以節省住宿費用為由拒絕。

繼承白虎的借款時，喜久雄本人確實曾說「什麼都肯做」，但只要一有空檔，三友便派他去各地進行商演，德次比喜久雄更忿忿不平。

只以薄薄的隔間屏隔開的休息室裡，德次正在幫喜久雄換裝。此時，毫不客氣地推開隔間屏探頭進來的，是這次的主辦方SUN LIFE的社長。

「第三代，好了嗎？」

「不好意思，再五分鐘就出去。」

德次答道，想趕走社長。

「沒關係，可以走了。」

換上黑紋付的喜久雄插好扇子，把嘴裡含的糖果吐在鋁製垃圾筒裡，哐啷哐啷響了一陣。

「啊，對了，第三代，今天可別像上次那樣臭臉。沒人要你賣寶石，你只要稍微讓客人開心就行了。好比讓夫人太太站在鏡子前，繞到她身後幫她戴上項鍊，這時候說一句……」

「真好看。對吧？我知道。」

對喜久雄這句話十分滿意的 SUN LIFE 社長繼續說：

「今天啊，多虧第三代，金澤的貴夫人都來了。剛才大家還在笑說，誰拒絕得了第三代的推薦，那就真的不配當女人了。所以，拜託囉。」

就要走進飯店特設的寶石展售會會場時，喜久雄忽然停下腳步：

「阿德，這裡我一個人就行了。」

要德次回去。

一想到少爺雖然若無其事，其實是不願讓自己看到他奉承富太太的樣子。

「那我去附近打小鋼珠等你吧。」

德次含淚道別。

只是，德次當然沒去打小鋼珠，他不想讓喜久雄覺得難堪，總是躲在會場的隔間屏後偷看。

從廁所的小窗看出去，大排水溝的水面搖曳著小餐館和酒吧的霓虹燈。因濃濃的威士忌加水而醉的喜久雄，正站在位於金澤鬧區的高級俱樂部廁所，就著狹小的洗臉台洗臉，打開的小窗外是令人懷念的大排水溝。

喜久雄又一次粗魯地潑水洗臉。

「和長崎春江家看出去的景色好像。」

莫名感傷起來，厭煩地看著鏡中自己喝醉的臉。

門後傳來SUN LIFE社長阿諛奉承的話聲，以及代代在此地從事不動產事業的一對夫妻低俗的笑聲。

這對蜂谷夫妻是地方名士，在飯店舉辦的寶石展售會上架子特大，而且也真的以不合理的高價買下珠寶飾品，因此說SUN LIFE的社長根本是跪倒在這對夫妻面前也不為過。展售會一結束，這對夫妻便說難得第三代來，要請他吃晚飯，所以喜久雄才會來到這家俱樂部。但這對夫妻的低俗是喜久雄特別討厭的類型，好比到了料亭：

「今天有帥哥喔！」

逢人便這麼說，簡直把喜久雄當成展售會的商品般展示給前來觀看的女侍。

即使如此，參與這類應酬已久的喜久雄已不再輕易對沒品的有錢人動氣，只是今晚心情特別沉重，有如拖了幾噸重的鉛。因為，這天傍晚他收到三友的通知，被告知一直到年底都沒有任何在歌舞伎座等大舞台的演出。

一回神，喜久雄被安排的都是些令第三代花井半二郎之名哭泣的小角色。即使如此，只要想到能和萬菊或吾妻千五郎這些江戶歌舞伎名伶同台演出，無論什麼小角色，喜久雄都比任何人更認真研究與練習。但這樣的日子過了一年、兩年，鶴若對他益發冷酷刻薄，如今第三代花井半二郎簡直是理所當然就該飾演群婢之一這類的小角色了。儘管如此，若關西歌舞伎還有市場，身為第三代花井半二郎的喜久雄再怎樣也有大角色可演，但是白虎去世後，不巧道頓堀一帶的劇場也陸續關閉，剩下的劇場清一色是有笑有淚的三友新喜劇，就連生田庄左衛門一門也將據點移到東京。

喜久雄又一次從廁所的窗戶看著大排水溝的景色。

「現在她在哪裡做些什麼呢？」

嘆了一口氣，回到吵鬧的包廂。

「啊，來了來了。看，第三代從廁所回來了。」

SUN LIFE社長拉著喜久雄的手，硬要他坐在蜂谷夫妻旁，已經醉得雙眼發直的蜂谷慫恿陪酒小姐：

「快，求第三代跳舞啊。」

喜久雄不用說，在場所有人都以為蜂谷在開玩笑，想要一笑置之。但蜂谷都喝醉了還對這種氣氛特別敏感：

「還不快點！上次弁天都在這裡表演過一段漫才！」

硬要喜久雄站起來。

連SUN LIFE社長也不得不介入：

「這實在沒辦法呀，弁天只要一支麥克風就能表演，但是要第三代跳舞，還需要三味線什麼的……」

蜂谷似乎下不了台：

「稍微跳一下就好啊。是吧？第三代，可以吧？」

執拗地抓著喜久雄的外衣硬要他站起來。蜂谷長滿手毛的手抓住的，正是喜久雄胸前的丹波屋家紋「圓中光琳根上松」。

扭曲的丹波屋家紋，不知為何竟與白虎的臉重疊在一起，與俊介的臉重疊在一起，喜久雄不禁站起來：

「幹什麼！你這個白癡！」

抓住蜂谷以髮蠟梳得油膩膩的頭髮，舉起拳頭要將那張臉打扁時：

「少爺！」

在門口附近桌位與蜂谷的部下和其他跟班一起喝酒的德次，真是飛也似的衝上來，抓住喜久雄高舉的手臂。

「這種小事不值得尊貴的半二郎動手。如果忍不下這口氣，我替少爺殺了這個大叔便是。」

在他耳邊悄聲說。

赫然回神的喜久雄放鬆高舉的手臂：

「對不起。」

低聲說了這句便離開了。

一走出店門，德次立刻追上來：

「少爺，虧你忍住了，真是了不起。」

拍著喜久雄的肩。

「什麼了不起，笑死人了。」

推開德次的手，喜久雄不禁深深嘆一口氣。

「少爺，我不是常說嗎？鶴若也好，剛才的社長也好，如果你忍不下這口氣，我隨時都可以去修理他們、幹掉他們。少爺不必做那種骯髒事。」

不知他這些話有多認真，但看著一臉正經的德次，喜久雄不知為何湧上一股笑意，說：

「就是啊，那種人，扁他一頓都不能消氣，只會讓介紹這份工作給我們的弁天難做人。」

伸手拍拍剛才被蜂谷抓皺的外衣上的家紋，坐在護欄上，從袖中取出香菸。

「我說，德次，剛才我忽然想……」

在一旁坐下的德次也抽起菸，夏夜的晚風撫過旁邊的柳樹。

「如果是俊寶的話，剛才是不是就跳了？」

「那個場面，俊寶嗎？」

喜久雄不理會驚訝的德次，似乎早有定見：

「不知道為什麼，我就是這麼想。」

「俊寶才沒有那麼軟弱。」

「我知道，我不是那個意思，我說的是自信。」

「自信？」

「我啊，就像一棵樹。」

「一棵樹？」

「對，我只是一棵樹，所以只要有人瞧不起一棵樹，我就很懊惱。可是，如果我是一座山，一棵樹被瞧不起也不會放在心上。像我，即使承襲了第三代，也仍只是一棵樹。可是，像俊寶那樣，生來就背負著丹波屋的名號，他畢竟是一座山。一這麼想，就覺得那種沒品鄉下人發酒瘋，要是俊寶一定不以為意，隨便跳個兩下就應付過去吧。」

不知德次聽懂了多少，只見他難得感傷地說：

「現在丹波屋苦難當頭，也不知道那座山在哪裡做些什麼啊。」

話說，剛才提到幾次的弁天，其實是聽德次說喜久雄沒有角色可演，別說還錢，連每個月要寄錢給人在大阪的幸子都有困難，才幫忙介紹了SUN LIFE的商演。

這陣子，弁天彷彿接替了以「孩子的爸孩子的爸孩子的爸」、「孩子的媽孩子的媽孩子的媽」流行語風靡一時的西洋和花菱師父，逐漸成為電視寵兒。

至於竄紅的契機，原本在天王寺村藝人横丁長大的弁天，從小便深諳處世之道且口齒伶俐。在某個直播的曲藝節目中，他突然中斷漫才的段子：

「啊——真是夠了，太蠢了，反正每個人還不是邊挖鼻孔邊看電視。」

在舞台上坐下，不再表演和導播說好的內容，而是把自己其實是被丟在天王寺村藝人横丁的棄兒、小時候肚子餓就把魔術師的鴿子烤來吃、安非他命中毒的漫才師引發的小火災等事情說得生動有趣。

事出突然，導播也無法阻止，弁天這段話便直接全國播映。播出後投訴電話當然多得足以讓製作人丟飯碗，但弁天真實活著的模樣卻贏得電視世代的年輕人絕大的支持，而且連時代也站在他這邊。明治大學的名教授正好在這時出版了《素人時代》這本電視論，而這本暢銷書的封面，用的正是弁天的照片，後來弁天便被當作所謂的毒舌藝人，一步步被捧為電視界的寵兒。

弁天打電話來，說他拜託導演讓喜久雄在自己也參與演出的電影裡軋一角，正好是在金澤的這一晚，喜久雄和德次在外頭喝完酒，回到飯店的時候。

接到電話的德次問起詳情，導演竟然就是清田誠。是的，正是當初妄想一攫千金的德次和弁天從北海道逃回來時認識的那位新浪潮電影的旗手。

清田誠導演的作品不算多，但後來也陸續拍出佳作，當時已經成為堪稱坎城、威尼斯影展常客的世界級巨匠了。

這次拍的據說是一部集大成的作品，名為《太陽的卡拉瓦喬》，描寫太平洋戰爭末期的沖繩之戰。目前已經確定的演員陣容，只能說導演不愧是世界級巨匠暨新浪潮的旗手，飾演男主角美軍大尉的，是當紅程度與披頭四不相上下的美國搖滾樂團主唱查理・哈德森，日軍大尉竟然請到由讀賣巨人隊引退後，以藝人身分活躍於演藝圈的前職棒選手重田敦士。

據弁天說，這部電影裡出現的日本兵當中有一個歌舞伎的女形。至於清田誠導演，不只弁天，也拍攝過德次主演的電影，這肯定是命運的安排，所以不如趁這個機會放手一搏，讓喜久雄去爭取演出機會。

德次和弁天講完電話，按捺住立刻就想告訴喜久雄的心情，自己先思考一番——這對少爺來說真的是一條好路嗎？

喜久雄因鶴若的欺壓而得不到好角色固然令人難過，但別說關西，就連東京歌舞伎座有些戲碼也是門可羅雀，令人不忍卒睹。當今歌舞伎的冷清，就連德次這個區區龍套演員都看得出來。然而現狀卻是，已是權威的吾妻千五郎和姉川鶴若等主要演員只想一再演出拿手戲碼，三友的社員也沒人敢持反對意見。

再加上，喜久雄以前曾經涉足影壇，卻被人看出無心耕耘，如今也沒有人想找他了。

德次當然深知即使情況艱難，喜久雄還是想站上歌舞伎舞台，但一直陷在這泥坑中哀聲嘆氣也不是辦法。

思考到這裡，德次走向喜久雄的房間。

德次已經可以想像喜久雄會嘆著氣說「電影啊……」，但演電影至少比在地方上出席珠寶展售會來得強。再加上，如今時代也變了，不是對方求我們去演，而是我們求對方讓我們出演，所以少爺必須有心理準備。

德次這樣自我激勵，正準備要敲喜久雄的門時：

「咦？你說什麼？」

裡頭傳出喜久雄的大聲驚呼。

德次趕緊敲門，來開門的喜久雄臉色大變：

「阿德，不得了了。洋子她……洋子上吊了……」

「咦？洋子在哪裡？」

「不知道……說她和男人一起在飯店上吊……」

德次從癱軟的喜久雄手中搶過聽筒：

「喂，我是半二郎的朋友。」

「啊，阿德！」

話筒裡傳來的是赤城洋子以前的化妝師的聲音，大概是太過慌張，對方一再重複洋子被送去的醫院名。德次先讓對方冷靜下來。

「洋子在哪裡？」

「在夏威夷，夏威夷的飯店。」

「和她一起逃走的樂手也在嗎？」

「對，伊藤先生也一起……」

「一起？一起上吊了？」

對方沒有回應，而是身後傳來喜久雄遺憾的一句：「她在搞什麼啊……」

四、五年前，因共演電影而相識後，喜久雄經常待在洋子位於赤坂的公寓，如今兩人的關係早已不再，喜久雄仍難掩震驚。

其實，赤城洋子兩年前演唱主演電影的主題曲〈月光〉，成為熱門金曲。

那時正值「糖果合唱團」和「粉紅淑女」當紅，而穿著高衩旗袍，在現場樂隊的伴奏下，以沙啞低沉的嗓音如耳語般演唱爵士風歌曲的洋子，備受熟男熟女喜愛，甚至還登上當年的紅白大賽，但緊接著便與曾吸食大麻的專屬樂團貝斯手搞失蹤，在社會上引起一陣騷動。

她當然不會與喜久雄這個以前的男人聯絡，據娛樂新聞和一些傳聞，事情似乎是從洋子想換經紀公司卻遭到經紀公司社長監禁開始，糟就糟在這個社長以前是黑道份子，洋子身陷那張大賣七十萬張的單曲版權爭奪戰，於是與當時交往的樂手把能拿的東西都拿了就遠走高飛，從此不知行蹤。

其實她失蹤後，幸子在大阪曾經接過一位女子以洋子的本名打來的電話，但不巧喜久雄人在地方巡演。

後來，失蹤案的報導沸沸揚揚，九州的辻村也來和喜久雄聯絡，說：

「那個赤城洋子曾經是喜久雄的女人，對吧？要是有什麼困難，我可以幫忙擺平。」

實際上，辻村如今是九州最大幫派之首，與關西的巨大暴力團關係良好。若去找辻村幫忙，事情或許真能圓滿解決，洋子也可能是因此而打電話想找喜久雄幫忙。

第二天早上，喜久雄接到消息說赤城洋子與樂手都撿回一命。

一夜無眠的喜久雄打開飯店窗戶，面向已經高掛空中的朝陽，不知不覺哼起洋子的暢銷曲〈月光〉。

仔細想想，若非當時出了這兩件事，喜久雄多半不會答應演出《太陽的卡拉瓦喬》。這兩件事，指的是他剛來東京時玩在一起的荒風引退，以及赤城洋子自殺未遂。

事實上，德次問起演電影的意願時，喜久雄一度回絕：

「我不想再碰電影了，我不適合。再說，去演電影豈不是正中鶴若下懷？他一定會到處說『丹波屋第三代不想再演沒人看的歌舞伎了』。」

「可是啊，少爺，再這樣下去，情況可能會更糟。不妨現在賭一把。如果電影紅了，少爺受到矚目，三友也不會再冷凍你。就算鶴若在背後動什麼手腳，也沒有經紀公司會不用當紅的演員。」

「可是……」

「我知道少爺對時裝劇沒有自信。可是，你看看這次的演員，全都不是專業的啊！美國搖滾樂歌手和那個巨人隊的重田。跟他們一起演電影，少爺的本事不可能不發光。而且啊，我實在不太想對一個演員說這種話，少爺你已經二十八歲了，一轉眼就要三十了。」

話雖如此，各位看官也知道，清田誠導演並沒有來邀請喜久雄。現在是喜久雄要靠導演親自邀請的弁天說情，請求給他演出機會。

最後，喜久雄咬緊牙根，在弁天的推薦和老相識德次的介紹下，見了清田誠導演。但導演一開口：

「歌舞伎演員，無論做什麼都很做作。」

沒頭沒腦就是這句話。

「可是，那個角色是歌舞伎的女形去當兵吧？」

見苗頭不對，德次來圓場。

「話是沒錯，可是又不是要在戰地跳《道成寺》。那角色是一個平常的、身為男人的女形，就看他能不能做作了。」

喜久雄見八成沒希望便死了心，不再說話。

雖然導演沒這麼說，但要喜久雄在人前展現平常的樣貌，對他而言實在是一大苦事。只是，就這樣談了一會兒後，導演心裡不知起了什麼變化，只見他忽然想到什麼奸計般眉毛一挑，最後說這個角色就由喜久雄來演。

既然決定了，接下來就快了。

下個月，結束世界巡迴演出的查理．哈德森來到日本，在帝國大飯店舉行了盛大的製作發表會。日本的媒體不用說，來自世界各國的記者鎂光燈閃個不停，在金光閃閃的黃金屏風前一字排開，以清田誠導演為中心，叼著雪茄的查理．哈德森、緊張的前巨人隊選手重田，以及為搞笑而穿著重田選手時代的制服的弁天，和一群大名鼎鼎的資深演員，而喜久雄也穿上紋付袴站在隊伍最旁邊。

這與眾不同的製作發表會，當然在三友總公司內也成為話題，鶴若果然說了「丹波屋第三代完全放棄歌舞伎了」這種暗中傷人的話，雖然為時已晚，卻也有人反駁似的提出為何這些年第三代少有演出的疑問。

接著，電影在幾乎要把人烤焦的盛夏沖繩小島開鏡，展開極其刻苦的拍攝。島上雖有居民，卻沒有稱得上飯店的住宿，幾乎所有工作人員都要在民宿裡睡大通鋪。

「喂喂喂，喂！要說幾次你才懂？這個女形！就是因為你的爛演技，拖垮了哈德森先生和重田先生的演技！」

怎一個慘字了得。在熱得讓人發昏的豔陽下，塵土飛揚的廣場上，軍裝男子們全身的汗水簡直都要蒸發了。為何說慘？在這股灼熱當中，不知喊過多少次「卡」的清田誠導演宛如把貓踩扁般尖銳刺耳的叫罵聲確實駭人，但更悲慘的是，現場大批工作人員與演員全都對導演痛斥喜久雄習以為常。

就連這聲「卡」，無論誰來看都是台詞對不好的哈德森和重田兩人的錯，不知為何全推給喜久雄。

導演鬧起彆扭：

「啊——夠了，不幹了不幹了！這樣是要怎麼拍？」

老樣子想鬧脾氣不拍時，製作人便會趕過來。演員和工作人員都厭煩了這種狀況。當然，一開始人人都同情飽受導演攻擊的喜久雄，但要說是習慣了還是被洗腦了，人人開始相信戲一直拍不完、耗在烈日底下不是因為導演鬧彆扭，而是根本就不存在的喜久雄的錯。這陣子，已經有人明顯將喜久雄當成問題人物，一些毫無同情心的臨時演員甚至會隨口說出：

「不會演就滾回去啊。」這種話。

更糟糕的是，喜久雄飾演的是一個身處軍隊卻擺脫不了女人味的歌舞伎女形演員，在清一色男性的環境下，在殺氣一天比一天濃烈的氣氛中，雖是演戲，但看到喜久雄扭扭捏捏的樣子，肯定讓這些男人更不耐煩。

豔陽高照的拍攝現場，唯一的帳篷陰涼處，導演向製作人抱怨個沒完，不知何處響起一聲：

「快去啊！」

聲音大得讓喜久雄聽見。

就在旁邊的哈德森和重田因顧慮喜久雄而裝作沒聽見。但人人都知道，到了這個地步，只有喜久雄去跟導演道歉——儘管他明明沒有錯——否則導演不會回來拍。

代罪羔羊。為了統率這一大群男性，需要一個活祭品，而這個活祭品就是飾演帶有女人味的男人的喜久雄。

望著腳下深深的影子，又聽到有人說：

「快去啊！」

喜久雄也知道，只要像之前那樣去跟導演道歉就行了。但不知為何，穿著古代綁腿的腳就是不動。

這是因為，之前喜久雄明知自己沒有錯，但只要想著是為了繼續拍攝，腳也就動了。但是，不知為何今天偏偏認為也許真的是自己演技太差。

「喜久，我也一起去，你就去道個歉吧。」

飾演士兵之一的弁天的聲音總算讓他抬起頭，迎接他的卻是四周如箭一般射來的視線。

「喜久……忍一下就過去了。導演也是為了拍出好電影才這麼拚命。」

「可是我都按照導演的要求做了啊！」

「我知道。可是，喜久和我們不同，是專業的演員啊，所以導演的要求才會比較高吧。」

弁天兜圈子的安慰，在令人頭暈目眩的酷熱中，喜久雄完全聽不進去。

即使如此，還是擠出力氣走向導演，這是出自他單純誠懇的心，希望讓已經努力到這個階段的電影能夠拍得更好。

來到漲紅著臉，仍大呼小叫罵個不停的導演面前站定：

「導演，對不起，是我不夠專注。」

汗珠從深深低頭行禮的喜久雄下巴叭嗒叭嗒地滴落在炙熱的地面。

「那你就不要向我道歉，去向所有人道歉啊！說你每次都演得這麼爛，拖累拍攝進度，影響大家的睡眠時間，真的很抱歉！去向在忙碌的行程中抽出時間來拍片的哈德森先生和重田先生下跪道歉啊！」

汗珠又滴滴答答從下巴滴落。

喜久雄會懊惱不是因為導演不講理，而是因為做不好自己答應接下的工作。

遲遲不動的喜久雄讓導演大光其火，按著他的頭，硬要他下跪。

對於這番不講理，喜久雄的身體抵抗著，心裡卻開始懷疑是不是自己真的不夠好，甚至覺得只要下跪，就能一掃之前的懊惱、放下勉強維持的自尊，反而輕鬆愉快。

「No……」

這時，哈德森再也受不了，吐出這一句就走了。留在現場的，是一群男人蠻不講理、不上不下、暴躁、失望、疲憊、煩悶的情緒。

最後，這天暫停拍攝。一宣布今天的部分挪到原本預定休息的第二天上午進行，處處響起顯然極為不滿的嘆息。

小島的夜晚就是靜，靜得反而讓人想對內心的不平靜塞住耳朵。

拍片期間，喜久雄住的是島上唯一的民宿，這裡十一個房間全部給清田導演和主要演員使用，只有哈德森享有特別待遇，睡在特地以渡輪運過來的露營車上。

喜久雄被分配到一樓的三坪房，就在三個人進去便無法動彈的大浴場旁邊，直到深夜都聽得到惱人的水聲。

當初，除了德次，喜久雄還帶了一名弟子與跟班花代來到島上，這在歌舞伎界根本不足為奇，但這麼一大票人在電影界，而且不是大型攝影棚，而是清田導演這種獨立電影的世界，便顯得反常。一開始大家尚有閒情逸致，流行起「第三代遊戲」，有人扮喜久雄，另一人幫他穿脫衣服、拿團扇幫他搧風、餵他喝果汁，學他們的樣子互相取笑。

只是，有閒情的時候還好，但是當有工作人員因中暑病倒、服裝乾不了而發出令人掩鼻的臭味、一連好幾晚都熱得難以入睡，又沒有可以發洩的娛樂，現場漸漸出現殺伐之氣時，玩「第三代遊戲」便是帶著火氣。製作人察覺情況不對，勸德次他們離開小島，而清田導演對喜久雄的欺壓也正好是這時候開始加劇。

喜久雄今晚也隔牆聽著從大浴場傳來的水聲，在風吹不進來的三坪榻榻米房的被窩裡空虛地翻來覆去，耳中聽到不知是誰的耳語：

「喂，三流演員，只要你辭演，一切都會很順利。」

喜久雄猛然起身。

但是，無論再怎麼側耳傾聽，都只聽到大浴場傳來的水聲。

當他明白是自己幻聽的那一瞬間，發燙的身體頓時冷汗直流。

塞住耳朵，想再次入睡，腦海中便浮現在大阪的幸子的身影，於是他又起身，以口水濡濕乾渴的喉嚨，深深感到被洗腦有多可怕。

這陣子幸子一心都在西方信教的幸田女士身上，對她言聽計從，出借自家的練習場作為祈念場。聽阿勢說，有時候也會將自宅提供給來自各方的信徒住宿，「人多的時候，連自己的寢室也讓給幸田女士那些幹部，自己去睡俊寶的床」。

這樣還多災多難，就是因為你的祈念不足——幸子對幸田這番話深信不疑。

「那根本不是師娘的問題，為什麼師娘就是不懂呢？」

一回神，不知何時浴場的水聲停了。從窗戶探頭出去，細葉榕樹之後是滿天星斗。一直到前不久，無論片場發生什麼事，這片星空都能撫慰他，但現在就連從這扇窗探出頭去都感到愁苦。

懷著沉重的心情翻了身，這回浮現在腦海的是明天預定拍攝的戲。那是喜久雄飾演的中野上等兵的重頭戲，也是最考驗演技的一場戲。當美軍即將登陸的傳聞甚囂塵上時，殺氣騰騰的兵營內，士兵們無可發洩的不安與焦慮，全都指向喜久雄所飾演的那名帶著女人味的士兵。於是，所有人圍著他起鬨，叫他「跳啊跳啊」，被剝得只剩下一條兜襠布，其後受到淒慘至極的凌虐。

「我怎麼可能辦得到。」

辦得到的自信消失了，決心要辦到的志氣也消失了，正當他不禁這樣喃喃低語的時候，外面傳來有人踩過碎石的聲音。

「誰？」

不由自主地出聲問，慢慢爬起身時，背後的紙門悄聲打開。他正想回頭，卻被濕手巾按住嘴，反射性地想逃，按住身體的手卻不只一、兩隻，這當中從外面爬窗進來的人影有一、二、三個。還沒弄清楚是怎麼回事，被捂住嘴的面前，出現了以毛巾蒙住口鼻的男人面孔。

「都是你害拍片沒有進度，大家永遠回不了家。」

酒臭味中響起男人的竊笑。下一秒，肚子狠狠挨了一下，喜久雄痛得咬緊牙根，隨著禁不住的嗚咽竄至喉嚨的胃酸味直衝鼻腔。

如果他真心想叫也許能叫出聲，真心想抵抗也許也逃得掉。只是，大阪的幸子大概也一樣吧，會落到這種地步也是自己活該——這種心情先出現了。

什麼都不要想。

在這裡的不是自己。

回過神時，自己正在房間一角雙手抱膝，看著任由別人施暴的自己。

「你那張女人臉要表現得爽一點啊！」

摀住耳朵不去聽傳來的聲音，只能怪自己不是大牌演員，才會遭受這種罪。定定地注視著那些人的髒腳踩在他為了入戲而塞了伽羅沉香的枕頭上，以及他們互相擦撞的手臂和肩膀——自始至終，發生在灑入室內的星光下的一切。

那些人忽然失去興致般離開後，喜久雄還是一直看著倒在那裡的自己。

「對不起，都是我……真的很對不起……」

對著倒在那裡望著天花板的自己這麼說。

「我不行了……不行了……」

抱著膝蓋的自己喃喃地說。

跑上地鐵的階梯，躍入德次眼中的是熱鬧繽紛的銀座夜晚，鑽過彷彿會從天而降的酒吧與小酒館招牌，走向這一陣子喜久雄愛去的「俱樂部萩」。

在林蔭大道右轉，就看到「俱樂部萩」的小弟在路上引導禮車，德次便問：

「阿茂，少爺還在嗎？」

「今天是周年派對，有樂隊現場演奏，正熱鬧呢！」

德次向悠哉豎起大姆指的小弟報以一個無力的微笑，搭著香水薰人的電梯來到店門口，門後傳出震耳欲聾的鄉村搖滾樂。輕輕打開門，只見叫了漂亮小姐作陪的喜久雄站在沙發上，比誰都投入。

「少爺……」

雖然最近夜夜笙歌，但這次連德次也愣住了。

喜久雄像變了一個人似的愛跑夜店，是拍完《太陽的卡拉瓦喬》回到東京以後的事。

德次也聽說拍片現場非常辛苦，瘦了一大圈的喜久雄剛回東京時鬱鬱寡歡，約他去夜店散心他也不肯，但有一天突然看開似的出去喝酒，之後便每天都天亮才回來，醉倒在酒店、路邊是家常便飯，錢包被偷、被不良份子纏上而臉上掛彩，有一次不知怎麼搞的，竟然差點淹死在夜晚的日比谷公園心字池裡，還好一對情侶救了他一命。

這麼一來，德次不得不更謹慎小心，但對於拍完電影在歌舞伎方面也沒有大角色可演的喜久雄要喝酒解悶，又忍不住心軟。

他還是巴望著，少爺辛苦演出的《太陽的卡拉瓦喬》上映後若獲得好評，情況或許會好轉，每天早上都向家裡的神龕祈求，今晚終於有了好消息。

硬是壓下雀躍的心情，望著在沙發上自暴自棄地與陪酒小姐跳舞的喜久雄，等到快歌結束，各自回座，因喝醉而腳步踉蹌的喜久雄由小姐們扶著要回座，這時德次走過去：

「少爺，有好消息。」

但是，抬起頭來的喜久雄大概以為德次要來帶他回去：

「幹嘛，我還不要回去！」

「我不是來接你的，是有好消息。剛才啊，電影公司通知說《太陽的卡拉瓦喬》在坎城影展得獎了！」

德次興奮得大聲說，聲音響遍店裡每一個角落。這部電影入圍坎城影展一事，電視也大肆報導。一發現就是這部電影，而演出的明星就在這裡，店內不約而同響起一陣「恭喜」的聲音。

「而且啊，得獎是因為少爺的演技呢！你看，就寫在這張傳真上：『傳統又高貴的歌舞伎女形演員，在戰爭這個極限狀態中也不過是一名小兵，赤裸裸地呈現出身為一名人類的樣貌，Mr. Hanjiro Hanai將這個角色詮釋得淋漓盡致。』吶，吶，這說的就是少爺啊！少爺的演技得到全世界的肯定了！」

德次的話又讓整家店響起「恭喜」的拍手喝采。

「少爺，總算苦盡甘來了。」

看著喜久雄盯著通知得獎的傳真的側臉，德次眼眶正要紅的下一瞬間，不知為何喜久雄卻一把捏皺那張紙：

「蠢斃了。」

聲音像是擠出來的，手中的傳真紙彷彿在痛苦掙扎。

「蠢斃了……什麼Mr. Hanjiro，什麼詮釋得淋漓盡致，那些人眼睛都瞎了。」

「少爺，怎麼了？你醉了嗎？喏，你仔細看啊，就在這裡……」

德次想將那張紙從喜久雄手中硬拉出來，喜久雄卻以抖得厲害的手抓住德次胸前的衣領。

「別說了！」

「少爺……」

認識這麼久，德次從未見過喜久雄這種表情。彷彿自己認識的喜久雄從眼前這個人當中片片碎落，德次不禁用力抓住他的肩膀。

次日，所有話題都是坎城影展金棕櫚獎，電視上反覆播送參加影展的清田導演上台領獎的片段，以及查理．哈德森在洛杉磯豪宅拍攝的祝賀短片，主角之一的前巨人隊選手重田和弁天等都處於祝賀狀態，連日上電視、廣播節目，大談拍片甘苦，其中獨獨不見喜久雄的身影。

發片商不用說，三友也認為這是個打響名號的大好機會，前來詢問他出席各媒體的意願，但喜久雄毫無生氣，這陣狂歡中，只有他一人一如往常，來回於演出小角色的劇場與自宅之間。

這段期間，德次自然也跟在他身邊，但就連遲鈍的德次也看得出喜久雄心中似乎有什麼正在一天天崩壞，一直聽到那種令人發毛的聲響。

最後喜久雄終於連粥都吃不下，身體撐不住而進了東京的醫院，就連住院也是在勉強完成當月演出的第二天。

「少爺，到底是哪裡不舒服、哪裡痛？不說出來沒有人知道啊。」

喜久雄本來就不擅長表達心情，但這次就連德次也舉白旗了。

雖然住了院，但情況不可能立刻好轉，反而因為不用上台，有更多時間面對病痛，在一旁的德次比病人自己更難受。或許是不想讓德次擔心，努力打起精神的喜久雄口中提到的，盡是兩人剛來大阪時的遙遠回憶：

「我們抵達的那天，源叔請我們吃的心齋橋的拉麵好好吃啊。你記得阿勢姨的雞肉炒飯嗎？俊寶那時候超會吃的。」

簡直就像在陪一個來日無多的病人。

來探病的三友社員也想趁著《太陽的卡拉瓦喬》當紅，說要安排喜久雄飾演戲分重的角色，但一看到病床上的喜久雄也不禁打退堂鼓，無不黯然離去。

「我說，阿德。」

某一天，德次將吃剩的午餐托盤送回廚房，回來時喜久雄嘆著氣喊他。

「如果我說想去市駒那裡住一陣子，市駒會怎麼說？」

「嗯……少爺有一陣子沒關心她們了……」

「我太自私了。」

「是啊，不過，我來問問。」

德次之所以心情沉重，當然不是心眼小地擔心最近和自己親近的綾乃會被親生父親搶走，而是他有種不祥的預感，總覺得如果喜久雄這時候回去關西，就再也走不出來了。

第十章　怪貓

雜亂的店裡並排著一張張醉客的臉，牆上貼著整排菜單：水茄、章魚燒、魷魚天婦羅。醉客的笑聲、點菜聲、吼叫聲在狹小的店內轟轟作響，其中以最大音量嫌棄道：

「大叔，這破電風扇該換一換了！就算在正下方也一點風都沒有。」

是三友的梅木常務一手提拔、目前外派至大阪大國電視的竹野。

各位看官可記得？這竹野，便是喜久雄年方二十在四國琴平巡演期間，被當時的梅木社長帶到休息室的三友新社員。

「歌舞伎都是世襲的吧？就算他們現在對你一視同仁，你最後還是會抱憾而終。」

就是說出這等狠話，和喜久雄在休息室扭打的那個人。

竹野的毒舌即使進了大阪電視圈也絲毫不改，事實上這會兒也以標準語抱怨著「熱死了、熱死了」，引起店內諸如此類的反感：

「多虧小哥一口冷冰冰的東京腔，我這裡反而涼快得很。」

「喂，誰說的！」

眼看竹野就要站起來。

「好了好了好了。」

同事松浪按住他，這時才後悔明知每每如此，自己還是答應竹野的邀請跟他出來。

「竹野，你現在還有心情跟人吵架？這次的企劃怎麼辦？已經沒時間了。」

扯著領帶硬要竹野坐下後，松浪咬了一口魷魚天婦羅。

他口中的企劃，是指現在他們兩人負責的一般民眾參加的節目，由一般民眾表演才藝。說起來是走怪奇低俗路線，像是可以同時打嗝和放屁、站在菜刀上這類的表演。

當初，竹野他們與製作單位也是向全國徵選正經的參加者，例如業餘浪曲師，或是擁有絕對音感的人，結果觀眾愛看的是打嗝和放屁，公務員演奏讓內行人也讚嘆的三味線根本沒人要看。

「我實在受夠了。上週播的極速灌牛奶，看得我好想吐。」

竹野嘆口氣，把本來要吃的明石燒放回盤子上，松浪對他說：

「沒辦法，那樣才有收視率啊。」

「你看著吧，很快電視就會沒完沒了地播起『我家貓咪會才藝』之類的東西了。」

「怎麼可能。」

「不然就是實況播出讓人白眼翻到天邊的夫婦吵架。」

「怎麼可能。」

「就是可能。就是有人愛看那種東西。這個世界就是由那種人組成的。」

「那麼貓也一樣囉！又不是貓想要表演才藝，是飼主想看牠表演才訓練出來的。」

兩人無力地笑了，根本忘記點過的蠶豆送上桌。

「啊……說到貓，我想起來了。」

松浪將一顆熱騰騰的蠶豆放進嘴裡，忽然改變話題：

「聽說有個詭異的劇團，最近很紅。我想大概是畸型秀吧，不過他們最近好像在演怪貓。」

竹野也將一顆蠶豆放進嘴裡：

「連怪貓都出現了……」

「現在在三朝溫泉公演。你這個連假去看看吧。我要回東京安撫老婆。」

「三朝不是在鳥取嗎？很遠欸。」

「你去啦。就算待在大阪，你還不是一早就去新世界那邊喝酒。」

竹野剝好的蠶豆一滑，從指尖掉落，被剛好走過來的店員一腳踩扁。

在氡溫泉散發的濃濃蒸氣中，竹野光著身子躺在竹墊上，伸了一個大懶腰以化解長途旅行的疲累。這是個活像地下洞窟的浴場，熱熱的水滴從天花板滴滴答答落在肚子上。

就像旅館老闆說的，在這裡搓揉皮膚，隨便搓都滿手垢，雖然竹野一直熬夜連澡都沒洗，但自己竟然這麼髒也實在令人驚訝。

洗完氡溫泉，喝了地酒吃了簡單晚餐，竹野便前往三朝這個小溫泉鄉的劇院，雖說是劇院，其實只是個擠進五十人便要站著看的小戲樓，據說最近客人也看膩了徐娘半老的脫衣舞孃，以放映色情片的日子居多。

即使如此，畢竟是週末的溫泉街，微醺的竹野穿著浴衣來到石板路上，從各旅館、飯店裡出來吹吹晚風的人也不算少。他對紀念品店和遊樂場視而不見，轉進小巷，在一看便充滿低俗淫猥之氣的小屋前，掛著一整排粉紅色燈泡。

當地的小孩子還在路上玩，對著經過的大人「啊哈、嗯哼」地模仿脫衣舞孃，竹野用力摸摸這些孩子的頭，在櫃台買了很便宜的票，接過油印的傳單，上面寫著：

本日節目
上半場：有馬貓騷動，正統歌舞伎怪貓傳說
下半場：現場演奏勁歌熱舞，妙齡女子性感魔術&脫衣秀

穿過棉絨做的沉重布幕入場，裡面還挺熱鬧，前排幾個已經醉了的男人喝著杯裝清酒，其他座位上看似員工旅行的團客正拿著團扇期待開演。

竹野在最後一排坐下，打開罐裝啤酒的瞬間，沉重的蜂鳴聲響起，觀眾席變暗，嘈雜聲如退潮般散去，突然被強力照明燈打亮的小舞台上，站著被老女岩波與一群奧女中[53]包圍的藤娘[54]，化妝的白粉、口紅、和服、假髮，眼中所見的一切之廉價，在強力照明中無所遁形。

傳單上強打「正統歌舞伎」，一開場卻是不堪入目的鄉下土戲班。這一幕，是老女岩波等人誘使藤娘所養的貓去咬將軍夫人再嫁禍給藤娘，奧女中等人就是男扮女裝充當女形，就連竹野也一看就倒胃。

即使如此，舞台上的戲仍然繼續，在誇張的音效中，抽出短刀的老女岩波等人圍住藤娘，儘管「哈！」、「咿呀！」、「喝！」等吆喝聲疲軟無力，最終仍將東奔西逃的藤娘折磨到死，岩波等人在高聲奸笑中離開舞台。

「看樣子，這一趟旅費是白花了。」

拿著魷魚的竹野不禁低聲這麼說，下一瞬間：

侍女阿仲從舞台右側跑到倒在台上的藤娘身邊，那模樣不知為何讓竹野準備啃魷魚的手停了下來。

既不是侍女阿仲的化妝特別出色，也不是只有她穿戴精美的舞台裝和假髮，但不知為何她一出現，台上的氣氛頓時緊繃。不單是竹野這麼覺得，其他觀眾似乎也一樣，還有人無意識地探身向前。

這一幕是藤娘所養的貓不甘主人冤死，附身於侍女阿仲的場面，噔咯噔、噔咯噔、噔咯噔地，彈奏獨特曲調的三味線，以及咚隆作響的太鼓聲中，飾演女侍阿仲的演員怒目掃視觀眾席，即將演出化身怪貓的快速變裝。

變裝的那瞬間，所有聲響從觀眾席上消失，繼之而起的是如沸的掌聲，而且不是大劇場禮貌式的那種掌聲，是真正忘我的喝采。

如此絕妙的快速換裝，恐怕是演員在哭倒之際，以事先沾在雙手指尖上的數色油彩化出怪貓的妝，在含恨而起的同時，脫下侍女的和服，變身為駭人的怪貓。

噔咯噔、噔咯噔、噔咯噔。

隨著三味線獨特的曲調，怪貓在舞台上翻滾打跌，然而並非只是模仿貓的動作，之中也令人窺見美女的樣貌。

竹野自進入三友以來，雖一直抱怨無聊，卻也跟著梅木看了不少歌舞伎，眼光比一般觀眾來

53 江戶時代起將軍的側室及各女官。
54 歌舞伎裡身穿藤花服飾、挑著紫藤起舞的美人。

得銳利。就連這樣的竹野來看，都宛如怪貓與女子兩人同時在那裡跳舞，簡直像是以線操控一般，怪貓一招手，剛才逃走的老女岩波便被線纏著拖回舞台。

劇情來到這裡，舞台上氣氛更加濃烈，明知不可能有空調，卻感覺到一股令人打顫的寒意從舞台吹向觀眾席。

噔咯噔、噔咯噔、噔咯噔。噔咯噔、噔咯噔、噔咯噔。

怪貓隨心所欲地操控著將主人折磨至死的老女岩波的身體，展開復仇，岩波在地上滾動掙扎，蓬頭亂髮，一時跌倒，一時站起，最後被倒吊。那舞台上，沒有自然界的常識，超越信與不信的層次，只有怪貓的妖術，彷彿只要稍一大意，連在台下看戲的自己也會被濃烈的恨意吞噬。

被表演緊緊吸住的竹野幾乎忘了呼吸，才在渾身哆嗦中回神，又不禁為自己剛才究竟看了什麼而滿腦子混亂。是真的在脫衣舞場子看到鄉下野台戲？還是在山陰的溫泉鄉出現了幻影？總之先讓心情平靜下來再說——這麼想著把啤酒拿到嘴邊，卻發現手在發抖，連自己都覺得奇怪。

另一方面，舞台上風格一變，各色氣球滾動中，身穿紅色緊身韻律服的女子笑咪咪地表演起魔術，但幾乎所有觀眾都還因剛才的怪貓還沒回魂。

就在這時，竹野忽然靈光一閃，真真切切感覺到自己在這裡發現了驚人至寶。

這樣的才華不應該只出現在業餘人士的電視節目裡。

不知不覺，竹野已經來到場外，將頭探進已拉起窗簾的售票口出聲一叫，燈立刻亮了，來了一個看樣子就是個落魄老鴇的女人。

「我想去後台打聲招呼，要從哪裡進去？」

「還後台呢，這位先生……」

要笑不笑的女人說：「從這裡進去。」

打開旁邊的門，告訴竹野那道門簾後面就是了。

竹野道了謝穿過門簾，有一片確實很難說是後台的硬泥地，鋪著草席，演員們正在卸妝。此時，在最靠近的鏡台前卸妝的男子與竹野對上眼，他確實就是剛才飾演怪貓的人沒錯，但下一秒，竹野倒抽了一口氣。

正好就在這時：

「阿俊。」

裡面的房間傳來一個女人的聲音喊道。

海岸邊的松林後方，若狹的海水浴場在強烈的夏日陽光下閃耀。

捷豹敞篷跑車在海風中疾馳，喜久雄握著方向盤，副駕駛座上的綾乃迫不及待地朝海的方向探出身子。

「要是媽媽也來就好了！」

聲音被風切碎。

「藝伎不能曬黑啊！」

喜久雄也扯著嗓子回應。

「那爸爸也不行啊！」

「為什麼？」

「因為，曬黑的歌舞伎演員不迷人！」

俊介在三朝溫泉被找到的前一年夏天，身心俱疲的喜久雄從東京回到京都，市駒一句話都沒問，而是為回來的喜久雄做了新浴衣。

以前總是幾天就消失的父親格外長期停留，綾乃一開始也不習慣，但習慣之後，平常雖然沒有在一起，卻畢竟是父女：

「爸爸！爸爸！」

明明沒事，也以左鄰右舍都聽得到的聲音撒嬌，帶著喜久雄到租屋處旁的神社，要他陪著玩躲避球、滑直排輪直到天黑。

而喜久雄也在與女兒過著這樣平凡的日子當中，漸漸趕走了鬱悶，對於為他安排了這樣平凡一天的市駒，也漸漸恢復初遇時的感情。

「爸爸，便當是要在沙灘上吃的吧？」

「便當爸爸拿著，綾乃先去換泳衣吧？」

「啊——又來了，爸爸又像東京人那樣講話。」

「沒辦法啊，爸爸在東京工作嘛。」

綾乃皺起眉頭，一副認為喜久雄誇張的東京腔很不搭調的模樣。

在海邊小屋租了休閒椅和陽傘，來到平日空曠的沙灘上，小屋內幾位幫忙準備東西的少年怯怯地問能不能看看跑車，喜久雄說如果肯幫忙洗車，還可以讓他們在停車場裡試車，大方將鑰匙交給他們，目送他們高興得蹦蹦跳跳地離開。

「來，綾乃，我們去游泳吧。」

喜久雄抱起綾乃跑向海，直接撲倒般跳進海裡。

綾乃大叫，父女兩人被海浪推擠著，「噗哈」一聲同時抬起頭來，對著在半空中照耀的太陽，不知為何笑了出來。

「好冰！」

「吶，爸爸，這次你會待到什麼時候？」

「怎麼這麼問？」

「沒什麼。」

「一直待下去好了。」

原以為綾乃會很高興，卻見她的神色有點憂鬱。

「怎麼啦？你不想要爸爸待在這裡？」

「唔——」

「唔——是什麼意思？」

「爸爸在這裡當然好，只是……」

「只是什麼？」

「阿德啊……爸爸在家，他就不能來了。我覺得阿德會很想我。」

「爸爸在，阿德也可以來啊。」

「不不不，阿德會不好意思吧？」

喜久雄不禁對綾乃這副小大人的語氣笑了出來。

當晚德次便來了，綾乃似乎以為是喜久雄為了自己叫他來的，興沖沖地說晚上要做飯給大家吃，向附近的魚鋪借了大木盆做了色彩鮮豔的散壽司。

大概是大家都在所以特別開心，綾乃一直到很晚都很興奮，加上白天海邊玩水的疲累，像是斷電一般在起居室的榻榻米上睡著了。德次將酒杯裡的葡萄酒換成白蘭地，拿了蚊香找喜久雄到簷廊坐，喜久雄在杯裡放了兩、三塊碎冰，來到小小的院子，對著腳底木屐涼涼的觸感說：

「夏天也要結束了啊。」

抬頭看向夜空。

「少爺，你臉色真好。」

「是嗎？」

聽到德次這麼說，喜久雄開心地回頭：

「對了，綾乃很擔心你，說不知道阿德有沒有好對象。」

說著在簷廊坐下，搶過德次手中的團扇，只聽德次說：

「哦，小姐這麼說？」

一臉感動地望著熟睡的綾乃。

「所以，我才替你說了，我們阿德啊，換女人比換衣服還快。」

「少爺就別替我多嘴了。」

「這是實話啊！」

「實話歸實話，又不是小孩能聽的。」

慌張不已的德次看著好笑，喜久雄揚聲笑了，而市駒像是被那笑聲誘來一般，在冰桶裡裝了新的碎冰從廚房過來。

「好啦，都整理好了。今晚也讓我和你們一起喝一杯。」

遞出自己的酒杯，喜久雄幫她倒了白蘭地。

「在說什麼？這麼開心。」

「就是呢，綾乃擔心阿德娶不到老婆。」

喜久雄鬧著說。

「不只綾乃擔心。」

市駒也參戰。

「不過，大家都說阿德溫柔體貼，人人搶著要呢。我們藝伎圈裡也有很多阿德迷。」

「哦，原來阿德桃花這麼旺啊？」

喜久雄大為吃驚，一副不相信的樣子。

「下了舞台，我可是不輸少爺的喔。」

德次高聲笑了。

喜久雄也跟著笑了，杯裡的冰塊輕聲融化。

「我差不多該回東京了。」

他低聲這麼說，深知就算回去也沒有機會上歌舞伎舞台的兩人不知該如何回應。

「在這裡住了一陣子，頭腦和身體好像都回春了。該怎麼說呢，就像剛去大阪，和俊寶兩人向師父學習的那時，看到的、做的，沒有一件事情不新鮮。好喜歡好喜歡歌舞伎，學舞、練習都有趣得不得了，我現在的心情就和那時一樣……大概，都是因為有綾乃和你。」

說著說著難為情起來，喜久雄故意避開市駒的視線。

「可是，也不必這麼急呀。」

市駒擔心道。

「不會的，我已經沒事了。回頭想想，和俊寶一起拚命學藝的時候，我從來沒想過能站上歌舞伎的舞台，更不要說繼承第三代半二郎了。可是，越學就越愛歌舞伎。現在回想起來，連自己都很訝異那時候的無欲無求，現在我又有了同樣的心情。」

德次看出喜久雄的決心無可動搖，俐落地為三人的酒杯添了酒。

「那就來乾杯吧，為少爺的第二段演員人生乾杯。不過，少爺，我要先提醒你，這次的開始不會像上一次那麼簡單。歌舞伎座的大舞台，搞不好比那時更加遙遠。」

面對德次正經的眼神，喜久雄回應：

「我早有覺悟，因為我實在太愛歌舞伎了。」

市駒拿起酒杯，往喜久雄的酒杯輕輕碰杯。

特急列車離開福岡的小倉站，剛經過大分的中津站，一路駛往溫泉鄉別府。

不久前窗外還是一片徜徉在陽光下的周防灘，不知何時已經離開海岸線，正切過一片綠油油的稻田。

正值午餐時間，打開在小倉站買的雞肉炊飯便當，殷勤地放在小野川萬菊面前的，是三友的竹野。

「要不要我去買個果汁？推車小姐剛才還在旁邊走來走去，想買東西的時候卻偏偏不來。」

竹野起身東張西望。

「哎，稍安勿躁。」

萬菊唸了他，拿起小小的便當盒。

竹野坐回萬菊身旁的椅子上，也準備打開便當，忽然看起自己的手。

竹野之前一直對歌舞伎不感興趣，但此刻身旁是絕代立女形，本應令人緊張萬分的萬菊丈[55]，然而竹野卻認為，一旦卸了妝，「不過是個瘦瘦小小的大叔嘛」。只不過，萬菊拿起便當的手，卻大得與瘦小的大叔形象不合，彷彿只有那雙手是個彪形大漢。

萬菊至今單身，外界對他的性傾向自然有許多傳聞，但接待這些女形時，竹野總是告訴自己「當對方是個醜女」，如此一來，至少是以對女士的態度相待，不至於失禮，同時也能減輕生理上的厭惡。

當然，這次竹野一樣殷勤周到，但他的想法似乎被萬菊看穿，害他拿不出平常的水準，不禁手忙腳亂起來。

話說，這兩人之所以搭乘前往別府的特急列車，是出自竹野的算計——要讓萬菊看看意外在山陰的溫泉街看到的俊介的表演。

竹野當然是三友的一員，但目前外派至大阪的電視台，以他的身分是請不動萬菊的，因此他先找了梅木，說失蹤的丹波屋少主在小劇團裡，力陳自己在那裡看到的演出多麼精彩，深受感動：「丹波屋的少主連第三代半二郎之名都被部屋子搶去，失意落魄到去演怪奇秀，他如果能在舞台上成功復出，一定會造成轟動，而將這件事從頭到尾做成電視特集，也許會帶起一大風潮。」

55「丈」字緊接在歌舞伎演員名後，表示敬意。

竹野說得口沫橫飛，靜靜聽著的梅木最後吐出的是：

「是嗎……太好了，他還活著啊。」

然後說：

「好吧。既然如此，你去試試看。只要有我使得上力的地方，我也會幫忙。」

給了這個機密企劃通關令。

於是，竹野殫精竭慮，從公寓充斥汗臭味的被窩到道頓堀吵嚷的串炸店吧檯，思考出來的復出劇，便是以小野川萬菊這個大後盾，讓俊介站上正統舞台，向世人證明俊介才是本流本家。

此時，竹野腦中的劇本，是將搶走第三代半二郎之名的喜久雄塑造成徹頭徹尾的壞蛋，來引起只求簡單易懂的世人的關注。

事實上，在梅木的引介下，他先去向萬菊打招呼時：

「是嗎……丹波屋的半彌，果然死不了啊。」

萬菊感慨萬千地喃喃低語後：

「那好，我去見他。」

接下了這個重責大任。

竹野在別府最大飯店的大廳等待，萬菊比預定的時間還早下樓。

「您去泡過屋頂的露天溫泉了嗎？」

竹野隨口問道。

「丹波屋的半彌不知道我們今晚會來吧？」

萬菊卻對主題之外的事情不感興趣。

「不知道，我沒說。應該說，他連我是誰都不知道。以前我曾和他打過一次招呼，但他好像不記得我，我也騙他說我是『自由記者』……」

事實上，竹野前去表達對表演的感動時，俊介還特地拉攏浴衣的衣襟，深深低頭致謝。

那一瞬間，竹野腦中便起了這次復出劇的主意，判斷當下最好不要隨便行動，只打過招呼就趕回大阪了。

載著竹野和萬菊的計程車從別府的中心區北上，停在鐵輪溫泉碎石板小路的一家小戲樓前。萬菊下了車，視線閃過到處張貼的情色獵奇公演海報，抬頭看在硫磺味的晚風中拍打的老舊立旗。

一群看似員工旅遊的人穿著浴衣站在入口：

「等等要是有現場性愛秀，由我出馬。」

年輕男子說著這種話逗同事笑。

跟在這群人之後進了劇場，觀眾席大致滿了，不巧沒有兩個連座的空位，於是竹野先讓萬菊坐在舞台正面的單一空位，自己再到能夠看清楚萬菊面孔的牆邊站定。低沉的蜂鳴聲中，觀眾席同時熄燈。

開幕了，小小的舞台上立刻上演的，是竹野上次在三朝溫泉的劇場看的《有馬貓騷動》，欺負貓飼主藤娘的老女岩波等人的鄉下野台戲，讓萬菊的神情因痛苦而越來越扭曲。

忍耐一下——竹野在心中暗自祈禱，但天不從人願，醉客們竟對著鄉下劇團起鬨，喊起「千萬名伶！萬人迷！」。竹野拚命按捺著想大吼「給我住嘴」的衝動。

即使如此，笨拙的打鬥戲一結束，萬菊也沉住了氣，拿扇子搧著風，靜靜注視舞台。

接著便是稍後將化身為怪貓的女侍阿仲現身。觀眾席弛緩鬆散的氣氛，和上次一樣為之一繃，劇場裡的時間靜止了。

噔咯噔、噔咯噔、噔咯噔。

曲調獨特的三味線，咚隆咚隆作響的太鼓。

侍女阿仲瞪眼環視鴉雀無聲的觀眾席，即將展現令人屏息的快速變身。

竹野將忍不住盯著舞台的視線轉回萬菊身上。

只見萬菊搧著的扇子已停，一雙眼睛睜得斗大，死盯著舞台上的怪貓，不，俊介。

噔咯噔、噔咯噔、噔咯噔。

噔咯噔、噔咯噔、噔咯噔。

舞台上，怪貓對折磨死主人的老女岩波展開復仇，操控老女岩波，讓她在地上痛苦掙扎。牠動作扎實，若沒有日本舞的基礎絕對做不到。

注視著舞台的萬菊的那雙大手，便在此時像模擬怪貓之舞般動了起來，簡直連萬菊都被附身一般，在觀眾席上揮手、擺頭，有時瞪視四周，渾然忘我地舞著。

舞台上的俊介，以及觀眾席中的萬菊，只有自己注意到這兩人正隔空同台演出——一這麼想，竹野全身瞬間起了雞皮疙瘩。

將觀眾的意識連根攫走般驚心動魄的表演結束，幕落下，緊接著，靜悄悄的觀眾席突然爆出如雷掌聲。在座人人如墜夢中，無法理解自己剛才看了什麼。

在遲遲不停歇的掌聲中，竹野跑到萬菊身邊將他帶到外面，問感想未免太不識相，便默默望著他的表情，只見萬菊也靜靜點頭。

「到休息室去吧。」

劇場裡仍響個不停的掌聲，傳到老溫泉鄉的巷中。

繞到後門一叫，劇團的年輕人說休息室在裡面，並為他們帶路。走廊牆上整片都是來當地表演的紅牌脫衣舞孃的照片。

走廊深處，硬泥地過去有個榻榻米小室，幾名演員正背對著面向鏡台。其中一人，在燈泡下整身汗水淋漓，如假包換，正是俊介。

「不好意思。」

聽竹野這樣一喊，他回過頭，那雙眼睛正好看到萬菊。但他的眼睛看的彷彿是某個更遙遠的人而非萬菊，接著是一段非常長的沉默。先開口的是萬菊：

「我要代替丹波屋的大哥，先向你道謝，真心感謝你活了下來。」

俊介盯著萬菊輕輕併攏的手指。

「剛才的表演，我仔細看了。你……恨透歌舞伎了吧？」

剎那間，俊介的視線晃了一下。

「可是，恨也罷，再恨也要跳。即使再恨，我們演員還是每天都要上台。」

萬菊如此熱切而發顫的聲音，竹野還是第一次聽到。

「阿德，快點！你在幹嘛！」

喜久雄在停在自家公寓門口的車上催著馬達，一個人窮著急，不耐煩地等著剛才明明已經坐進副駕駛座，卻又喊著「啊，忘了東西！」跑回屋裡的德次。

這時德次快速回到副駕駛座。還以為他忘了什麼，只見他從手上的包袱巾裡：

「師父一定是最想他的。」

取出喜久雄分到的白虎牌位。

「也對。」

喜久雄低聲說，踩了油門。

接到三友總公司說「找到俊介了」的通知是短短一小時前，據說竟是三友一個姓竹野的員工碰巧找到的，和他一起的春江也平安無事。雖然事出突然，但今天傍晚俊介預定會到三友總公司商量今後的事宜，幸子人在大阪不可能趕到，便問在東京的喜久雄能不能去見一面。

「十年了。」

在大馬路的紅燈前停下，副駕駛座的德次冒出這一句。

「這麼長一段時間，總不能笑著說聲『俊寶，歡迎回來！』就好。再說，越想越覺得，少爺一直只能演這種小角色，還不都是因為俊寶跑掉造成的。如果那時候，俊寶咬牙忍著留下來，很多事情就可以兩個人一起克服了。」

喜久雄感受到德次的視線，但無話可回，望著遲遲不變的紅燈：

改變了話題。

「聽說找到他的，是竹野那傢伙。」

「以前我還跟他打過一架。我記得是在琴平吧？我和俊寶一起跳《道成寺》的時候。那時實在看他不順眼，不過，這次就算一筆勾銷了。」

車子穿過塞車車陣抵達三友總公司時，已經快到約定的時間。從地下停車場搭電梯抵達指定會客室的樓層，便看到竹野等好幾個人在走廊上。喜久雄向注意到他們到了而走過來的竹野問道：

「俊寶……不，俊介呢？」

「在房裡。」

聽竹野這麼說，喜久雄和德次準備進去。

「那個，他說能不能先單獨見第三代……」

喜久雄便從德次手中接過包著牌位的包袱，但一走到門前，這十年的千頭萬緒湧上心頭，卻沒有一個具體。

「請。」

竹野這麼說，喜久雄緩緩打開門，正從大大的窗戶俯視銀座街頭的俊介就這麼低著頭轉身。身後的門關上的那一剎那，喜久雄不禁對抬起頭來的俊介喊道：

「俊寶……」

就此說不出話。

「喜久……真的很謝謝你。爸爸、媽媽，多虧你照顧了。真的很多很多事都謝謝你。」

俊介也同樣再也說不出話。

十年來的種種又在心頭沸騰，喜久雄胸口發燙，滿心苦澀，卻又覺得一定要對這樣道謝的俊介說些什麼，但想得到的話都不足以表達此刻的心情。

下一瞬間，喜久雄不由自主地走向俊介，在他眼前站定：

「你遲到了，演員怎麼能讓表演開天窗呢？」

才說完，便一把抓住俊介的頭，在額頭上使勁彈了一下。

「總覺得見到俊寶，就安心多了。」

在駛離三友總公司的車上，德次感慨萬千地低聲說。

「還以為他會變得更多，少爺你說是不是？俊寶跟以前一樣一點都沒變。」

嘴上這麼說，德次卻以刺探的眼神看過來，喜久雄邊打方向盤邊回答：

「是啊，還是老樣子。」

但二十歲到三十歲，男人不可能不變，而變的若只是符合年齡的外表也就罷了，剛才重逢的俊介除了外表上的變化，說起來就好像二十歲時會笑的事情，現在再也笑不出來，明明還是互拍彼此的肩，力道卻不同，就是有那麼一絲冷漠。

「啊，對了，我要在這裡下車。」

燈號一轉紅，德次便這麼說，車子還沒停好就要開車門。

「等一下，很危險！」

還來不及阻止，德次就下了車，從眼前的斑馬線過了馬路。

與喜久雄他們一起度過短短十五分鐘左右的重逢後，俊介馬上又被竹野等人帶走，告別之際，俊介說他和春江一起住在三友幫他們準備的帝國大飯店，如果喜久雄等等有空能不能去探望春江一下，他已經事先跟她說過了。

除此之外，俊介總不能對帶春江出走之事向他道歉，也不能說「誰叫你靠不住」這樣責怪喜久雄，只是垂眼說：

「有孩子了。」

德次識相地下車之後，喜久雄將車交給飯店小弟走進大廳。走向櫃台時，通往二樓的紅毯階梯上，一個放男童在一旁玩耍的母親一直朝這邊看。

四目相對的兩人之間是一座大花台，似乎是想要提早醞釀賞月的氣氛，模擬野外般插了大量的芒草。

芒草後頭，牽著想爬階梯扶手的男童，一直朝這邊看的確實是如假包換的春江。但她和剛才外表與往日相差無幾的俊介不同，簡直判若兩人，一個活色生香的陌生女子站在那裡。

「喜久……」

春江先出聲，喜久雄勉強對她微微點頭，繞過一片芒草走過去，男童愣愣地抬頭看他。

「弟弟，你幾歲？」

喜久雄問。

「快三歲了。」

春江摸著男童的頭說。

「那……就不是我的孩子了。」

喜久雄笑了笑，春江也微微點頭，露出令人懷念的動人笑容。

「喜久的努力，我們都遠遠看著。」

「那不算什麼，你和俊寶才是兩個人一直努力過來。」

男童又要去爬樓梯的扶手，喜久雄便抱起他小小的身軀：

「弟弟，你叫什麼名字？」

「大、垣、一、豐！」

童音響徹整個大廳。

「一豐？怎麼寫？」

喜久雄問，春江用手指在半空中描繪：

「數字的『一』，從公公的名字借了『豐』，一豐。」

喜久雄把臉湊到男童面前：

「好棒的名字……是個很棒的女形的名字。」

用力抱緊不願被抱住的男童。

德次一直拿吸管戳著冰淇淋，讓玻璃杯裡的東西變成一看就知道會甜死人的哈密瓜蘇打。

「阿德，不喝幹嘛點這個？」

不知他有沒有聽見喜久雄如此厭煩的聲音。

「少爺，後來你有再跟俊寶見面嗎？」

「後來？」

「上次我們三個不是在銀座喝酒嗎？」

「哦，之後沒有。」

「為什麼？」

「為什麼……又不能像以前那樣每天都說『俊寶，一起去玩吧』。」

「說的也是。總覺得，連我都混亂了。像上次見面，也熱絡不起來。」

俊介回來還不到兩週，但若三友總公司那次見面不算，這當中喜久雄只見了俊介兩次，兩週見面兩次不算少，但俊介失蹤之前他們像兄弟一樣生活在同一個屋簷下，這短短幾天的空白讓人感到陌生，喜久雄也不例外。

這兩週當中，俊介帶著春江去大阪見幸子，他們在那裡說了什麼不得而知，但俊介就此將春江和兒子一豐留在大阪的家，可知之前失魂落魄的幸子有多高興。

其間，似乎也談了喜久雄一肩挑起的債務，前幾天和德次三人相隔十年一起去喝酒時，俊介突然正經八百地低頭行禮，說等時機到了他一定會接手，請再給他一點時間。

「是我自己願意的，你就讓我擔下吧。」

喜久雄一笑置之，但俊介還是不肯抬起頭，德次看不下去，便說：

「錢的事下次再說吧。」

把場子圓過去。

說到錢，儘管大家都知道歌舞伎演員的經濟狀況乏善可陳，但這會兒還是想談談當時丹波屋的情形。首先，喜久雄擔下的一億兩千萬圓借款不僅沒有減少，還每個月增加，這是因為，丹波屋從白虎時代便有三名徒弟，分別以花井半藏、友勘、崎之助之名上台，支付這些師兄弟薪水是繼承了第三代的喜久雄的義務。再加上，大阪的家除了幸子，還有源吉和阿勢，以及喜久雄身邊的德次和跟班花代。

也不知是幸還是不幸，《太陽的卡拉瓦喬》獲獎之後，鶴若對喜久雄讓人看不下去的欺凌，三友總公司也稍稍有所反應，最近給了還可以的角色，雖然仍是小角色。除此之外，無論喜久雄再怎麼跑地方商演，所謂杯水車薪，滄海一粟，向三友預支的薪資越滾越多，遇到逢年過節開銷更大，到了真的不行的時候，只能拜託後援會的地下會長辻村。當然喜久雄不會主動談錢，但只要在九州商演回程時去辻村的辦公室打招呼，一頓美酒佳肴之後：

「喏，拿去。」

辻村便會一句也不問地遞給他一個裝滿成綑紙鈔的紙袋。

白虎過世後，丹波屋的體面便是靠這樣勉強維持。「拿黑道的錢不如減少弟子和跟班」固然是再正當合理不過的意見，然而：

「別傻了，他們可是幾十年來為歌舞伎而活的龍套演員。以前師父就常說，他們那一層累積得越厚，演出就越有深度。」

喜久雄以此反駁，對其他人的話一概不聽，一直捉襟見肘，勉強度日。

就在德次唏哩呼嚕喝完冰淇淋融化的哈密瓜蘇打時，花代為了找喜久雄他們而跑進店裡，在桌上攤開三友傳來的定期傳真。

「幹嘛特地拿這個過來？」

「上面寫俊介先生要在下次的明治座公演復出，所以我想早點拿來給少主看。」

仔細一看，下下個月的表演項目確實改了，白天的戲碼是《加賀見山舊錦繪》，這是嫉妒與權謀交織的大奧[56]戲碼，俊介一回來便飾演飽受欺凌的奧御殿忠老尾上，而萬菊竟退居配角，飾演當權的岩藤，對俊介極盡欺侮之能事。

「咦，咦？那個萬菊先生要演岩藤？不是尾上？」

不禁破音的德次接著說：

「可是……雖然是萬菊先生自己辦的公演，這樣行嗎？俊寶有十年的空白欸？當然，他在小劇團裡到處演出或許已經身經百戰，可是會不會太亂來了？」

「不過，這樣計畫的是萬菊先生。他是個小心謹慎的人，我想他是仔細評估過現在的俊寶有多少能耐，才下這個判斷。」

德次對喜久雄冷靜的分析還是一副無法接受的樣子。

「就算真是這樣，還是很氣人……越想越氣，難道不是嗎？最後，這個圈子在意的還是血統嘛！血統比什麼都重要。我當然不是說俊寶不好，可是，看到拚死拚活幹了十年的少爺，和一不爽就逃家然後又突然回來的俊寶受到的待遇，誰都會這麼想。」

喜久雄雖然想否認德次咒罵似的這番話，但不知為何，這些話卻也深入喜久雄的心。

現在要是開口說話，肯定會語多怨言，喜久雄只能以無力的聲音招呼準備回去的花代：

「吃個蒙布朗再走吧。」

過了一陣子，有一次表演結束後，喜久雄正在休息室卸妝時，俊介翩然來訪。

這個月，喜久雄受邀演出吾妻千五郎一團上演的《籠釣瓶花街醉醒》，當然不可能是主角，但好歹也是與萬菊飾演的遊女八橋同台的遊女七越。

在東京，不同於一人、或與白虎兩人共享寬敞休息室的大阪時代，喜久雄通常是三人或四人一間，視演出戲碼與陣容，大名鼎鼎的第三代半二郎被塞進七、八人的房間也不奇怪。

56　江戶時代幕府將軍的生母、子女、正室、側室及各女官在江戶城的住處。

「喜久，在嗎？」

鏡台裡出現穿過門簾的俊介對多人房略顯驚訝的臉，不知為何喜久雄也一副又是抱歉、又是難為情的模樣：

「進來進來，怎麼突然來了？」慌張起來。

「抱歉啊，你打了好幾次電話我都沒回。」

俊介道歉道。

「你一定很忙，我的都是閒事，只是想說偶爾去喝一杯。」

「我把春江他們留在大阪，在這邊打點住的地方還有其他小事。」

「房子找在哪裡？我幫你搬家。」

「透過三友的人介紹，在代代木租了一間小房子。」

「是嗎？如果離我家更近一點就好了。」

俊介說他會來劇場，是因為待會兒要去上面的練習場接受萬菊的親自指導，喜久雄特地拿出坐墊請他坐，他沒有坐，很快便離開了。原以為日子過去俊介的生分就會消減，沒想到反而與日俱增，喜久雄對著鏡子卸妝，發現自己非常羨慕俊介有萬菊親自指導。

俊介回來之後，兩人當然有機會獨處，只是無論再怎麼等，俊介都絕口不提這十年他在哪裡、怎麼過的，於是喜久雄主動製造機會，告訴他白虎臨終那陣子的情況，然而俊介也只是一直道歉說「真對不起，多虧有你照顧」。這也是必然，十多歲那時的親近已蕩然無存。

收拾好一出休息室，喜久雄便往樓上的練習場走，爬上貼著寫有演員房號與名號紙牌的狹窄樓梯，馬上就聽到萬菊的聲音。

他悄無聲息地走過走廊，地方以三味線演奏《娘道成寺》。遙遠的過去，與俊介同台演出這齣戲，接受喝采的事躍然眼前。

「你啊，都是這樣動，所以顯得粗糙。看好了，要這樣小小地，再小小地轉一下。喏，看仔細了。跳舞的時候，你的袖口會掉下來露出整隻手臂，我的袖口卻像是黏在手腕上，對不對？」

地方的三味線再度響起，俊介依照萬菊的指導去跳，這回袖口穩穩停留在手腕上。

「知道嗎……這不是什麼技術，當你真的化身為年輕姑娘，根本不敢做露出手臂這種事，太羞人。跳舞跳著會變成那樣，就代表你還沒有完全成為年輕姑娘。」

看似只見樹，其實已經教了整座森林，萬菊這樣的教法讓喜久雄不禁心下讚嘆。但漸漸地，一股自己也無法解釋的混濁灰惡心情勒緊胸口。

這十年俊介一定吃了很多苦，但自己也沒有遊手好閒。然而，遙遠的過去兩人曾一起共舞《道成寺》，現在一人與大師小野川萬菊同台，另一人卻只能在走廊上偷看他們練習。

因不甘而握緊拳頭的喜久雄，回過神時，拳頭已經抵在牆上，不知道痛，也不知道滲了血。

「我在幹嘛……」

拳頭就這樣抵著牆，他喃喃道。

「我在做什麼……」

拳頭仍舊抵著牆，這回換成東京腔說道。結果神奇地，前一句大阪腔聽起來很虛假，與俊寶情同兄弟、把丹波屋擺在自己之前的大阪腔萬分虛假，反而是這幾年聽慣的東京腔才順耳。

「我在做什麼啊！繼續在這種地方做這種事，永遠不會有長進……要從這裡爬上去……給我從這裡爬上去。」

以拳頭擦著牆走下樓的喜久雄，滿腔都是這些話。那是連自己都沒聽過的聲音，十分駭人。

來到休息室那一層，喜久雄心裡還是很亂，茫然看著服裝部、床山部，以及還沒離開的專業人員。狹窄的走廊兩側，有自己使用的共用休息室、浴室、堆著外送盤子的茶水間，再過去是好幾間主要演員的房間，明明沒有風，門簾卻大大地擺動……就在這時，其中一面門簾之後走出一名年輕女子，她的視線一捕捉到喜久雄，便露出如花初綻的笑容。

「喜久雄哥哥！」

簡直要一把抱住他的這名女子，是江戶歌舞伎大人物吾妻千五郎的次女，名叫彰子，現在是攻讀社會學的大學生。

「喜久雄哥哥，你還沒走？我才剛去休息室看過呢。」

看著歡欣雀躍的彰子，不知為何，剛才滿腔的聲音復甦了。

要從這裡爬上去。

只是，這次聽到的聲音，真真切切，是很熟悉的自己的聲音。

——下卷待續

文學森林 LF0134

國寶（上）青春篇

国宝（上）青春篇

二〇一七年一月一日至二〇一八年五月二十九日於報紙《朝日新聞》上連載，經作者執筆增修後出版成書。

作者

吉田修一

一九六八年生於日本長崎。一九九七年以《最後的兒子》出道，獲第八十四屆文學界新人獎。二〇〇二年以《同棲生活》獲第十五屆山本周五郎獎，以《公園生活》奪下第一二七屆芥川獎，一舉拿下大眾文學與純文學的文學獎項引爆話題。二〇〇七年以《惡人》拿下大佛次郎獎、每日出版文化獎、本屋大賞No.4，熱銷超過二百二十萬冊，並改編同名電影。二〇一〇年以《橫道世之介》榮獲第23屆柴田鍊三郎賞、本書大賞No.3，改編同名電影大受好評，二〇一九年再寫續集《續．橫道世之介》。同年，以出道二十周年代表作《國寶》榮獲藝術選獎文部科學大臣獎與中央公論文藝獎肯定。擅長描寫都會年輕人的孤獨與疏離感，獲得廣大的共鳴與回響，包括《路》、《怒》、《再見溪谷》、《犯罪小說集》等作品皆有影視改編。另有著作：《熱帶魚》、《東京灣景》、《地標》、《長崎亂樂坂》、《星期天們》。

譯者

劉姿君

全職譯者，譯作散見於各出版社。近期譯作有《那些得不到保護的人》、《約定之冬》等。

書封設計　木木 lin
人物表設計　張添威
責任編輯　詹修蘋
行銷企劃　楊若榆、李代樺
版權負責　李佳翰
副總編輯　梁心愉

初版一刷　二〇二〇年八月三十一日
定價　新台幣三五〇元

ThinKingDom 新経典文化
發行人　葉美瑤
出版　新經典圖文傳播有限公司
地址　10045臺北市中正區重慶南路一段五七號十一樓之四
電話　886-2-2331-1830　傳真　886-2-2331-1831
讀者服務信箱　thinkingdomtw@gmail.com
Facebook粉絲專頁　新經典文化ThinKingDom
總經銷　高寶書版集團
地址　11493臺北市內湖區洲子街八八號三樓
電話　886-2-2799-2788　傳真　886-2-2799-0909
海外總經銷　時報文化出版企業股份有限公司
地址　桃園市龜山區萬壽路二段三五一號
電話　886-2-2306-6842　傳真　886-2-2304-9301

國寶．上，青春篇 / 吉田修一作；劉姿君譯. -- 初版. -- 臺北市：新經典圖文傳播, 2020.09
288面；14.8×21公分. --（文學森林；LF0134）
譯自：国宝．上，青春篇
ISBN 978-986-99179-4-0（平裝）

861.57　　109011093